Elogios efusivos para

"Un libro que hace morir de risa, rompe el corazón y satisface al lector . . . Nos enamoramos de nuevo de Yo, de escritores, de cómo nos hurtan para contarnos nuestras vidas."
—*Elle*

"Una novela hechizera . . . las observaciones sagaces y agridulces de dos culturas contrastantes, sus excursiones dentro de los corazones de sus vívidos personajes son un triunfo de la imaginación y la virtuosidad."
—*Publishers Weekly*
(artículo de reseña con estrella)

"Hay tres maneras de apreciar la alegre y divertida novela de Julia Alvarez. Es como fuegos artificiales: la primera explosión es sólo un preludio, echando cohetes invisibles que hacen ¡pop! ¡pop! ¡pop! en una gran circumferencia . . . Es un retrato de la artista."
—*Los Angeles Times*

Julia Alvarez, autora de dos previas novelas, *Cómo las niñas García perdieron sus acentos*, ganadora del premio PEN Oakland/Josephine Miles Award, y *En el tiempo de las mariposas*, finalista para el National Book Critics Circle Award, también ha escrito *Algo para declarar*, una colección de ensayos, y dos galardonados volúmenes de poesía, *The Other Side/El otro lado* y *Regreso al hogar* (todos disponibles en ediciones Plume). Ella vive en Middlebury, Vermont.

"*¡Yo!* es artista y payaso errante, causando estragos y gozando de la vida. Sus avanturas narran un excelente." —*Atlantic Monthly*

"Alvarez tiene gran talento de cuentista virtuosa y encantadora, manejando humor y terror con destreza . . . *¡Yo!* mandará a los lectores corriendo a conocer el clan de las niñas García."

—*Houston Chronicle*

"El personaje central de la alegre, estimulante y a veces devastadora tercera novela de Julia Alvarez es tan picante y caliente . . . que parece que estuviera al borde de . . . una combustión espontánea."

—*The Miami Herald*

"Aficionados de *Cómo las niñas García perdieron sus acentos*, la primera y galardonada novela de Julia Alvarez, aplaudirán el regreso de las hermanas García." —*People*

"Una novela culta y elegante a cerca de los riesgos de ser escritora y mostrar imaginación." —*Ms.*

"Las distintas voces de todos estos personajes impresionan y deleitan al lector . . . Más que de cualquier otra cosa, la novela se trata de la naturaleza de contar cuentos, sus alegres recompensas y sus trampas imprevistas." —*The Dallas Morning News*

"Desde el primer explosivo capítulo . . . hasta sus últimas revelaciones, *¡Yo!* presenta un viaje fortaleciente . . . Alvarez merece elogios por su ingeniosidad y por darle vida a magníficas voces."

—*Detroit Free Press*

"Una ambiciosa y asombrosa continuación de su primera novela, *Cómo las niñas García perdieron sus acentos* . . . *¡Yo!* es divertida, triste, aterradora y dulce. Y a fin de cuentas me hizo sentir muy humano."

—*The Seattle Times*

"Repleta de . . . personajes relucientes."

—*The Philadelphia Inquirer*

"Compleja, dinámica y provocadora . . . una novela que brilla por su verdad."

—*Boston Book Review*

"Cálida, llena de chisme y cariño. Cuando terminas el libro, *¡Yo!* es tan real como la prima que no haz visto hace cinco o seis años."

—*Nashville Banner*

"Sazonada con humor irónico y endulzada con percepciones agridulces."

—*The Orlando Sentinel*

"*¡Yo!* tiene la misma combinación acertada que tiene *Cómo las niñas García perdieron sus acentos*—una superficie vívida y amena presentando muy serias preguntas."

—Rosellen Brown, autora de *Antes y después* (*Before and After*)

También por Julia Alvarez

POESÍA

El libro del quehacer hogareño

The Other Side/El otro lado

Regreso a casa

FICCIÓN

Cómo las niñas García perdieron sus acentos

En el tiempo de las mariposas

Julia Álvarez

¡Yo!

Traducción de Dolores Prida

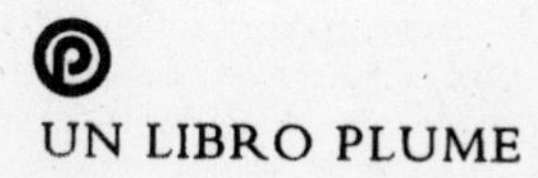
UN LIBRO PLUME

PLUME
Publicado por el Grupo Penguin
Penguin Putnam Inc., 375 Hudson Street, New York, New York 10014, U.S.A.
Penguin Books Ltd, 27 Wrights Lane, London W8 5TZ, England
Penguin Books Australia Ltd, Ringwood, Victoria, Australia
Penguin Books Canada Ltd, 10 Alcorn Avenue, Toronto, Ontario, Canada M4V 3B2
Penguin Books (N.Z.) Ltd, 182–190 Wairau Road, Auckland 10, New Zealand

Penguin Books Ltd, Oficinas registrada: Harmondsworth, Middlesex, England

Publicado por Plume, un miembro de Penguin Putnam Incorporado.
Originalmente publicado en España por Alfaguara S.A.

Primera publicación Americano, Septiembre, 1999
20 19 18 17 16 15 14 13

MARCA REGISTRADA

Información de catalogar-en-publicación de la Biblioteca del Congreso estas disponible.

ISBN 0-452-28140-7

NOTA DE PUBLICADOR
Este es una obra de ficción. Nombres, personajes, sitios y incidente unos y otros son productos de la imaginación del autor o son usados ficticiomente y cualquier semejanza a personas actuales vivio o muerto, eventos, o local es completamente una coincidencia.

Para Papi

Índice

TERCERA PARTE

Son muchos los que merecen mi más profundo agradecimiento, pero especialmente Shannon Ravenel y Bill Eichner por su fe y ayuda en este libro; a Susan Bergholz, mi amiga y ángel de la guarda literario que protege mi trabajo; a mis colegas de Middlebury College, especialmente aquellos que laboran en la biblioteca, por su ayuda en la búsqueda de respuestas a mis preguntas; a aquellos estudiantes —ustedes saben quiénes son— cuya ayuda editorial en algunas de estas historias fue más allá de comentarios de taller, que la musa los proteja; a mis amigos y familiares, viejos y nuevos, cuyo cariño y apoyo dan inspiración a mi vida y mi trabajo; y a la Virgencita de Altagracia, siempre, mil gracias.

Prólogo

Las hermanas
Ficción

De repente, su cara aparece por todas partes, en una foto publicitaria donde se ve más bonita de lo que es. Voy guiando hacia el centro para hacer las compras, con los niños en el asiento trasero, y allí está ella, en «Aire Fresco», hablando de nuestra familia como si todos fuéramos personajes inventados, con los que puede hacer lo que le dé la gana. Estoy furiosa. Doy una vuelta en U, regreso a casa y la llamo. Me responde el contestador con un interminable mensaje que dice que no puede contestar el teléfono en este momento, pero que por favor llame a su agente. ¡Qué demonios voy a llamar a su agente para cantarle las cuarenta! Llamo a otra de mis hermanas.

—Imagínate, ahora le dio con lo de Papi en los Montes Laurentinos.

—¡Dios santo! ¿Es que no tiene juicio?

—Lo que tiene es esa cantaleta sobre cómo el arte y la vida son espejos y cómo hay que escribir sobre lo que se sabe. No podía oírla, me daban náuseas.

Los niños corretean de un lado a otro, gritando, a sabiendas de que es un día para diabluras porque su Mamá está enojada con alguien que no es uno de ellos. Carlitos se acerca y dice: «Mamá, ¿es verdad que aparezco en el libro de Titi Yoyo? ¿Va a salir mi retrato en el periódico?». Y me ruega que le deje llevar el libro de su tía a la escuela para que a todos esos cristianitos del tercer grado se les achicharren las orejitas con cuentos adulterados sobre nuestra familia.

—¡No! ¡No puedes llevar ese libro a la escuela! —le contesto alterada. Pero enseguida, más calmada, porque sus ojos de besitos de chocolate empiezan a derretirse en lágrimas, le digo—: Es un libro para mayores.

—Entonces, ¿lo puedo llevar yo? —salta la que está en octavo grado, que ya empieza a llevar el pelo todo abultado igual que su tía.

—Ustedes me van a volver loca. Cuando vaya a parar a Bellevue —y me detengo porque eso me suena: es lo que la Mamá, en el libro, siempre dice—. ¿Estás ahí todavía? —le digo a mi hermana, que se ha quedado extrañamente silenciosa. Ahora soy yo quien trata de contener las lágrimas.

—Te digo que si ella se mete con mi vida personal, la voy a...

—Pero ¿qué podemos hacer? Mami dice que la va a someter a un pleito.

—Ay, no le hagas caso, eso es uno de sus dramas. ¿Te acuerdas cuando nos metía en el carro y nos llevaba al convento de las Carmelitas y nos amenazaba con dejarnos allí si no nos portábamos bien? ¿Te acuerdas? ¡Y nosotras arrodilladas en el carro mientras que todas aquellas Carmelitas, que se suponía que no debían mostrar las caras, se asomaban a las ventanas a ver qué diablos ocurría!

Las dos nos reímos del viejo cuento. No sé si en realidad nos sentimos mejor de ser personajes ficticios o si es que todavía disfrutamos de tener recuerdos que aún no hemos visto relabrados en letra de imprenta.

Esa noche, después de que los niños están recogidos en sus habitaciones, hablo con mi esposo. Le digo del programa de radio, de la llamada a mi hermana, de las pataletas públicas de Mami.

—¿Qué vamos a hacer?

—¿Sobre qué? —me dice.

No voy a portarme como nuestra madre y perder los estribos. Por lo menos, ahora no. «Esta... esta radiografía —digo, porque de pronto no sé cómo llamarlo—. No creo que sea buena para los niños».

Mi esposo mira por encima de su hombro, pretendiendo confirmar que no hay cámaras ni reporteros escondidos en algún rincón de la casa. «Creo que estamos muy cómodos aquí», dice. Tiene una manera elegante y rebuscada de decir las cosas con su acento alemán que dificulta enojarse con él. Es como si le gritaras a alguien en una clase de inglés como segundo idioma que en realidad lo que necesita es toda la ayuda posible. No sé por qué él provoca esta tolerancia tierna en mí, cuando yo soy tan extranjera como él. «No hay que alterarse tanto. Pronto escribirá otro libro y éste caerá en el olvido», dice.

—Sí. Claro. Hoy estaba en la radio chismoseando que si Papi esquió sin camisa en los Montes Laurentinos con sus amiguitas francocanadienses. ¡Mami se va a enfurecer!

—Tu Mamá se va a enfurecer de todos modos —dice impasible... hasta que me ve la cara—, pero es cierto —añade, con el rabo entre las piernas, rascándose la calva, lo que acostumbra a hacer cuando se pone nervioso y que apaga la mecha de mi furia. Esta noche no es furia lo que siento. Me siento más que anonadada de que él diga semejante cosa, aunque sea verdad. Y lo es. Yo sé a ciencia cierta que antes de que él leyera el libro y se atragantara de frases como ésa, nunca hubiera dicho eso por su cuenta. Él antes era más fino. Siento que mi vida va perdiendo la batalla contra la ficción.

—No voy a permitir que nadie critique a mi familia —digo con una voz lacrimosa que se seca antes de que logre exprimir ni una onza de simpatía de mi marido. Me voy a la cocina a prepararles el lunch de mañana a los niños y aplacarme los nervios. No quiero desvelarme y pasar horas en el sofá leyendo alguna estúpida novela. Siempre me gustó leer, pero ahora, cada vez que abro un libro, aunque sea uno escrito por alguien ya muerto, no puedo dejar de mover la cabeza y pensar: Dios mío, ¿qué pensaría su familia de este cuento?

Allí estoy, cortando el pan en cuadritos «tamaño sideral», para hacer bocadillos como le gustan a mi hijo, y los de mi hija sin mayonesa, cuando suena el teléfono. Es la otra hermana, que se anuncia con voz trémula como mi otra «hermana víctima de la ficción». A mí no me gustan las etiquetas, pero mis dos hermanas son psicólogas y cuentan con recursos de autocontrol. Yo no. Yo exploto.

—Mis compañeros de trabajo me preguntan que cuál soy yo. ¡Mi terapeuta dice que esto es un tipo de abuso! —se queda callada un rato—. ¿Qué estás haciendo? Suena como si le pegaras a algo.

—Preparándoles el lunch a los niños.

Mis hermanas. Las quiero a todas, pero a veces me desesperan. Para ésta todo es trauma y tristeza. Cuando hablo con ella soy superficial con la esperanza de sacarle una sonrisa. «Ay, no te preocupes, vamos a salir adelante, tú verás», le digo. Tal vez la conversación con mi marido me ha tranquilizado.

—Tú sí —dice apesadumbrada—. Por mi parte te digo que nunca más le volveré a hablar.

—Vamos, chica —le digo.

—Lo digo en serio. Me alegro que esto haya pasado cerca de mi cumpleaños. Cuando me llame, me va a tener que oír.

—Ya lo sé —le digo en vez de recordarle que si no le va a hablar más a su hermana, no puede darle la descarga—. Bueno, y ¿cómo te va? —pregunto con voz alegre, a ver si logro que hable de cosas más agradables. ¿Por qué será que con mis hermanas siempre me siento que yo soy la terapeuta?

—Bueno, pues... hay algo más. Pero me tienes que prometer que no se lo vas a decir.

—Oye, pero si yo tampoco le hablo —le miento. No sé por qué. Me siento como atrapada en un melodrama que aborrezco—. ¿De qué se trata?

Pausa tímida, y luego con júbilo: «¡Estoy en estado!».

—¡Ayayay! —exclamo, al tiempo que mi marido entra corriendo, periódico en mano. «¿Bueno? ¿Malo?», me dice moviendo los labios sin emitir sonido. Una de sus observaciones recientes es lo difícil que es saber lo que en realidad ocurre en mi familia con tanta exageración. De todos modos, le digo que Sandi está embarazada. Se pone al teléfono y le dice que está encantado con la noticia. ¿Encantado? Le arrebato el teléfono, y hablamos media hora, olvidándonos del libro, echando en saco roto a nuestros dobles ficticios. Mi hermana menciona todos los errores que Mamá cometió con nosotras y que ella no va a repetir con sus hijos. Yo defiendo a Mami, porque en realidad, aunque no lo menciono en ese momento, yo he cometido los mismos pecados con mis propios hijos —excepto el de las monjas, y eso porque probablemente, que yo sepa, no hay conventos de Carmelitas en Rockford, Illinois—. Mi hermana concluye con la advertencia de que no debo decir ni una palabra de esto a quien-tú-sabes.

—Me parece una crueldad —y hasta me sorprendo al decirlo. Tal vez me siento expansiva, como si solamente hubiera unas cuantas cosas grandes en este mundo, el AMOR, la MUERTE, y los BEBÉS. Olvídate de la fama y la fortuna o de si alguien ha plagiado tu vida en un personaje ficticio.

—Creo que se lo debes decir.

—¡Me lo prometiste! —me dice con tanta furia que hasta nuestra madre pudiera aprender de ella.

—Oye, no le voy a decir ni una palabra, no es eso. Pero pienso que se lo debes decir. Después de todo, va a ser tía.

—¡Parece mentira que me digas eso! ¡Yo voy a ser madre!

—Pero ¿por qué no se lo quieres decir?

—¡Porque no quiero que mi bebé sea materia de ficción!

Y me viene esta imagen absurda a la cabeza —una película de dibujo animado más bien— de un bebito que pasa por unos rodillos enormes y sale del otro lado como uno de esos libritos que los críticos llaman folletines. Pero al mismo tiempo entiendo la posición de mi hermana; no es sólo el bebé, sino que también es posible que el resto de la historia termine en las páginas de uno de esos folletines: madre soltera, inseminación artificial, esperma importada de la R.D., de una región del país donde se cree que casi no hay primos hermanos. Nada más de pensarlo se me pone la carne de gallina.

—¿Qué haces? Parece que estás llorando.

—No, no, estoy muy contenta —le aseguro, y me hace jurar por mis propios hijos, lo que me causa gran desasosiego, que no le voy a mencionar una palabra a nuestra hermana.

Bueno, tan pronto cuelgo el teléfono y termino de envolver los bocadillos y meter el puré de manzana para la niña que está a régimen y una galletita con caramelos para el cristianito, vuelve a sonar el teléfono y es ya-sabes-quién.

—¿Pero qué es lo que pasa? —dice lloriqueando como si se le acabara de ocurrir que no todo el mundo está encantado con su fama.

—¿Qué quieres decir? —le pregunto, porque si algo he aprendido de mi familia es que es mejor no admitir que ya alguien te vino con otra versión del cuento.

Y me dice. Mami la va a demandar. Papi la tiene que llamar desde un teléfono público. Nuestra hermana mayor pone al marido al teléfono a decir que no está. «Y acabo de llamar a Sandi y me colgó el teléfono», suelta un quejido que me rompe el alma, y yo, que hace sólo seis horas quería asesinarla, en ese momento sólo quiero calmar esos sollozos lastimeros. Y me acuerdo de que, cuando llegamos a este país, la única manera en que ella se podía dormir era si yo le tendía la mano entre el espacio de nuestras camas y le inventaba algún cuento de cuando vivíamos en la isla.

—Ey —le digo, tratando de afrontar la situación lo mejor posible—. Apuesto que también había montones de gente furiosa con Shakespeare, pero todos nos alegramos de que escribiera *Hamlet*, ¿verdad? —no sé por qué le digo aquello, ya que una de las razones por las que no terminé la universidad fue porque no pude aprobar el Renacimiento—. De todos modos —continúo, tratando de cubrir todas las bases—, imagínate cómo te sentirías si fueras la madre de Shakespeare.

—¿Qué quieres decir con eso? ¿Qué debe reflejar el arte si no es la vida? ¡Todo el mundo, absolutamente todo el mundo, escribe sobre sus propias experiencias! —y me dispara la misma cantaleta que ya le escuché en «Aire Fresco». Pero la dejo que siga. Por un lado, mi cabeza va a mil revoluciones por minuto, la antigua y chirriante maquinaria emocional de nuestra niñez, que debíamos haber reemplazado hace años con una tecnología sentimental más futurística y eficiente, se pone en marcha asmáticamente, y nada, excepto un puñado de pastillas para dormir, la va a detener. Mejor será que me quede en el teléfono en lugar de sentarme en la sala a leer a algún novelista difunto.

—No sabes lo que me duele que mi familia no pueda compartir esto conmigo. Yo no he hecho nada malo. Bien pude haber matado a alguien a machetazos, o acribillado a medio mundo desde el techo de un centro comercial.

Yo sí que me alegro de que me diga esto a mí y no a una de las hermanas psicoanalistas.

—Lo único que he hecho es escribir un libro —exclama entre sollozos.

—Es que todos nos sentimos un poco al descubierto, eso es todo.

—¡Pero si es ficción! —responde.

—¿Ah sí? —me dan ganas de decirle. No importa lo que diga en esa página al principio del libro de que cualquier parecido es pura coincidencia, yo sé muy bien lo que es encontrarse a una misma en algún párrafo descriptivo—. ¡Pero es ficción basada en tus propias experiencias! Como toda ficción —continúo, citándola en el programa radial—. Ya sé, ya sé, ¿de qué otra cosa vas a escribir? —pero para mis adentros pienso, por qué no puede escribir sobre asesinatos o de escándalos en bufetes de abogados o de seres extraterrestres y ganarse un millón y dividirlo en cuatro, lo cual, a propósito, es lo que las otras hermanas dicen que ella debe hacer con las ganancias de este libro, ya que nosotras proporcionamos la materia prima.

—Conque sí comprendes. Ay, significa tanto para mí que tú me comprendas.

Ay Dios, pienso, ¡si se entera el resto de la familia! Y sin darme cuenta abro una de las loncheras de los niños y comienzo a roer una de las raciones de alimento sideral.

—Mamá, ¿por qué te estás comiendo mi lunch? —dice mi hijo al entrar a darme las buenas noches. Está parado en la puerta, con las manos en la cadera, en pose de amenazante rectitud. Se imagina que es miembro de La Fuerza que patrulla la galaxia. Lo llena de satisfacción sorprenderme con las manos en la masa.

—Estoy hablando con tu Titi Yoyo —le digo como si eso fuera una excusa para comerme su lunch. Ayayay. Sus ojitos de guerrero galáctico se iluminan.

—¡Quiero hablar con Titi Yoyo! —chilla. Le paso el teléfono, y de pronto, el cotorro de la Vía Láctea se queda mudo, deslumbrado ante las candilejas. Todo lo que alcanza a emitir son pequeños gruñidos terrícolas y alguno que otro murmullo—. Anjá. No. Mmmm, mm, sí —tiene la cara sonrosada de terror y alegría.

—Yo también te quiero —murmura al final y me devuelve el auricular con una cara tan radiante como si hubiera recibido al propio Niño Jesús en su cesta de regalos de Pascua de Resurrección.

—Aquí tienes un admirador —le digo a mi hermana.

—¿Uno nada más? —pregunta, tratando de darle un tono ligero a su voz, pero puedo detectar sus lágrimas a punto de estallar si digo algo indebido.

Se me ocurre que lo que mi hermana quiere es ver una mirada de adoración en todas y cada una de nuestras caras. Lo mejor que puedo hacer es decirle: «Bueno, eres un gran éxito con todos los sobrinos». Y de pronto, sin poderme contener, sabiendo que mis dos tesoros cuelgan en la balanza de mi silencio, le digo que va a ser tía de nuevo, que nuestra hermana está embarazada, y que no se atreva a escribir sobre eso o si no se me van a caer los palitos a mí también.

—¿Tengo que fingir que no sé nada? —dice con una voz tan triste como si la hubiéramos echado a patadas de la banca genética. Pero yo sé que lo que más le duele es ser excluida de un acontecimiento familiar.

Le prometo hablarles a las demás porque, a pesar de todo, somos hermanas, y siempre lo seremos, y aunque me puso picante como el diablo escucharla hablar de nuestras intimidades en «Aire Fresco», yo la quiero y sanseacabó, y ella toda calladita y escuchando y diciendo, bueno, gracias, gracias, y es como si de nuevo tuviéramos diez y nueve años, con las manos cogidas fuertemente, meciendo los brazos en la oscuridad.

—¿Has hablado con tu hermana? —pregunta mi madre, como si mi hermana estuviera emparentada únicamente conmigo, y no con ella. Ya me ha dejado esperando en el teléfono dos veces para ver quién llama en la otra línea. Mami, la fanática de tarecos eléctricos —en eso sí acertó el libro—, tiene cuanta opción existe en su aparato telefónico. Con frecuencia le digo en broma que el día que los extraterrestres logren comunicarse con el planeta Tierra, va a ser a través de su teléfono.

—¿Cuál hermana? —me hago la tonta, y luego, porque no quiero evadir mi promesa, le digo—: Le manda cariños a todo el mundo —no sé por qué me invento aquello. Tal vez sea porque me hago la idea de que con un toquecito aquí y otro allá seguramente podemos volver a ser una familia.

—¡Jmmf! —refunfuña Mami—. ¿Cariño? ¿Qué quiere decir su cariño? Ni siquiera me mandó una tarjeta de Día de las Madres.

Y pienso, «pero si la ibas a demandar». «¿Qué te iba a decir?» «Querida Mami, feliz Día de las Madres de tu hija, la demandante.» O, un momento, ¿el demandante es el acusado o al revés? Debía saberlo con tanta información sobre O.J. en la tele. «Probablemente se le pasó —le explico—. Últimamente siempre anda de viaje».

—¿Oh? —dice, la curiosidad asomándose como la punta del zapato de un amante debajo del cubrecama—. ¿Adónde ha ido? Tu tía Mirta la vio en la tele, en vivo. Mirta dice que se ve muy mal, como si le remordiera la conciencia. Fue en uno de esos programas en que la gente puede llamar y hacer preguntas, pero tu tía no logró comunicarse. Te lo digo, yo exijo igual oportunidad de hablar. Quiero decirle al mundo entero lo mentirosa que es, lo mentirosa que siempre ha sido. ¿Te acuerdas la vez que se apareció en el convento de las Carmelitas y les dijo que era huérfana?

Por primera vez en mi vida, que yo recuerde, se me cae la quijada automáticamente, y no como una pantomima de pasmo. Recorro impaciente el pequeño pasillo de la cocina y me prometo comprarme uno de esos teléfonos inalámbricos para poder caminar por toda la casa y bajarme el berrinche cuando hable con mi familia. O por lo menos, adelantar mis labores domésticas. «Tú eras la que nos llevabas allí, Mami. ¿No te acuerdas?»

—¿Por qué iba a hacer eso, m'ija? Las Carmelitas no reciben visitas, tonta. Ellas hacen un voto de abandonar al mundo y sólo se les puede hablar, en caso de emergencia, por las rejas. Pero si una huerfanita les toca a la puerta, claro que le van a abrir. Gracias a Dios que tu prima Rosita, que había ingresado hacía poco, reconoció a Yoyo inmediatamente y me llamó.

¿Cómo se pueden rebatir tantos y tan buenos detalles? ¿Será que tal vez mi hermana y yo inventamos lo de las amenazas de Mami de dejarnos en el convento para entender mejor a una madre que encausa a su hija? De todos modos, quiero oír el final de su absurdo cuento.

—Bueno, ¿y qué pasó?

—¿Qué pasó? Nos metimos en el carro y la fuimos a buscar. Yo iba lista para darle la golpiza de su vida, pero primero le pregunté, por qué, por qué hiciste semejante cosa. Imagínate, es como hacerle una invitación. Y dice que fue porque extrañaba tanto a su prima Rosita que se escabulló del parque infantil al patio del convento, tocó a la puerta, y le dijo a la madre superiora que era una huerfanita que venía a visitar a la única parienta que le quedaba en este mundo, Rosita García —ahora hasta Mami se ríe—. ¿Puedes creerlo?

Y meneo la cabeza, no, no, porque ya no sé ni qué creer, excepto que todos los de mi familia son mentirosos.

Varios meses más tarde las cosas se han calmado, tal y como pronosticara mi marido. Mami retira el pleito, aunque sigue sin hablarle a Yoyo, excepto a través de mí. Al pobre Papi lo asaltan en una cabina telefónica en el Bronx, cerca de su antigua oficina. Las otras hermanas intercambian con Yoyo un par de tarjetas con parcos saludos de cumpleaños y alguna que otra llamada telefónica, todo muy armonioso, como si fuéramos una familia de Nueva Inglaterra o algo por el estilo.

Semanalmente nos llueven fotos que tengo que esconder de los niños. Éstas muestran a Sandi de perfil, desnuda de hombro a pubis, en tecnicolor, y al dorso, con una letra nítida, como si se esforzase en acicalar su vida para el bebé, escribe, cuatro semanas y dos días, cinco semanas, y así sucesivamente, y luego, en paréntesis, «¡Ya se han formado los ojos! ¡Ya se nota la diferencia entre los dedos de la mano!». Y volteo la foto y contemplo la imagen de nuevo, porque supone un verdadero acto de fe creer que una vida está formándose dentro de ese vientre liso, perfecto para un bikini.

—Y Yoyo no sabe nada de nada —se regodea en el teléfono. Las rodillas se me aflojan y voy a sentarme a la sala. Doy gracias a Dios por este teléfono inalámbrico que mi esposo me regaló en nuestro aniversario, aunque hubiera sido suficiente con el medallón de oro. Pero él dice que este teléfono lo protegerá del ataque cardiaco que le pueden provocar las carreras que da a la cocina a ver si estoy gritando porque me he cercenado un dedo o porque hablo con mi familia.

Finalmente, al cabo de doce semanas recibo una llamada furibunda de Sandi. Una de sus amigas la acaba de llamar de la Florida para decirle que leyó en *USA Weekend* un cuento de Yoyo sobre una madre soltera. «Tú no le has dicho nada, ¿verdad?» Sandi respira tan fuerte que le tengo que decir que se siente, que piense en el bebé. Pero no hay nada que la calme, y aunque prefiero pensar que tengo más carácter, tomo el camino fácil. «Por supuesto que no le he dicho nada.»

En cuanto cuelgo llamo a Yoyo. Estoy preparada para dejarle unas palabrotas bien escogidas en su contestador, ya que no he logrado conectarme con un ser humano en su casa desde hace varios meses. Pero contesta, y se oye tan contenta de escuchar mi voz que mi furia pierde unos cuantos decibeles. Aun así, estoy lo suficientemente indignada como para gritarle que en mi opinión ella trata de joder a todo el mundo a propósito.

—¿De qué hablas? —dice con una voz verdaderamente atónita. Me gustaría poder verle la cara, porque con sólo mirarle a los ojos sé cuándo está fingiendo.

—Del cuento sobre Sandi en *USA Weekend.*

—¿Sandi? —pasa revista a su memoria, lo reconozco en su voz, como si buscara algo mío en una de sus gavetas. Y de pronto lo encuentra—. Ah, ese cuento. ¿Qué te hace pensar que se trata de Sandi?

—Habla de una madre soltera, ¿no?

—¿Y por eso es sobre Sandi? —el teléfono retumba con su risa, pero no es una risa auténtica, sino una de ésas de daga escondida detrás de la espalda—. Antes que nada, quiero que sepas que Sandi no es la única madre soltera que conozco. Y dos, para tu información...

Le sale algo amenazante a Yoyo cuando sabe que está en lo cierto. No se conforma con decirte que estás equivocada sino que lleva el caso hasta el Tribunal Supremo.

—De hecho, yo escribí ese relato hace como dos años y medio, no, tres. Eso es, hace tres años. No tenía mi nuevo impresor todavía, así que lo puedo probar.

—Okey, okey, está bien —le digo.

—No, vamos a explorar esto un poco más.

¿Por obligación?, pienso. Abro la tabla de planchar para por lo menos planchar la ropa por si no puedo hacer lo mismo con la familia.

—Tal vez Sandi sacó la idea de ser una madre soltera de mi cuento, ¿qué crees tú? Yo antes les enviaba a ustedes mis escritos en cuanto los terminaba, así que a lo mejor ella lo leyó y dijo, caramba, ésa es una idea genial. Creo que yo también voy a secuestrar a un niño. ¿Qué crees tú?

—Sandi no ha secuestrado a ningún bebé. Está embarazada.

—Precisamente. La madre soltera en mi cuento secuestra a un bebé porque no quiere transmitir los genes de su lunática familia a una pobre criatura. Esa parte no es ficción.

Frente a mí, en la tabla de planchar, está la camisa favorita de mi esposo, de rayas azules y lavanda. Bajo la plancha. La abotono con la misma ternura que si él la tuviera puesta. Qué pasaría si no pudiéramos imaginarnos el uno al otro, me pregunto. Tal vez es por eso que los locos acribillan a la gente en los centros comerciales: todo lo que ven son seres extraterrestres, en vez de mamis y papis y hermanas y hermosos bebés. «Tienes razón —confieso—. Lo siento». Para compensar, la pongo al día sobre todos los acontecimientos familiares, incluyendo el nuevo bebé que, esta semana, ya tendrá sus órganos sexuales totalmente definidos. Pero entonces no me puedo contener. Tengo que saberlo. «¿Qué le pasó a la mujer que secuestró a su bebé?»

Hay una pausa durante la cual me puedo imaginar la expresión de placer en su cara. Y sé exactamente lo que se avecina, como si hubiera saltado hasta la última página de un libro muy grueso. «Léete mi cuento», es su respuesta.

No es hasta que el bebé de Sandi nace un brillante día de diciembre que toda la familia se reúne cara a cara en el hospital San Lucas. Examinamos al muchachito como si tuviéramos que pasar una prueba sobre a quién se parece más si queremos quedarnos con él. Es de un color moreno aceitunado que Papi afirma que no es más que por estar tostado del sol, hasta que Sandi lo hace callar, diciéndole que el cabello crespo se lo debe, por supuesto, a una permanente. «El doctor Puello analizó la esperma», le asegura Mami, y de nuevo uno de mis comiquitos locos se dibuja en mi mente. Un viejo con un sombrero grande y un bigote enorme que le cuelga a ambos lados de la boca, cuela esperma como si estuviera separando la clara de la yema en un cuenco en forma de vagina.

De cualquier modo, las tías están encantadas con el nuevo sobrino. Debo decir dos de las tías, porque Yoyo no está. A pesar de que luego de la conversación Sandi leyó el cuento del secuestro que yo le envié y se sintió como una tonta, sigue en pie el berrinche. Creo que es la ausencia de Yo lo que me tiene de capa caída, a pesar de que el nacimiento de un bebé saludable está, en mi escala de felicidad, al mismo nivel del Amor Verdadero y el flan de guayaba de Mami. Y algo más, aunque esto no se lo confesaría a nadie: me apena que no haya un padre presente. Que me tachen de antigua, pero me parece que un bebé debe tener un padre y una madre. Miren a mi familia. ¿Qué haríamos si no tuviéramos a Papi para llamarnos desde un teléfono público cuando Mami nos demanda? O cuando Papi nos deshereda, ¿quién más que Mami nos tranquilizaría asegurándonos que ya se le pasará?

Pero hasta aquella considerable tristeza se derrite cuando miro su carita de caramelo de limón, le desencrespo sus puñitos para convencerlo que no tiene que pelear contra el cariño que derraman su Mamá y sus tías. Sé que sólo la mitad de sus genes son nuestros, pero ya he comparado cada uno de sus rasgos con los de algún pariente. Cuando en mi mente lo vuelvo a ensamblar para adivinar a quién se parece en su conjunto, se me escapa de la boca: «Saben, se parece a las fotos de bebé de Yo».

Sandi frunce el ceño: «En lo blanco de los ojos, querrás decir».

Pero Carla coincide conmigo, especialmente cuando el bebé suelta un repique de berridos encolerizados, su boquita desparramada como si no supiera cómo funciona todavía. «La misma bocota, ¿se fijan?», apunta Carla.

Nos reímos a carcajadas, y súbitamente sentimos su ausencia en la habitación, y yo visualizo un subtítulo sobre la cama, junto a los globos que dicen «Es un varón»: ¿Qué falta en esta foto?

Por milésima vez le digo a Sandi: «Debes llamarla —Carla asiente. Sandi se muerde los labios, pero sé que casi la hemos convencido. Sus ojos tienen aspecto amelcochado, como si la pared estuviera cubierta de fotografías de su precioso bebé.

De pronto, ladea la cabeza—: ¡Pero será posible que ustedes no le hayan dicho nada!».

Carla y yo bajamos la vista para esconder la culpabilidad que se nos asoma por los ojos.

—Ya veo, ya veo —dice—. Nadie en tu familia sabe cumplir una promesa —le dice al niño. Y mientras levanta el auricular, añade—: Inclusive yo.

Mataría a Yoyo. Puedo ver en la cara de Sandi que le ha contestado esa máquina imbécil que dice que llame a su agente. Sandi pone los ojos en blanco, y cual lo dictara su rol, el bebito comienza a gritar con la misma bocaza de su tía.

—Ya, ya —lo arrulla Sandi y luego, con esa voz ensayada que uno usa para dejar recados en los contestadores, dice—: ¡Yo! Soy yo, tu verdadera hermana número dos, y yo sé que tú sabes que tienes un nuevo sobrino y todo el mundo dice que se parece a ti, no lo quiera Dios, pero yo, por mi parte, creo que es igualito a nuestro guapísimo tío Max, del lado de Mami, aunque si resulta ser semejante Don Juan como él, le corto las campanitas, chica, sólo de broma, ¿eh?, ¿oíste esos pulmones? Tiene los dedos de los pies chulísimos y le falta la uña del dedo chiquito igual que a Papi, y ya sabes tú lo que dicen de por qué a los Garcías les falta esa uña.

Le quito al niño de los brazos porque veo que la cosa va para largo. Es como si Sandi estuviera repleta de nueve meses de chismes y noticias que tiene que parir ahora que ya terminó de dar a luz a su hijo. ¡Y eso que está hablándole a una máquina, santo cielo! Supongo que es una oportunidad única de decir todo lo que quiera sin que nadie la interrumpa de la familia con una versión diferente de la historia.

Primera parte

La madre
Testimonio

A decir verdad, lo más difícil al llegar a este país no fue el invierno como todo el mundo me advirtió: fue el idioma. Si usted tuviera que escoger la manera más trabalenguas de decirle a alguien te amo o cuánto vale una libra de picadillo, escoja el inglés. Por mucho tiempo creí que los americanos eran más inteligentes que nosotros los latinos —porque si no, cómo podían hablar un lenguaje tan difícil. Pero al cabo del tiempo, se me hizo todo lo contrario. Con la variedad de idiomas que existen, solamente un idiota escogería hablar inglés a propósito.

Me imagino que para cada miembro de la familia lo más difícil fue algo diferente. Para Carlos fue tener que comenzar de cero a los cuarenta y cinco años, obtener su licencia, levantar su consultorio privado. Carla, la mayor, no podía soportar que ya no era la sabelotodo. Claro que los norteamericanos conocían su propio país mejor que ella. Sandi se tornó más complicada, se puso más bonita, y supongo que eso fue lo más duro, descubrir que era una princesa justo al acabar de perder su reino isleño. La nena Fifi se aclimató a este lugar como abeja al panal, así que, si algo le resultó difícil, me imagino que fue tener que escuchar los rezongos y las quejas de los demás. En cuanto a Yo, diría que lo más difícil fue tener que convivir tan de cerca conmigo.

En la República vivíamos como un clan, no como lo que aquí llaman la familia nuclear, que ya por el nombre da una idea del peligro que se corre cuando temperamentos similares se hacinan en la cámara de detonación de la atención mutua. Las niñas andaban siempre con una pandilla de primos, supervisadas —si es que así se le puede llamar— por un batallón de tías, y niñeras que nos habían limpiado los fondillos cuando bebitas y ahora le secaban la baba a los viejos que las habían empleado medio siglo atrás. Nunca había razón para chocar uno con otro. ¿No te llevabas con tu Mamá? Tenías dos hermanas, un cuñado, tres hermanos y sus esposas, trece sobrinos, un esposo, tus propios hijos, dos tía-abuelas, tu papá, un tío solterón, un pariente pobre y sordo, y un pequeño ejército de sirvientas que servían de mediadoras y apaciguadoras —para que en caso de que se te escapara un «¡Qué pendeja!» en lo que llegaba a los oídos de Mamá se había transformado en algo así como «¿Quedan más torrejas?».

Y eso fue lo que sucedió entre Yolanda y yo.

Allá en la isla a ella casi la criaron las niñeras. Parecía que le gustaba más estar con ellas que con su propia familia, que de haber tenido la piel más oscura, hubiera pensado que me la habían cambiado al nacer. Cierto, de vez en cuando teníamos nuestros encontronazos, y ni tres ni cuatro docenas de personas podían evitar el choque de nuestras voluntades hercúleas.

Pero yo tenía un truco que les hacía en aquel entonces, no sólo a ella, sino a todas mis hijas, para hacer que se portaran bien. Yo lo llamaba «haciéndome la osa». Por supuesto, que para la época en que dejamos la República, ya el truco no tenía efecto, y fue sólo por equivocación que funcionó una vez aquí en Nueva York.

Todo comenzó inocentemente. Mi Mamá me había regalado un abrigo de visón de cuando ella y mi padre viajaban a menudo a Nueva York, de vacaciones lejos de la dictadura. Yo lo guardaba en el fondo de un clóset, pensando que tal vez algún día nos escaparíamos del infierno en que vivíamos y que tendría la oportunidad de llevar ese abrigo con libertad. Muchas veces pensé en venderlo, ya que no me había casado con un hombre rico y siempre estábamos necesitados de dinero.

Pero cada vez que estaba lista para venderlo, no sé... Metía la nariz entre los pelos cosquillosos que todavía guardaban el perfume de mi madre, me imaginaba que caminaba por la Quinta Avenida, que cientos de bombillitas pestañeaban en las vitrinas y los más lindos copos de nieve me caían encima, y simplemente no podía soportar la idea de separarme de ese abrigo. Lo volvía a guardar en su forro de plástico diciéndome: me quedo con él un rato más.

Unas Navidades se me ocurrió que sería divertido disfrazarme para entretener a las niñas.

Me puse el abrigo sobre la cabeza, asomando muy poco de la cara, y el resto cayendo hasta las pantorrillas. Me había inventado un cuento de que Santa Claus no había podido bajar del Polo Norte y había enviado en su lugar a uno de sus osos.

Las niñas y sus primos me echaron una ojeada y fue como si hubieran visto al mismo diablo. Se echaron a correr dando gritos por toda la casa. Ninguna se atrevió a acercarse a recibir su regalo. Finalmente, Carlos hizo la pantomima de perseguirme, a escobazos, mientras yo me escapaba y dejaba caer la funda de almohada llena de regalos. Unos minutos más tarde entré con mi vestido de organdí rojo, y las niñas corrieron hacia mí gritando: «¡Mami! ¡Mami! ¡Vino el cuco!». El cuco era el monstruo haitiano que yo les había dicho que se las iba a llevar si no se portaban bien.

—¿En serio? —les decía, fingiendo sorpresa—. ¿Y qué hicieron?

Las niñas se miraron una a la otra, con los ojos desparramados. Qué podrían haber hecho para evitar ser devoradas por un monstruo con un gran apetito de juguetes. Pero Yo replicó con voz chillona: «¡Lo saqué de aquí a patadas!».

He aquí un problemita que no va a desaparecer por sí solo, pensé. A veces le pongo salsa picante en la boca con la esperanza de quemar las mentiras que brotan de sus labios. Para Yo, hablar era como ejercitar la inventiva. Pero esa noche era Nochebuena, y la dictadura nos parecía un lejano cuento de cucos, y Carlos se veía tan buen mozo en su guayabera blanca, parecía un hacendado en un anuncio americano de café o tabaco. Además, me sentía muy complacida con mi truco.

Desde ese día, especialmente cada vez que oía a las niñas pelear, me ponía el abrigo de pieles sobre la cabeza y recorría los pasillos aullando. Irrumpía en su dormitorio, agitando los brazos, disparando sus nombres, y ellas se abrazaban dando gritos, la pelea olvidada. Paso a paso me les iba acercando, hasta que estaban al borde de un ataque de histeria, sus caritas pálidas y sus ojos enormes de terror. Entonces me quitaba el abrigo, abría los brazos, y decía: «¡Soy yo, Mami!».

Por un momento, a pesar de que me podían ver, se quedaban atrás, no muy convencidas.

Quizás este juego era cruel, no sé. Luego de hacerles el truco varias veces, lo que en realidad estaba tratando de hacer era comprobar si mis niñas tenían un ápice de sentido común. Estaba segura de que en algún momento se darían cuenta de la jugada. Pero no, siempre las embaucaba. Y comencé a enojarme con ellas por ser tan lerdas.

Yo finalmente captó el truco. Tenía cinco, seis años, ni me acuerdo. Todos esos años se han revuelto como piezas de un viejo rompecabezas del cual ya no existe guía. Ya ni sé qué imagen es la que formaban todos esos pedacitos. Como de costumbre, entré aullando al dormitorio de las niñas. Pero en esta ocasión, Yo se desprendió del resto, vino directo a mí, y me arrancó el abrigo de la cabeza. Miren —les dice a las otras—, es Mami, tal como les dije.

No me sorprendió que fuera ella quien se diera cuenta del engaño.

De vuelta en mi habitación, al guardar el abrigo me di cuenta de que alguien había estado revolviendo mi clóset. Mis zapatos estaban regados por aquí y por allá, una caja de sombreros tirada de lado. Ese clóset no era cualquier clóset. Una vez había sido un zaguán entre el dormitorio principal y el estudio de Carlos, pero lo cerramos de ambos lados para hacer un vestidor al que se pudiera entrar desde ambas habitaciones. Siempre estaba cerrado con llave ya que allí guardábamos todas nuestras pertenencias valiosas. Subconscientemente, Carlos y yo sabíamos que algún día tendríamos que abandonar el país súbitamente y que era importante tener dinero en efectivo y otras cosas de valor a mano. Por eso se me subió la bilirrubina cuando vi indicios de que alguien había estado husmeando en nuestro escondite.

Enseguida se me vino la idea de quién había sido la intrusa: ¡Yo! Un rato antes la había visto en el estudio de Carlos, hojeando los libros de medicina que su padre le dejaba tocar. Seguramente que se metió en el guardarropa y así se dio cuenta de que la piel no era más que un abrigo. Estaba a punto de llamarla para darle una buena porción de mi mano derecha cuando vi que varias tablas del piso más cercano al estudio estaban desclavadas. Me metí debajo de las ropas con una linterna y levanté una de las tablas. Ahora me tocó a mí palidecer: allí escondida, envuelta en una de mis mejores toallas, había una imponente arma de fuego.

Cuando Carlos llegó esa tarde, sin lugar a dudas, lo amenacé con dejarlo inmediatamente si no me contaba lo que se traía entre manos. Me enteré de cosas que hubiera preferido no saber.

—No hay problema —repetía Carlos—. Me lo llevo a otro sitio esta misma noche —y así lo hizo. Envolvió el rifle en mi abrigo de pieles y puso el bulto en el asiento trasero del Buick, como si por fin fuera a vender el abrigo. Regresó tarde en la noche, con el abrigo doblado sobre el brazo, y no fue hasta la mañana siguiente, cuando lo fui a colgar, que descubrí las manchas de aceite en el forro. Parecían manchas de sangre seca.

Después de eso, me volví un caso. Por las noches me tomaba hasta cuatro pastillas para dormir y así lograr unas raquíticas horas de sueño. Durante el día tomaba Valium para apaciguar la zozobra que sentía en el estómago. Todo aquello era la muerte para nuestro matrimonio. Lo peor de todo eran las jaquecas que me daban casi todas las tardes. Tenía que acostarme en aquel cuartico caluroso, con las celosías cerradas y una toalla mojada sobre la cara. A lo lejos, podía escuchar el alboroto de las niñas jugando en su cuarto, y deseaba explotar el truco del oso una vez más para que se callaran aterradas.

Miles de preocupaciones me martillaban la cabeza durante esas tardes. Una de las más implacables era la sospecha de que Yo había estado husmeando en ese vestidor. Y si había visto el rifle, era sólo cuestión de tiempo el que se lo contara a alguien. Ya veía a la SIM tocando a la puerta para llevarnos presos a todos. Una tarde cuando ya no podía aguantar más, salté de la cama, me asomé al pasillo y la llamé que viniera a mi habitación inmediatamente.

Seguramente que ella pensó que la iba a regañar por la riña y el cotorreo que salía de su cuarto. Se acercó apresuradamente por el pasillo, explicándome que la razón por la cual le había arrancado la cabeza a la muñequita de Fifi era porque Fifi así se lo había pedido. «Sshh», le dije, «no se trata de eso». Se detuvo en seco y se quedó parada en la puerta, oteando por todo mi dormitorio, tal vez no muy segura de que después de todo el oso era su Mamá bajo un abrigo de pieles.

Le susurré palabras tranquilizantes, en ese tono en que se le habla a los bebés hasta que los párpados comienzan a cerrárseles. Le dije que Papa Dios en el cielo podía mirar dentro de cada una de nuestras almas, que Él sabía cuándo nos portábamos bien y cuándo nos portábamos mal, cuándo decíamos la verdad y cuándo decíamos mentiras. Que Él tenía el poder de pedirnos que hiciéramos lo que Él quisiera, pero que de entre miles de millones de cosas, Él sólo escogió diez mandamientos para que los cumpliéramos. Y uno de esos diez es honrar a tu padre y a tu madre, lo que quiere decir que no les puedes mentir.

—Así es que, siempre, siempre, le debes decir la verdad a tu Mamá —le ofrecí una sonrisa enorme, pero sólo me devolvió una rebanadita. Sabía que algo más le venía encima. Se sentó en la cama sin quitarme la vista. Tal y como había descubierto la Mamá detrás del abrigo de pieles, ahora me miraba tratando de descubrir la mujer asustada detrás de la Mamá. Dejé escapar un largo suspiro, y dije—: Ahora, cuquita mía, Mami quiere saber qué cosas viste cuando te metiste dentro del vestidor el otro día.

—¿El vestidor grande? —me dice, apuntando hacia el pasillo que lleva del dormitorio principal al vestidor y al estudio de su papá.

—Ese mismo —le digo. La jaqueca me martillaba las sienes, construyendo una soberbia casa de dolor.

Me miró como si supiera que admitir que había estado curioseando en el ropero la iba a meter en camisa de once varas. Le prometí que si me decía la verdad sería mi reinecita y la de Papa Dios.

—Vi tu abrigo —me dijo.

—Qué bien —le contesto—. Eso es. ¿Qué más viste en el ropero de Mami?

—Tus zapatos extraños —añadió. Quería decir los tacones de piel con agujeritos.

—¡Excelente! —dije—. ¿Qué más, mi niña linda?

Pasó revista al vestidor completo sin faltarle ni una prenda de vestir. Dios mío, pensé, dale unos diez años más y puede ser agente del SIM. Me quedé quieta, escuchándola, porque, ¿qué otra cosa podía hacer? Si en verdad no había visto nada, no quería meterle ninguna idea en la cabeza. Porque esa niña tenía una lengua de aquí a la China yendo por el camino más largo, como Cristóbal Colón.

—¿Y en el piso? —le pregunto estúpidamente—. ¿Viste algo en el piso del ropero?

Movió la cabeza de una manera nada convincente. Volví a repetir lo de los diez mandamientos, sobre todo lo de no decir mentiras a la madre, pero ni aun así logré sacarle una gota más de información, excepto lo de mis pañuelitos con monogramas bordados, y, ah sí, mis medias de nylon en un estuche de plástico plegado. Finalmente, le hice prometer que si se acordaba de algo más vendría a decírselo inmediatamente a Mami y a nadie más. «Esto es un secreto entre tú y yo», le musité.

Justo cuando salía por la puerta, se viró y me dijo algo muy curioso: «Mami, el oso ya no va a regresar más». Fue como si identificara su parte del acuerdo. «Cuquita —le dije—, recuerda, Mami era la que se hacía pasar por el oso. Fue una broma tonta. Y así es —le prometí—, ese oso se ha ido para siempre. ¿De acuerdo? —asintió con aprobación».

En cuanto la puerta se cerró, lloré abrazando la almohada. Me dolía tanto la cabeza... Extrañaba no tener cosas bonitas, dinero, libertad. Odiaba sentirme a merced de mi propia hija, pero en aquella casa, de ahora en adelante, todos estábamos a merced de su silencio.

¿No es verdad que los cuentos son como un ensalmo? Todo lo que hay que decir es: «Y entonces nos fuimos a Estados Unidos», y con ese «y entonces», le brincas por encima a cuatro años de amigos desaparecidos, noches de insomnio, arrestos domiciliarios, vidas en un hilo, «y entonces», aquí tienen a dos adultos y cuatro criaturas eléctricas en un pequeñísimo y oscuro apartamento cerca de la Universidad de Columbia en Nueva York. Es seguro que Yolanda se calló la boca porque de lo contrario ningún ensalmo nos hubiera sacado de las cámaras de tortura que le describimos a los agentes de inmigración de Estados Unidos para que no nos deportaran.

La incertidumbre de no saber si nos quedaríamos o no, eso era lo más difícil al principio. En esos momentos, hasta el problema del inglés palidecía ante este tema. Fue más tarde que empecé a darme cuenta de que el inglés era mi mayor dificultad. Pero créanme, que allá al principio, tenía las manos demasiado ocupadas para estar haciendo distinciones entre todas nuestras dificultades.

Carlos estaba malhumorado. Sólo pensaba en los compañeros que había dejado atrás, yo le preguntaba que qué más podía hacer, haberse quedado y morir con ellos. Estudiaba como un loco para el examen de licenciatura. Vivíamos en la penuria con los pocos ahorros que nos quedaban, y no teníamos un ingreso fijo. Me preocupaba con qué iba a comprarles ropa de invierno a mis niñas cuando llegara el invierno.

Lo menos que necesitaba era oírlas rezongar y pelear entre ellas. Todos los días hacían la misma pregunta: «¿Cuándo nos vamos?». Ahora que estábamos lejos y yo había perdido el miedo de que a ellas se les escapara algo al hablar, trataba de explicarles. Pero ellas parecían creer que les estaba mintiendo, que aquello era sólo un cuento para que se portaran bien. Ellas me escuchaban, pero en cuanto terminaba de hablar, empezaban con la misma cantaleta. Querían volver a estar con sus primos y tíos y tías y sirvientas. Pensé que se sentirían más cómodas cuando empezaran las clases. Pero pasaron septiembre, octubre, noviembre, diciembre y seguían teniendo pesadillas y con la misma matraca de que querían volver. Volver. Volver. Volver.

Recurrí a encerrarlas bajo llave en los guardarropas. Aquel apartamento antiguo estaba lleno de guardarropas, profundos, con manijas de cristal, y de esos ojos de cerradura por donde fisgonean los detectives que aparecen en las tiras cómicas, y grandes llaves de hierro con la empuñadura en forma de flor de lis. Siempre usaba los mismos guardarropas, el más pequeño en el dormitorio de las niñas y el más grande en el mío, el armario para escobas en el pasillo, y, finalmente, el de los abrigos en la sala. A cuál niña metía en cuál armario dependía de a quién le echaba mano primero.

No las dejaba allí adentro por mucho tiempo. Lo juro. Iba de puerta en puerta, como un sacerdote escuchando confesiones, prometiéndoles que las dejaría salir en el momento en que se calmaran y aceptaran convivir en paz. No sé por qué a Yo nunca le había tocado el armario de los abrigos hasta una vez, de la que me arrepentiré hasta mi último suspiro.

Las había encerrado a todas y hecho mi recorrido de armario en armario, sacando a la chiquitina primero, luego a la mayor, que siempre salía encolerizada. Luego las dos del medio, Sandi primero. Cuando llegué a la puerta de Yo, no oí respuesta. Me asusté y abrí la puerta volando. Ahí estaba: de pie, blanca de miedo, como un fantasma. Y, ¡ay, qué horror!, se había hecho pis en los pantalones.

El bendito abrigo de pieles estaba en aquel ropero, colgado en uno de los extremos, pero Yo, por supuesto, había toqueteado todo en la oscuridad. Seguramente que tocó la piel y perdió los estribos. No lo entiendo, porque a mí me parecía que ella sabía que esa piel no era más que un abrigo. Tal vez me recordó debajo de esas pieles, y ahora yo, parada al otro lado de la puerta, y ella allí sola, en el otro lado, con un monstruo que supuestamente se había quedado allá en la República.

La saqué del armario y la llevé al baño. No lloró. No: sólo ese mugido callado que emiten los niños cuando rebuscan dentro de sí tratando de encontrar la madre que una no ha logrado ser. Lo único que dijo mientras la limpiaba: «Tú me prometiste que el oso se había ido para siempre».

Me dieron ganas de llorar. «¡Ustedes son las osas! Y yo que pensé que todos nuestros problemas se acabarían al llegar aquí.» Apoyé la cabeza sobre el brazo al borde de la bañera, y comencé a berrear. «Ay, Mami, ay —respondieron las otras tres a coro, paradas en la puerta del baño observándonos—. Nos vamos a portar bien».

Todas menos Yo. Ésta se puso de pie en el agua, agarró una toalla, y a zancadas salió de la bañera. Cuando estaba fuera de mi alcance, me gritó: «¡Yo no quiero ser parte de esta familia de locos!».

Ya desde aquel entonces, esa niña siempre tenía que tener la última palabra.

Ni una semana más tarde, Sally O'Brien, una trabajadora social de la escuela, me llama para decirme que quiere visitar la casa. En cuanto cuelgo el teléfono, interrogo a las niñas sobre lo que quizá habrían dicho a aquella mujer. Pero todas juran que no tienen nada que confesar. Les advierto que si esta señora escribe un informe negativo nos deportarán; los cucos y los osos van a ser como juguetes de peluche comparados con las fieras del SIM que nos harán pedazos. Las mando a que se pongan sus idénticos trajes de lunares que yo misma les hice para el viaje a Estados Unidos. Y entonces hago lo que no he hecho en los seis meses que llevamos aquí. Me tomo un Valium para darle una buena impresión a esta señora.

Entra ella, una señora alta con zapatos negros, de tacón bajo y con correas, y una sola trenza rubia que le cuelga a la espalda como una escolar vestida con un traje de vieja. Tiene una cara agradable, sin maquillaje y unos ojos tan azules y sinceros que se sabe inmediatamente que todavía no ha visto las cosas feas del mundo. Lleva un bolso con corazoncitos pintados. De allí saca una tableta de papel amarillo con nuestros nombres ya escritos. «¿Le importa si tomo apuntes?»

—Claro que no, señora O'Brien —no sé si está casada, pero he decidido obsequiarle un marido aunque no lo tenga.

—¿Su esposo estará con nosotros? —pregunta, mirando a su alrededor. Yo le sigo la mirada, ya que estoy segura de que quiere comprobar que la casa está limpia y es un sitio adecuado para criar a cuatro niñas. El armario de los abrigos, que se me olvidó cerrar, se me antoja una cámara de tortura.

—Mi esposo acaba de recibir su licencia de médico. Ha estado muy ocupado trabajando como no hay dios, todos los días, hasta los domingos —añado. Ella lo escribe en sus apuntes—. Hemos atravesado tiempos muy malos —ya he decidido que no voy a pretender que la venida a Estados Unidos parezca una fiesta, aunque créanlo o no, ése era mi plan original para bregar con esta visita. Pensé que luciría más patriótico.

—¡Debe ser un gran alivio! —dice moviendo la cabeza y mirándome fijamente. Todo lo que dice es como si le pusiera un sonajero en la mano a un bebé y esperara a ver qué cosa va a hacer con él.

Yo lo sueno bien fuerte. «Al fin somos libres —le digo—. Gracias a este gran país que nos ha ofrecido las tarjetas verdes. No podemos regresar —añado—: Eso sería una muerte segura».

Pestañea y escribe. «He leído algo en los periódicos —dice, trasladando la trenza de su espalda al frente de su traje. No parece una mujer nerviosa, pero el modo en que continuamente manosea esa trenza pareciera que le pagaran para entretenerla—. ¿Pero las cosas de veras están tan mal como dicen?».

Y ahí mismito, con mi inglés macarrónico que por lo general corta la magnitud de mis ideas a un tamaño inapropiado, le lleno los oídos con noticias de lo que ocurre en la isla: allanamiento de hogares, redadas, cámaras de tortura, aguijones eléctricos, perros salvajes, uñas arrancadas. Me entusiasmo e invento algunas torturas de mi propia cosecha, pero no que al SIM no se le hubieran ocurrido. Mientras hablo, ella hace muecas y se lleva las manos a las sienes como si hubiera agarrado una de mis jaquecas. Y en un susurro me dice: «Es verdaderamente espantoso. Deben estar muy preocupados por sus familias».

No me fío de mi voz y asiento levemente con la cabeza.

—Pero lo que no entiendo es por qué las niñas siempre están diciendo que quieren regresar. Que las cosas eran mejores allá.

—Es que están extrañadas de patria —digo en mal inglés.

—Extrañan su patria... es verdad —dice.

Asiento con la cabeza. «Son muy niñas. No saben de la ceca ni la meca.»

—Comprendo —dice con tanta amabilidad que me convenzo que aun con esos ojos azules inexpertos, sí comprende—. Las niñas no pueden entender el terror que usted y su esposo han vivido.

Trato de contener las lágrimas, pero por supuesto, se me desbordan. Lo que esta señora no puede entender es que no sólo lloro por haber dejado mi país ni por todo lo que hemos perdido, sino por lo que se avecina. No es hasta este momento que me doy cuenta que, con el clan familiar arrancado de nuestro lado como los cimientos de una casa, me pregunto si nosotros seis nos sostendremos.

—Comprendo, comprendo —repite hasta que me controlo—. Estamos preocupados porque las niñas se ven angustiadas. Especialmente Yolanda.

Ya lo sabía yo. «¿Anda haciendo cuentos?»

La señora asiente con la cabeza. «Su maestra dice que a Yolanda le encantan los cuentos. Pero algunos de los que cuenta, bueno... —deja escapar un suspiro. Se tira la trenza a la espalda como si no quisiera que ésta escuchara lo que tiene que decir—. Francamente, son un tanto inquietantes».

—¿Inquietantes? —pregunto. Aunque sé lo que quiere decir esa palabra, suena peor en los labios de aquella mujer.

—Pues, es que dice algunas cosas... —la señora sacude la mano levemente—. Cosas como las que usted describió. Niños encerrados en armarios, con las bocas quemadas con lejía. Osos que destrozan a los niñitos —se detiene momentáneamente, tal vez debido a la expresión de asombro en mi cara.

—No me sorprende —continúa—. Es más. Me alegra que se saque todo eso de adentro.

—Sí —le digo. Y de pronto siento una profunda envidia por mi hija, por la capacidad que tiene de hablar abiertamente de lo que la aterroriza. Yo no logro encontrar las palabras en inglés... ni en español. Sólo el gruñido del oso por el que me hacía pasar capta algo de lo que siento.

—Yolanda siempre está haciendo cuentos —lo digo como si fuera una acusación.

—Ah, pero usted debe estar muy orgullosa de ella —dice la señora, moviéndose la trenza hacia delante como si con ella fuera a defender a Yo.

—¿Orgullosa? —digo incrédula, lista a darle todas las piezas de mi rompecabezas mental para que vea el panorama completo. Pero me doy cuenta de que es inútil. ¿Cómo puede esta señora con sus ojos de niña y su dulce sonrisa comprender quién soy yo y todo lo que me ha pasado? Y quizá sea una bendición después de todo. Que la gente sólo conozca de uno esa parte que le dejamos conocer. Mírenla. Dentro de esa mujer cuarentona hay una niña nerviosa jugueteando con su trenza. Pero cómo esa niña quedó atrapada allí, y dónde está la llave para liberarla, eso tal vez ni ella misma lo sepa.

—Quién sabe de dónde le viene a Yo esa necesidad de inventar —le digo al fin, porque no sé qué más decir.

—Esto me ha ayudado mucho, Laura —dice poniéndose de pie para marcharse—. Y quiero que sepa que si en algo podemos ayudarla, no deje de llamarnos —me entrega una tarjetita, no como las tarjetas de presentación de allá, con todos los apellidos importantes en filigrana de oro. Ésta sólo muestra su nombre, título, y el nombre y número telefónico de la escuela en tinta negra.

—Voy a llamar a las niñas para que se despidan.

Ella sonríe cuando las niñas entran con sus vestiditos tan lindos y almidonados, haciendo reverencias tal como les enseñé. Y cuando la señora se inclina para darle la mano a cada una de ellas, mis ojos se posan en la mesita de centro y leo lo que ha escrito en su cuaderno de apuntes: *trauma/dictadura/fuertes lazos familiares/madre abnegada.*

Por un momento me siento redimida, como si todo lo que sufrimos y todo lo que sufriremos es culpa exclusiva de la dictadura. Ahora sé que ésta es la historia que contaré en el futuro sobre esos duros años: cómo vivimos bajo el terror, cómo esa experiencia traumatizó a las niñas, cómo, al levantarme a media noche para asegurarme de que estuvieran bien tapadas, gritaban cuando las tocaba.

No importa. En menos de un año, el dictador sería acribillado por varios miembros de la resistencia, compañeros de mi esposo. Las niñas estarían cotorreando en inglés como si hubieran nacido aquí. En cuanto al abrigo de visón, sería canjeado en una tienda de segunda mano de la Quinta Avenida por cuatro abriguitos de paño. Por lo menos mis hijas pasarían bien abrigadas ese primer invierno que tanta gente nos advirtió que era lo peor de venir a este país.

La prima
Poesía

No crean que no sé lo que las hermanas García decían de nosotras, las primas de la isla. Que éramos muñecas Barbie latinoamericanas, que lo único que nos preocupaba eran el pelo y las uñas, que teníamos el alma talla tres. No niego que ya una vez que quedé atrapada allí por el resto de mi vida, eché un vistazo a mi alrededor. Observé a las mujeres recargadas de oro en sus trajes de pantalones de diseñadores, las rondas de tés y fiestas. Vi a las tías mayores con sus misas y novenas diarias, rezando para asegurar a la familia un buen sitio en el más allá, mientras en el más aquí sus esposos se iban en viajes de negocios con las bellísimas queridas que se hacían pasar por las esposas. Vi a las sirvientas identificadas por el color de sus uniformes trabajando demasiadas horas adicionales. Pero aun así, abrí los brazos de par en par y me entregué a esta isla, lo cual es más de lo que jamás hicieron las García por su llamada patria.

Ellas venían todos los veranos y se iban para septiembre. Tenían que regresar al colegio, lo sé. Pero aun así, les cuadraba bien irse justo cuando la temporada de huracanes iba a comenzar. Así eran. Hablaban y hablaban sobre la injusticia de la pobreza, sobre las malas escuelas, sobre el tratamiento abusivo que se les daba a las sirvientas. Y ya para cuando nos tenían sintiéndonos como asquerosas, se iban para sus universidades y centros comerciales, sus manifestaciones políticas y sus cigarrillos de mariguana y sus novios mal vestidos pero con un fondo fiduciario en el banco. ¿Y saben lo que sucedía? Todas sus preguntas se quedaban dándome vueltas en la cabeza: ¿cómo podía dejar que las sirvientas me hicieran la cama? ¿Cómo podía permitir que mi novio me manipulara? ¿Cómo podía ponerme pestañas postizas encima de las auténticas?

La pregunta que me siguió dando vueltas hasta mucho después de que a las otras les había dado sepultura era: ¿cómo podía yo vivir en un país que no garantizaba la vida, la libertad y la búsqueda de la felicidad?

Siempre era Yolanda la que hacía esa pregunta. Nunca me la hizo a mí directamente. Ella discutía estos temas con los hombres, los tíos y los primos, ya que ellos eran los responsables, decía ella. Para mí que ella prefería a los hombres, le gustaba cambiar impresiones con ellos, argumentar con ellos, pico a pico. Ella decía que los estaba concientizando, y las tías se lo permitían. Esas locas primas gringas podían hacer lo que a nosotras, de haber hecho lo mismo, nos hubiera costado que nos metieran a un convento. No sólo eso, esas tías ancianas daban su aprobación a la misión de Yo. Creo que ellas pensaban que Yo estaba despertándoles la conciencia a los hombres, al igual que ellas, que siempre tenían una campaña montada para que sus hijos y maridos fueran más religiosos.

Yo se montaba en tribuna hablando de algún libro que había leído sobre el tercer mundo. «¿Qué quieres decir con eso de tercer mundo? —la retaba mi hermano Mundín—. ¿Tercer mundo para quién?». Yo me quedaba con la boca cerrada, sentada en las sillas de mimbre con el resto de las mujeres, conversando, por supuesto, sobre nuestras cabelleras y nuestras uñas. Pero a veces me viraba y la observaba, y cuando sus ojos se posaban en mí, rápidamente me evadía la mirada.

Sí que se sentía culpable. Sabía que si no hubiera sido por ella, yo no estaría atrapada en este mundo. Estaría casi terminando mis estudios universitarios. Estaría gozando las diversiones del primer mundo. Desde hace años ella sabía muy bien que si no hubiera sido por lo que hizo, yo tendría una vida muy diferente. Y es por eso que a mí nunca me dijo nada sobre el estado del alma mía. Ella sabía que si yo era una prima de-pelo-y-uñas, fue ella quien me hizo así.

Todo comenzó cuando yo tenía dieciséis años, y mis padres decidieron enviarme a Estados Unidos a estudiar. Las García ya se habían marchado hacía cinco años, pero nosotras nos habíamos quedado atrás, y las cosas habían empeorado en la República. Teníamos una revolución tras otra, como si no pudiéramos romper la costumbre de asesinarnos unos a los otros, aun después de la muerte del dictador. De todos modos, durante un par de años, las escuelas permanecieron prácticamente cerradas la mayor parte del tiempo. Recuerdo muchas noches en vela, escondida bajo la cama debido a las balas sueltas que a veces rompían los cristales de las ventanas. Teníamos la despensa bien abastecida de agua y velas y alimentos. Hubiera sido una vida claustrofóbica en aquella reserva familiar, especialmente desde que las García se marcharon, excepto que toda la gente rica de la capital había construido sus casas muy cerca una de la otra. Los jóvenes cruzábamos los patios como si no hubiera guerra y nos visitábamos con frecuencia.

Por eso ahora, cuando leo en los libros de historia sobre esos días negros y sangrientos, a mí no me parecen los mismos años que viví. Yo no me perdí una fiesta de cumpleaños, ni una quinceañera, ni un día de santo. Tal vez, por la escasez de mantequilla y chocolate, los bizcochos no eran tan sabrosos, y las piñatas eran algo chapuceras: cajas de cartón llenas de maní y lápices, y para jalar, cintas de satín sacadas de algún vestido viejo de las tías. Pero había una cosa que no escaseaba, por lo menos para mí. Tenía montones de novios. Y ésa sería la verdadera razón, más que las revoluciones y la falta de buenas escuelas y el temor por nuestras vidas, por la que mis padres me mandaron a Estados Unidos. Querían estar seguros de que Lucinda María Victoria de la Torre no se iba a escabullir detrás de una palmera y arruinar sus posibilidades de un buen matrimonio.

No se tenían que haber preocupado tanto, o en realidad debían haberse preocupado una vez que llegué a Estados Unidos, porque, como recordarán, allí estaba en marcha otra revolución de la cual mis padres no estaban enterados. Eran los años sesenta. Hasta en la soñolienta Academia de Señoritas Miss Wood, donde las hermanas García y yo estábamos internas, se sentían las reverberaciones de la revolución sexual. Llegaba a los portones de hierro forjado y a la estructura de ladrillo de nuestra escuela desde la escuela de varones que estaba colina arriba.

Yo tenía la misma edad de Carla, que era mi mejor amiga cuando nos criábamos en la isla. Pero en la Academia Miss Wood me atrasaron un par de cursos por los años perdidos y terminé en la misma clase que Yolanda, lo cual fue duro para mí. Yo tenía dieciséis, pero parecía de veintitrés, Yolanda tenía catorce y se comportaba como una chiquilla, una chiquilla algo extraña. ¡Y tenía yo que estar emparentada con eso!

Lo que sucedía era que ella andaba con la pandillita de artistoides de la Academia Miss Wood. No recuerdo los nombres de todas, pero eran cuatro las del grupúsculo. Una era una chica grande, superdesarrollada —ella sí que parecía tener veintitrés— a quien llevaban a Boston semanalmente a ver a un psiquiatra. Fue ella la que metió el puño por el cristal de una ventana para sentir dolor, para sentirse profundamente viva, según escribió en un poema publicado en la revista literaria de la Academia. Otra de ellas, Trini, se teñía el pelo de rubio para burlarse de las típicas gringas rubias de las escuelas preparatorias. La tercera, Cecilia Nosequé, era una de ésas tipo genio, flaquita con lentes de culo de botella y una lengua de látigo. Y también, claro, estaba Yo, quien, en cierta manera, era la rarita del grupo. Quiero decir que Yo era bonita, y divertida, y le caía bien a casi todo el mundo si la alejabas de Trini y la Mamasota. Pero como decía, ella todavía se comportaba como una chiquilla, y trataba de ser el centro de atención montando un papelón por cualquier ridiculez.

Por ejemplo, en la escuela no teníamos que usar uniformes ni nada por el estilo, pero teníamos un código de vestir: falda y blusa y zapatos de cordones para las clases, y algo llamado «traje del té» que había que ponerse todas las noches para la cena. Cuando llegué a la Academia Miss Wood, sólo tenía una maleta llena de faldas de colorines y blusas de encaje y vestidos de satín que estaban totalmente fuera de lugar allí. Así que Carla y yo nos fuimos al centro uno de los sábados que nos permitían salidas supervisadas, y nos compramos un par de conjuntos marca Villager, los cuales intercambiábamos alegremente. Tal vez lucíamos como dos *preppies* hispanas, como decía Yo, pero ¿y qué? Ella y sus amigas parecían acabadas de salir de un velorio.

Un día la directora llamó a todas las del grupúsculo y les dijo que no se vistieran más de negro. Les ordenó que usaran tonos pastel y telas escocesas y chaquetas de paño asargado como las demás. Pero ellas se amarraron bandas negras en los brazos en señal de protesta y se arremangaron las faldas por encima de las rodillas. Era realmente embarazoso cuando las estudiantes más populares, las

Sarahs, las Betsys y las Carolines, se dirigían a mí con los ojos desparramados para preguntar: «¿De veras eres prima de Yolanda García?».

No es necesario contarles que ella y sus amigas dirigían la revista literaria, la cual era prácticamente una antología de sus propios escritos, con uno que otro trabajo nuestro que la profesora de inglés nos obligaba a publicar. La portada generalmente exhibía una ilustración en blanco y negro, de una persona caminando en un cementerio, con la solitaria rama de un árbol moviéndose en la brisa y una pobrecita mariposa revoloteando alrededor de una lápida. El nombre en la lápida estaba borroso, pero por las fechas se veía claramente que se trataba de un suicidio, alguien de nuestra edad que había muerto demasiado joven. «Probablemente alguien que atravesó el puño por el cristal de una ventana para sentirse profundamente viva», proponía Heather, mi compañera de habitación. Ella leía los poemas en voz alta.

«¡¿Y toma mi tibio corazón en tus manos agusanadas?!» Heather tiró la revista al aire como si estuviera contaminada. «La verdad, Lucy-pu, yo no puedo creer que tú seas familia de esa Yo-*gore.*» A la Heather le encantaban los apodos que sacaba de libros infantiles como Winnie Pooh. Ella se apodaba a sí misma Heffalump.

Para la clase de inglés nos obligaban a llevar un diario. Casi todo el profesorado parecía salido de un asilo de ancianos, excepto la maestra de inglés, quien acababa de egresar de la universidad con un título en creatividad. Obligaba al grupo de

Carla a escribir ensayos desde el punto de vista de un objeto inanimado. (Carla escribió desde la perspectiva de su *brassière*.) Otro grupo tuvo que abrazar un árbol y luego escribir sobre lo que sintió. En comparación, mi grupo salió ganando, ya que sólo teníamos que llevar un diario.

Se pueden imaginar que para la mayoría de nosotras llevar ese diario era una tarea aburridísima que no nos quedaba más remedio que hacer. Pero Yo y sus amigas cargaban con esa libreta a todas partes, incluso a las comidas, hasta que la directora se las confiscó, amonestándolas que era mala educación llevar trabajo a la mesa de comer. A veces, camino a un partido de hockey, te topabas con una de ellas sentada bajo un árbol, escribe que te escribe, mientras que las demás teníamos que esperar para comenzar el partido. Ibas al salón a sentarte al lado de la chimenea a chismorrear sobre aquel muchacho tan guapo que viste en la capilla, te topabas con otra, sentada al borde de la ventana, garabateando en su libreta y echándonos puñalitos con los ojos, como para dejarnos saber lo superficiales que éramos por estar hablando de chicos. Y yo pensaba: «¿Por qué no te vas a escribir a tu cuarto ya que es privado?». Pero no, ellas tenían que hacer alarde de la copiosa escritura en sus diarios para hacernos pensar que éramos menos sensibles, menos poéticas, menos profundas que ellas.

Bueno, de ninguna manera iba a permitirle a Yolandita empañar mi felicidad. Claro que extrañaba a mi familia y a mis amistades, y muchas noches me despertaba con el pánico de que algo horrible había sucedido en la República. Tampoco me gustaba mucho estar en una escuela estricta, exclusiva para señoritas, obligada a aprender historia de Estados Unidos y a escuchar a La Hacha Madrina Ballard sermonear sobre cómo Estados Unidos ayudan a las primitivas repúblicas de América Latina. Pero había algo que me mantenía la moral en alto: la escuela de varones que quedaba un poco más arriba de la Academia Miss Wood, y el descubrimiento de que mi talento con el sexo opuesto traspasaba fronteras culturales.

No me malinterpreten. Yo no era una coqueta. Yolanda coqueteaba más que yo, si a eso vamos, pero ella sólo navegaba a los chicos sobre la superficie, salpicándoles agua en la cara a sus pretendientes, pero al final salía corriendo si se le acercaban demasiado. Yo, en cambio, me zambullía hasta el fondo, hasta donde sentía fuertes corrientes emanándoles a través de la chaqueta de paño y pantalones de lana, y los esperaba, días, semanas, si era necesario, hasta que recurrieran a mí. Durante mis primeros tres años en la Academia Miss Wood, no había un solo muchacho *cool* en Oakwood que no hubiera bajado la colina a visitarme, con las manos largas y nerviosas escondidas en los bolsillos, el pálido rostro animado mientras hablaba de las vacaciones que pasó con su familia en Barbados o Bermuda, lo cual yo entendía como un vago intento geográfico de relacionarse con mi herencia cultural. Yo escuchaba todo lo necesario hasta que él se sintiera importante. Entonces le echaba una de mis miradas, y le decía: «¡Bueno, la próxima vez que estés por el vecindario, no dejes de visitarme!». Nueve de cada diez veces el muchacho caía flechado.

Pero en el caso número diez fui yo la que caí. Tal vez por aquello que decía mi Mamá sobre las muchachas que se hacen de rogar. A mí me atraen los hombres que no vienen a comer de mi mano inmediatamente. En fin, en mi último año en la Academia Miss Wood, un chico a quien le había echado el ojo hacía rato se acercó a mí: James Roland Monroe. Todo el mundo le decía Roe, y de ése me enamoré. El problema fue que a mi prima Yo le pasó lo mismo.

La verdad es que Roe era más el tipo de Yo que el mío —esos chicos rubios y sonrosados con sus distintivos de *lacrosse* colgados en las paredes de sus dormitorios. Estaba también en su último año de preparatoria, era alto y delgado con pelo negro azulado que apenas le rozaba el lóbulo de las orejas, conforme a lo permitido por las reglas. Al igual que Yolanda en Miss Wood, Roe era parte del grupúsculo artístico-intelectual de Oakwood; era el editor de la revista literaria, y tocaba la batería en una banda de rock-and-roll, Las Bienaventuranzas. Llevaba típica ropa *preppie,* pero con una diferencia. Podía llevar la de rigor en Oakwood, chaqueta azul marino y pantalones de lana gris, pero al bajar la vista hasta el final de sus largas piernas, se veía que estaba descalzo. Llevaba la corbata tirada sobre un hombro como señal de protesta por tener que usarla. Y siempre llevaba una copia de Hesse o Khalil Gibran o D.H. Lawrence en el bolsillo de su chaqueta, supongo que para ostentar su alma profunda.

Pero en su caso no era una farsa: el tipo era profundo y popular; un hombre que podía llenarte la vida si lo dejabas. El primer domingo que vino a visitarme, sentí las caras de celos asomadas en las ventanas de los dormitorios que daban a la plaza circular donde las internadas dábamos vueltas y vueltas con nuestros visitantes. (Y a eso se resumían las visitas dominicales.) Desde arriba Yo debía de estar mirándonos, pensando que la vida no era justa. No que yo la haya visto. Había cometido el error de hundirme en los ojos grises de Roe, y cuando se marchó una hora más tarde, todavía no había salido a la superficie a respirar.

Por qué vino a visitarme, no lo sé. La revolución de turno había terminado, y finalmente íbamos a tener elecciones en la República. Mi padre era uno de los candidatos a la presidencia: la primera de muchas veces. Así que me convertí en una modesta celebridad en la Academia Miss Wood, la-hija-de-un-posible-presidente. No crean que La Hacha Madrina dejó pasar la oportunidad de darnos una cátedra sobre la diferencia entre las verdaderas democracias y las que pretenden serlo. Pero no creo que fuera mi posición de personaje importante lo que atrajo a Roe. Fue un poema que escribí para mi clase de inglés y que la profesora envió para ser publicado en el número conjunto de la revista literaria de Oakwood y Miss Wood en el otoño. La verdad es que el poema me salió bastante bien, modestia aparte. Era uno de esos *donnés,* como le dicen los franceses, un don de los dioses. En mi caso sí que había sido un regalo. Pienso que los dioses se confundieron con la otra pelinegra latinoamericana, mi prima, la poeta. Se supone que nos parecemos un poco.

Estoy segura que a Yo le dio un ataque de celos cuando mi *donnée* ganó el concurso literario. Era como si yo hubiera rebasado la periferia de su creatividad de un plumazo. ¿Cómo se titulaba el poema? «Canción de amor del inmigrante», o algo así. Todavía me acuerdo de la primera y la última estrofa.

Cuando dejé mi patria estaba perdida
sentía que el mar no tenía riberas
ni un lugar donde soltar las olas
ni un lugar seco donde correr.

Pero ahora en las noches a tu lado
descubro un nuevo continente
en tus manos encuentro el mapa
escucho mi himno en tu aliento.

Pensé que mi debut poético arruinaría mi reputación en Oakwood, que me iban a ver como una de las artistoides que se tiran el pedo más alto que el culo. Pero después de la publicación del poema tuve más pretendientes que nunca. Heather decía que era por la última estrofa, que daba a entender que yo «lo había hecho». Ella leía el poema una y otra vez con una voz muy sensual a lo Marilyn Monroe.

—¿Bueno? —finalmente me preguntó.

—¿Bueno qué? —pregunté yo.

—¡Lucy-puh! —exclamó exasperada—. ¿Lo hiciste, o no?

—Mis labios están sellados —dije, usando una expresión muy popular en la Academia Miss Wood en aquella época.

Mi confesión hubiera sido bastante decepcionante. Por supuesto que todavía era virgen. El objetivo de enviarme a Miss Wood fue el de mantenerme pura para algún macho dominicano, quien probablemente había ido hasta lo último con la sirvienta desde los doce años. En cuanto a mi virginidad, mis padres habían tenido éxito.

Pero en otras cosas no. La escuela me había despertado ideas. Ganar ese concurso fue sólo una, de varias cosas, que me convencieron de que yo tenía un cerebro. Hasta logré obtener una B^+ de La Hacha Madrina, quien ahora me servía en bandeja de plata. Quizá pensaba que si la República Dominicana llegara a convertirse en una democracia, ella podría jactarse de la influencia que tuvo a través de la hija del presidente. En una de nuestras conferencias mensuales, la directora me animó a solicitar entrada a la universidad. Pero ¿qué podía hacer yo? Contrarios a los padres de las García, quienes habían cambiado bastante su modo de pensar en este país, los míos todavía creían firmemente que las mujeres no deben ir a la universidad. Los planes eran que yo regresara a la República después de la graduación en junio.

En eso, mi padre, que estaba de visita en Washington, D.C. para reunirse con senadores y solicitar apoyo a su candidatura, vino por primera vez a visitarme un fin de semana. La directora lo arrinconó y le echó un sermón sobre cómo la hija de un presidente democrático debe dar buen ejemplo, con lo que mi padre estuvo de acuerdo, y más aún, al regresar convenció a mi Mamá de que eso sería lo mejor para mí: dos años en una universidad, máximo. «Está bien», dije yo, aunque mi anhelo era todo el rollo: cuatro años de universidad, dos años trabajando en Nueva York, y luego, el matrimonio. La cara de ese esposo sólo había sido un vago sueño hasta que apareció Roe.

Pero Yo se adelantó a reclamar que tenía primer turno. Después de todo, ella y Roe habían ido al baile del penúltimo año juntos. («Como amigos», me había explicado Roe.) Ella y Roe habían pasado muchas horas de visitas sábados y domingos conversando. («Sobre cosas de la revista literaria», me aseguró él.) Y Yo tenía evidencia concreta en que apoyar su reclamo. Una noche de enero de nuestro último año de preparatoria, vino a mi habitación a enseñarme un paquete de cartas.

Me leí la mayoría de aquellas cartas, y sentí que la sangre se me escapaba de la cara. Ella tenía razón, eran cartas de amor, llenas de poemas imitando a e.e. cummings, no poco parecidos a los que ahora Roe me enviaba a mí. Lo curioso fue que en vez de enojarme con Roe, me enojé con Yo por destruir mi paz interior. «¿Por qué me enseñas esto?», le pregunté tirando el paquete de cartas en su regazo. Ella estaba sentada al pie de mi cama, y yo estaba al otro extremo. Heather había salido un poco antes para darnos un poco de privacidad, retorciendo los ojos hacia el techo como diciendo: pobrecita.

—¿Cómo que por qué te las enseño? —me dijo Yo con los ojos rebosados de lágrimas que trataba de contener a pestañazos. Se había puesto más bonita ese año. No sé, como si ahora le importara su apariencia. Quizá la había inspirado Roe.

—Lo que quiero decir es que, bueno, a lo mejor ustedes tuvieron algo que ver el año pasado —le digo, tratando de mantener la voz calmada. Así es como me lo explicaba a mí misma. Pero ahora, al mirar a Yolanda sentía el azote de los celos, y pensaba: «Quizás ella es más bonita que yo»—. Eso se acabó, Yo —le dije como si fuera una decisión que yo pudiera tomar.

—No te hagas ilusiones, Lucecita —movió la cabeza, con sonrisa irónica. Pero estaba herida, se le veía en los ojos—. Esta última carta fue escrita hace dos semanas —me dijo, sosteniendo en alto uno de los sobres azul pálido. Era una de las que estaban al fondo del paquete que yo no me había molestado en leer. Después de todo, no soy glotona para los sufrimientos.

—¿Te la leo? —continuó.

La miré directo a los ojos. «No —le dije—. No me interesa en lo más mínimo». Por supuesto, me moría de curiosidad, pero se lo oculté. Además yo conocía a mi prima Yo. Si ella tenía razón en algo, no se iba a dar por vencida. Me leería esa carta aunque tuviera que obligarme a escucharla.

Y sí que me la leyó, sollozando, mientras mi faz se endurecía más y más, y el corazón se me hacía añicos, como las ventanas de casa durante nuestras revoluciones. En su última carta, Roe parecía dar respuesta a una nota desesperada de Yo. (Por supuesto, eso ella no lo mencionó.) «Lo nuestro es para siempre —escribió Roe—. Pero nuestro amor es platónico (una palabra que me alegró haber aprendido para las pruebas de aptitud escolástica). Tú sigues siendo mi inspiración. Sigues siendo mi musa.»

¿Y qué carajo soy yo?, me pregunté a mí misma.

—Vete de aquí —le dije cuando terminó. Tal vez fue aquel destello en sus ojos, como si se regodeara en tener razón, lo que me hizo perder el control—. ¡Vete! —le repetí gritando. Heather asomó la cabeza—: ¿Todo bien por aquí?

Yo se veía asustada. «Anda, Lucinda —me dijo—. Somos primas. No vamos a dejar que Roe se interponga entre nosotras».

—Ya se interpuso entre nosotras —le dije, con las lágrimas quemándome los ojos.

—Bueno, yo estoy dispuesta a dejarlo —dijo, con la mandíbula tensa— si tú haces lo mismo.

No pude contener la risa. «Lo siento, m'ija, no voy a negociar esto contigo. Que Roe decida a cuál quiere.»

Ella recogió su paquete de cartas y salió de la habitación con exagerada dignidad, casi chocando con Heather, quien todavía estaba parada en la puerta. Al doblar la esquina, no pude resistir y le grité: «¡Que gane la mejor!».

Y oí su voz desde el pasillo: «¡Que gane la mejor!».

La semana siguiente fue el carnaval de invierno, y yo me las arreglé para incluirme con Roe en el equipo que iba a construir a Puff, el dragón mágico, para el concurso de esculturas de nieve. Cuando le terminamos la cola a Puff, nos escurrimos hacia el bosque que estaba detrás de los dormitorios, y allí le canté las cuarenta.

—Por favor, Lucinda —repetía.

—Por favor qué —le dije. Las lágrimas que había tratado de contener ahora me corrían por las mejillas. Él me las secaba a besos, y coño, yo lo dejaba.

—Tienes que comprender —me rogó—, yo pensé que dejarías de hablarme si le daba un derechazo a tu prima.

¿Saben qué? A mí me parecía posible. No había Yo escuchado a La Hacha Madrina hablar de las grandes familias mafiosas de América Latina que impedían el desarrollo de la democracia. Y viéndolo así, claro que Roe podía pensar que yo iba a respaldar a mi sangre en vez de a él. «Bueno, pues habla con ella si quieres seguir saliendo conmigo.»

—Claro, claro —me dijo, mirando al piso. Esos ojos, esos suaves ojos grises... siempre me hacían flaquear.

—Ay, Roe, yo quiero ser tu musa, tu inspiración.

—Tú eres mi musa —me dijo, agachando la cabeza hasta que nuestras frentes se tocaron, y me susurró unos versos que sonaban demasiado a e.e. cummings:

y ahora eres y ahora soy y somos
un misterio que nunca volverá a ocurrir.

—Entonces, ¿vas a hablar con ella? —le pregunté antes de dejarlo besarme otra vez.

—Claro que sí, Yolinda —dijo. Juro que lo oí decir «Yolinda».

Estoy segura de que habló con ella, porque Yo no me dirigió la palabra durante casi tres meses, lo que debe haber sido muy duro para ella, con esa boca que tiene. Finalmente, tuvimos un reencuentro lacrimoso cerca de las casillas postales el día en que las dos nos enteramos que ambas habíamos sido aceptadas en la Universidad Commodore. Aunque no era una universidad de dos años, la madre de Yo, tía Laura, había convencido a mis padres que me dejaran solicitar a una universidad donde ella pudiera supervisarme junto con su hija.

—Estaremos juntas de nuevo —dijo Yo, restregándose los ojos. Me abrazó y yo le di unas palmaditas en la espalda, como si fuera un bebé que necesitara eructar.

Yo debí haber sido la más generosa de las dos, lo sé. Después de todo, yo fui la que se quedó con Roe. A él lo habían aceptado en una universidad que quedaba a dos horas de Commodore, y estaba loco de contento. Así podríamos continuar nuestro romance a lo largo de nuestros años universitarios y de nuestras vidas. Pero, ven, a pesar de que me había ganado a Roe, había perdido la tranquilidad. A veces estábamos sentados en el salón y yo sorprendía la mirada de Roe deslizándose hacia Yo que estaba escribiendo en su diario, y pensaba: «Es a Yo a quien quiere». Si le pasábamos por el lado a ella cuando dábamos la vuelta a la plaza, Roe le decía: «¿Cómo te va, Yo?», y pensaba que podía escuchar el galope de su sangre cuando ella se sonrojaba un poquito y le contestaba: «Más o menos».

Esa primavera se publicaron poemas de Roe que nunca había visto en la revista literaria. Todos eran sobre un amor «ya perdido al tacto pero presente en el corazón». Lo interrogué sobre ese amor perdido. «Es sólo una convención literaria, Lucinda —me aseguró—. Keats, Wordsworth, Yeats, todo el mundo escribe sobre amores perdidos».

—¿Nadie escribe sobre amores felices? —le pregunté—. ¿Por qué no empiezas una tradición?

—Necesito más experiencia —me dijo, apretándome la mano.

En varias ocasiones habíamos hablado de lanzarnos y tener relaciones. Resulta que Roe, a pesar de ser tan buen tipo, era tan virgen como yo. Pero a los dieciocho, él empezaba a temer que en algo fallaba porque no había tenido relaciones sexuales. No que él quisiera algo basto y vulgar, una de las chicas locales que se colaban en las fiestas de la academia con sus pelos empajonados y sus escotes llamativos. Él quería la palabra hecha carne, el alfa y el omega reunidos en un infinito amor sin fronteras. Era capaz de remontarse de tal manera en el tema que yo llegaba a perder la noción de lo que estaba diciendo. Sólo una cosa tenía sentido para mí: la primera mujer que un hombre posee, decía Roe, vive en su corazón por el resto de sus días.

Al igual que mi prima, yo había sido criada como católica. Nuestras almas eternas, así como nuestros matrimonios, peligraban si entregábamos la flor de nuestra virginidad fuera de la santidad del sagrado matrimonio. Pero cada vez que miraba los ojos de Roe, sentía que me derretía por dentro, y me preocupaba que Lucinda María se fuera a rendir a los deseos de la carne.

Me pregunto si todavía vivo en el corazón de Roe. Una vez, entre matrimonios, traté de seguirle la pista. Llegué a llamar a la oficina de exalumnos y averigüé que James Roland Monroe III (no me acordaba que hubiera número) trabajaba en un importante bufete de abogados en Washington, D.C., que se había casado con una tal Courtney Hall-Monroe, que tenía tres hijos, Trevor, Courtney y James Roland IV. Me preguntaba si cada vez que Roe le hacía el amor a Courtney, él escuchaba el rumor del Mar Caribe y un leve murmullo de palmeras. Decidí no averiguarlo. ¿Qué hubiera hecho si al llamarlo dice: «¿Lucinda quién?». O peor aún: «Ah sí, Lucinda la de Barbados, ¿cierto?».

La verdad es que durante largo tiempo era Roe quien estaba en mi corazón. Casi todos los hombres de quien me enamoré podían haber sido su doble. El mechón de pelo negro, ese aspecto de hombre fatal, el mismo encanto que yo no podía resistir. El problema era que otras mujeres tampoco podían resistirlo. Si la carrera de mi padre fue la de ser perenne candidato presidencial, la mía fue la de casarme con hombres inapropiados. Pero por lo menos, nunca más tuve que entrar en competencia con mi prima Yo. Parecía que a ella ya no le interesaba ese tipo de hombre. Quizá por el fracaso que ella provocó y que puso fin a mi romance con Roe.

¿Recuerdan los diarios de la clase de inglés? Durante aquella primavera de corazones rotos, Yolanda escribía su colección de quejas, con pelos y señales. Roe y Lucinda dándose besos de lengua. Roe y Lucinda de noviazgo oficial. Roe y Lucinda solicitando universidades cercanas. Roe y Lucinda y sus planes de casarse a espaldas de la familia.

Todo esto es invención mía. En realidad no tengo la menor idea de lo que Yo escribió en su diario, pero sé que fue lo suficiente como para arruinar toda posibilidad de que yo fuera a la universidad y volviera a ver a Roe.

Lo que pasó fue que tía Laura, la madre de Yo, encontró el diario en su habitación y lo leyó de cabo a rabo. En la familia todos son entrometidos y fisgones. Mis padres abrían todas las cartas que recibíamos de cualquier muchacho. No se nos permitía hablarle a un hombre a no ser que hubiera un adulto en la habitación. Pero nadie se acordó de decirles que había una escuela de varones un poco más arriba de la Academia Miss Wood. Nadie les había explicado en qué consistían las horas de visita. Nadie les había mencionado el carnaval de invierno, las vacaciones de primavera, las celebraciones de *homecoming*.

Es decir, nadie, excepto Yolanda García.

Ese verano tía Laura se apareció en la reserva familiar, aparentemente para traer a las chicas García de vacaciones. De buenas a primeras, mi Mamá no me quitaba los ojos de encima. Mi papá apenas me hablaba. Yo andaba derechita, me comportaba como una santa, me quedaba en casa por las noches mientras que las García salían de paseo con Mundín, disfrutando en grande de sus vacaciones veraniegas en su isla natal.

Por fin llegó el día en que se suponía que partiera con ellas para la orientación de estudiantes de primer año. Nunca olvidaré esa mañana en la habitación de mis padres. Mi padre caminaba de un lado a otro, mi madre lloraba con el rosario en mano. Me querían en casa, a su lado, me informaron. Tía Laura había descubierto un diario obsceno. Sabían que mi prima Yo tenía una gran imaginación. Sabían que todo era inventado, pero de todos modos, el simple hecho de que semejantes cosas pudieran existir en la mente de su sobrina quería decir que Estados Unidos no era lugar para su hija. Y se acabó la discusión. Si yo quería estudiar, podía ir a la universidad del país.

Yo lloré y supliqué y hasta amenacé con suicidarme. Sonaba como uno de esos poemas publicados en la revista literaria de la Academia Miss Wood. Le escribí a Roe rogándole como una desvergonzada que por favor viniera a rescatarme. Pero no tuve respuesta durante varios meses. Finalmente recibí, a través de Carla, una nota en aquel mismo papel azul pálido. Había conocido a alguien durante el verano. «Y a pesar de que todavía te amo, Lucinda.» Rompí aquella carta en tantos pedazos como él había destrozado mi corazón. No quería saber nada de cómo lo nuestro era para siempre. Y por descontado, no quería tropezarme con la palabra platónico.

En cuanto a Yo, tuvimos la gran pelea cuando regresó al verano siguiente. Me pidió mil disculpas. Tuve que creerle que ella no había dejado ese diario al alcance de la mano a propósito. Tuve que creerle que ella quería que yo la acompañara a Commodore. Que no me guardaba rencor por lo de Roe. Ese verano me preguntó más de cien veces si estaba contenta. Si la había perdonado. Le dije que sí, claro, que la había perdonado. Pero nunca le contesté la pregunta de si estaba contenta. La verdad sea dicha, en esa época, me sentía fatal. Yo había estado lista para desplegar mis alas y volar, y fue como ser una mutación evolutiva: estaba lista para ser un ave sólo para descubrir que debía conformarme con ser una criatura terrestre.

No me malinterpreten. Después de todo resulté ser una mujer feliz. Tengo cinco hijos preciosos, la mayor tiene la edad que teníamos Yo y yo cuando Roe se presentó en nuestras vidas. Tengo una cadena de boutiques que venden mis diseños más rápido de lo que los talleres pueden producirlos. Esposa, madre, mujer profesional: lo logré todo y eso no es nada fácil en nuestra islita del tercer mundo. Mientras tanto, las chicas García luchan con su ambivalencia cultural en la tierra de *milk and money.*

Sobre todo Yo. Y quizá por sus propias luchas, todavía se siente culpable en cuanto a mí. Cada vez que viene aquí y nos reunimos, observo cómo su mirada se desliza hacia mí en busca de respuestas.

Cuando eso sucede, ¿saben lo que hago? Me vuelvo hacia ella y le disparo una de mis sonrisas de pelo-y-uñas, una sonrisa que yo sé que no le inspira confianza. Y la veo fruncir el cejo como si todavía le doliera, al cabo de veinte años, no saber si fue lo mejor para mí llevar la vida que llevo. Si ella es culpable de las dificultades que he tenido, de los malos matrimonios, de los problemas con mis padres, de mis hijos sin la presencia de un padre. Y cuando la veo, ya casi en los cuarenta, dando traspiés por el mundo, sin un marido, ni un hogar, sin hijos, pienso: tú eres la aparecida, la que ha terminado viviendo la mayor parte de su vida en papel.

La hija de la sirvienta
Informe

Tenía ocho años cuando mi madre me dejó en el campo con la abuela para irse a Estados Unidos a trabajar como sirvienta de la familia García. Mi Mamá había trabajado para la familia de la Torre casi toda su vida y así fue como ella consiguió ese trabajo con los García. La señora de García es de la familia De la Torre y conocía a fondo la vida de mi madre, así es que cuando ella y su marido decidieron quedarse a vivir en Nueva York después del asesinato del dictador, ella le preguntó a mi madre si quería ir a ayudarla con la difícil tarea de ser ama de casa en Estados Unidos.

Mamá aceptó inmediatamente. Hacía tiempo que le oía decir que quería ir a Nueva York. Cada vez que uno de los De la Torre se iba de viaje por un largo tiempo, mi madre lo ayudaba a empacar. Ella espolvoreaba dentro de las maletas un polvo especial hecho de sus uñas molidas y hebras de su cabello y algunos otros ingredientes por cuya preparación había pagado veinte pesos a una santera. Aquello parece que tuvo efecto. Con el paso del tiempo, aquellos pedacitos de Mamá se amalgamaron en Nueva York creando una fuerza magnética tan poderosa que a la larga atrajo al resto de ella a la ciudad mágica.

Allá se fue llena de ilusiones de cómo, por fin, iban a mejorar nuestras vidas. Yo la creí, a pesar de que, al principio, mi vida empeoró. Yo vivía en la capital, en el internado en que ella me había puesto para tenerme cerca. Era un lugar bastante agradable, con inodoros y electricidad y uniformes y niñas de piel oscura, muchas de ellas tenían ojos claros y pelo bueno debido a que eran hijas ilegítimas de sirvientas y señoritos, o señorones, de familias importantes. Existía una jerarquía que se basaba en si tu padre te había «reconocido» o no: si había admitido que era en realidad tu padre y te había dado su apellido. Yo estaba en un escalón bastante bajo en esa jerarquía, ya que la única razón por la cual yo estaba allí era porque la familia De la Torre logró convencer a las monjas de que me aceptaran, para que así yo pudiera estar cerca de una de sus sirvientas favoritas, mi madre. O eso fue lo que yo pensaba en aquel entonces.

De todos modos, cuando Mamá se fue a Estados Unidos, me mandaron lejos al campo a vivir con mi abuela, quien comía con las manos y se limpiaba los dientes masticando un pedazo de caña de azúcar. Dormíamos en un bohío de palmas, sin electricidad, ni servicio sanitario, ni nada de nada. Todos los meses íbamos a la capital a la casa de los De la Torre a recoger el dinero que mi madre nos había enviado. Junto a los billetes verdes y nuevecitos, venían cartas que yo le leía a mi abuela, ya que ella no sabía descifrar esos garabatos. Las cartas de Mamá eran como cuentos de hadas, y nos contaba de edificios que tocaban las nubes y de un aire tan frío como el interior del refrigerador del colmado. También mandaba fotografías de las cuatro hermanitas García, todas un poquito mayores que yo, nos llevábamos uno, tres, cuatro y cinco años respectivamente; todas eran muy lindas, con los brazos echados, las cabezas inclinadas así y asá, como verdaderas hermanas cariñosas y a mí me embargaba la tristeza de no tener una hermana. Al otro lado de las fotos, cada una firmaba su nombre, y una vez, la que se llama Yo añadió unas palabras que decían: «Querida Sarita, queremos mucho a tu querida Mamá y te estamos muy agradecidas por prestárnosla».

Bueno, por lo menos eran agradecidas, pensé.

Cinco años trabajó Mamá para esa familia, ahorrando dinero, visitándonos nada más que dos veces en todo aquel tiempo. En el segundo viaje me volvió a meter en la escuela de monjas, porque decía que me estaba volviendo una jíbara, como una de esas niñas haitianas que nunca habían usado zapatos. Bueno, yo llevaba ya tres años y medio con la vieja y me había encariñado con ella, y ahora me resultaba difícil volver a dormir en un colchón, comer con cubiertos, y ser una jovencita pretenciosa. Pero ¿cómo iba a quejarme? Mi Mamá se mataba trabajando para darme todas las cosas que ella no tuvo. No podía fallarle mostrando preferencia por el tipo de vida que ella había dejado atrás.

Cinco años después de su partida, llegó la increíble noticia. Mamá le había preguntado a la señora García si podía llevarme a Estados Unidos, ¡y la señora García había dicho que sí! Desde que me había hecho una señorita, Mamá sufría horrores por dejarme sin supervisión en aquel país de lobos. «Yo sé lo que digo», me dijo en una de sus cartas. Años más tarde, mi madre me diría la verdad que había ocultado allá en la República. Ella era la hija ilegítima de un hacendado riquísimo, que decía ser dueño de la tierra donde mi abuela se había instalado sin permiso. En cuanto a mi propio padre, ella rehusaba nombrarlo.

Los De la Torre me pusieron en el avión en Santo Domingo, y cuando aterricé en el aeropuerto Kennedy, allí estaban todas en fila, reclinadas sobre la baranda, Mamá, la señora, y las cuatro hermanas García. El momento en que crucé la puerta, una niña de trece años, flaca y asustada, abrazando la Barbie que ellas me habían regalado en Navidad, con dos trenzas recogidas encima de la cabeza y mi suéter rosado que no pegaba con mi vestido a cuadros (qué sabía mi abuela de combinaciones de colores), esas niñas me cayeron encima.

«¡Ay, Sarita, nuestra hermanita, Sarita!» Me abrazaban como si me conocieran de toda la vida. Sobre sus hombros vi a Mamá, allí, de pie, con una sonrisa de orgullo, esperando su turno. Cuando las García terminaron de darme la bienvenida, tomé la mano de mi madre, se la besé y le pedí la bendición. Hice lo mismo con la señora García, quien parecía estar muy impresionada, y más tarde regañó a las niñas y les dijo que debían aprender de Sarita cómo comportarse bien. Hubo tantos revirones de ojos en el asiento trasero que el carro bien pudo haber ido tambaleándose carretera abajo hasta la casa de los García en el Bronx.

Desde el principio, esas niñas me trataron como una muñeca favorita, una hermanita y un caso de caridad. Me daban ropa que no les servía y joyas que les habían dado y que se suponía que no debían usar delante de su madre. Y todas ellas dedicaron tiempo a enseñarme cosas. Carla a menudo me preguntaba cómo me sentía sobre esto o aquello (practicaba para ser psicóloga), y luego me explicaba cómo era que yo realmente me sentía. Todo aquello era tan divertido como leer mi horóscopo en una revista o escuchar a mi abuela predecir el futuro en una taza de café. Sandi y Yo me enseñaron a maquillarme de manera que lucía como si me fueran a suceder cosas extraordinarias. Luego teníamos que refregarnos bien la cara, porque sabíamos que a mi Mamá no le gustaba nada de eso. Fifi era mi compañera de juegos, ya que teníamos casi la misma edad. A veces se ponía celosa de toda la atención que se me daba, y Mamá me llevaba para el sótano, donde vivíamos.

—Un paso en falso y nos mandan de regreso.

—Con tu permiso, Mamá —explicaba—, pero yo no he hecho nada —y ahí mismo bajaba la mano, aterrizándome en la cara hecha bofetada. Los ojos se me llenaban de lágrimas, pero prohibido llorar. Mamá me había advertido que no podíamos hacer ningún ruido en la casa.

—No te des muchos aires —me decía entre dientes, su voz escasamente más que un susurro—. ¡No te creas que vas a ponerte contestona como las García con su madre! —y apuntaba con la cabeza hacia el piso de arriba. Pronto ese gesto se convirtió en un código entre nosotras. Cada vez que ella quería que bajara la voz o que saliera de la habitación o que confabulara con ella cuando las García estaban presentes, ella movía la cabeza así. ¡Esas niñas García! No se te ocurra pensar que eres una de ellas.

Pero me trataban como si fuera parte de la familia. De vez en cuando lograban convencer a Mamá que me dejara salir con ellas. Le tenían que explicar, paso por paso, exactamente lo que iban a hacer, aunque luego se apartaran drásticamente del plan. Casi siempre decían que me iban a llevar a la biblioteca o al museo o al cine a ver una película que estaba en la lista aprobada para niñas católicas. Luego, en vez de dirigirnos al Museo Metropolitano o al auditorio del Sagrado Corazón, nos íbamos a la Washington Square en Greenwich Village a ver a los chamaquitos gringos arrebatarse de mariguana. De vez en cuando, algún muchacho ligaba con una que otra hermana y, por supuesto, todas nos colábamos. Una vez fuimos a parar al *loft* de dos melenudos a escuchar una música que sonaba exactamente como si mezclaran cucharas y tenedores en una batidora a toda velocidad. Los tipos no querían creer que todas éramos hermanas como ellas insistían. Por un lado, Sandi era de tez clara y pelo rubio, Fifi era alta, como una americana, Carla y Yolanda tenían la piel aceitunada, y yo color café con leche, pelo negro y ojos medio garzos, así que lucíamos como una familia de retazos.

Pero las García se reían, diciendo que éramos isleñas y que en el Caribe «esas cosas pasan». De pronto, los tipos empezaron a avanzar hacia nosotras, raros y ojitorcidos, medio tambaleando. Nos dijeron que ellos tenían un método para saber si éramos hermanas o no. ¡Qué asustadas estábamos! Nos pusimos de pie muy despacito, como si estuviéramos en una habitación de un bebé con cólico que al fin se ha quedado dormido, y las cinco nos echamos una mirada, hicimos un leve gesto hacia la puerta, muy parecido al gesto de mi madre. Uno-dos-tres —éramos como una sola persona respirando al unísono— hasta que Yo gritó: «¡Vámonos!», y salimos volando por la puerta, traqueteando por las escaleras, y no paramos de correr por ocho cuadras y dos niveles bajo tierra hasta que llegamos al tren subterráneo.

Camino a casa, Carla nos preguntó a Fifi y a mí cómo nos sentíamos sobre lo que acababa de suceder, y Sandi añadió que si alguien decía una palabra sobre lo ocurrido, todas nos meteríamos en tremendo berenjenal. Por eso Yo seguía preguntándose en voz alta cómo sería que aquellos tipos podían determinar si unas chicas eran hermanas o no.

—¡Basta, por favor! —Carla le gritó por fin, un grito que se oyó por encima del estrépito del tren. Alguna gente nos miró—. Nos vas a dar pesadillas.

—Yo creo que necesitas un loquero, Carla —dijo Yo, siempre tan mordaz e ingeniosa. Nadie podía tener la última palabra cuando ella estaba presente, por lo cual su Mamá siempre la amenazaba con ponerle salsa picante en la boca, para quemarle esa lengua de látigo. A veces se veían cosas muy tristes en esa familia.

En fin, que aquél fue nuestro último paseo secreto por la ciudad. En una semana el verano llegaría a su fin. Las tres mayores de las García regresaron a sus respectivas universidades, Fifi al internado, y yo me quedé sola con los tres adultos, como si fuera la única hermana García de la familia.

Si no hubiera sido por la escuela, me hubiera muerto de soledad en aquella casa vacía. La vida allí era tan aislada en comparación con la de la isla. Aun cuando vivía en el campo, Abuela y yo salíamos de la casa en cuanto nos levantábamos por la mañana y no regresábamos hasta la hora de dormir. Nuestra sala eran tres mecedoras bajo el almendro, colocadas frente a las de los vecinos. La cocina era un techo de pencas de palma sobre un mostrador con hornillas de carbón, donde una panda de mujeres cocinaban y chismoseaban en grupo. El servicio sanitario era un prado al otro lado del río, y la bañera pública era ese mismo río. Y en todos estos sitios siempre había mucha de gente.

Pero en aquella área exclusiva del Bronx, todo el mundo vivía encerrado en su casa con sistemas de alarma y pesadas cortinas en las ventanas. Mamá llevaba cinco años allí y decía que no conocía a ningún vecino. La única gente que veía Mamá eran los pacientes que llegaban a consultar a la psicóloga que tenía su oficina en la casa de al lado. Entre ellos había una señora (que siempre miraba por encima del hombro) con gafas negras y la cabeza cubierta por un pañuelo; otra señora y su flaca hija adolescente que siempre entraban por la vereda gritándose una a la otra (Mamá apuntaba con la cabeza igual que hacía con las García), un hombre de cuerpo retorcido y una cojera horripilante (Mamá lo imitaba para enseñarme lo horrible que era), y un montón de otra gente. Me sentí más agradecida por todo lo que Mamá había pasado en esos cinco años de soledad, prisionera —así es como me la imaginaba— en esa casa con sólo el domingo de asueto. Yo no lo hubiera aguantado. Pero como decía, yo tenía la escuela para romper la monotonía de la soledad.

La escuela pública, a la que llegaba en autobús, estaba en un barrio no muy bueno del Bronx. La mayoría de los estudiantes era afroamericanos, pero también había muchos puertorriqueños y unos cuantos irlandeses que habían sido expulsados de la escuela católica. Al principio, Mamá quería que yo fuera al Sagrado Corazón, pero la matrícula y los uniformes costaban mucha plata. Además, las García habían estudiado en esa misma escuela antes de irse al internado, y yo creo que Mamá sabía que la señora García iba a pensar que la sirvienta se quería lucir si mandaba a su hija a la misma escuela.

Antes de entrar a la escuela pública, Mamá me leyó la cartilla al derecho y al revés de lo que podía y no podía hacer. No podía recibir llamadas ni visitas, puesto que ésta no era nuestra casa. Tenía que ir directamente a la escuela en el autobús e inmeditamente, al final de la clase, tenía que regresar en el mismo autobús. Mamá siempre caminaba conmigo hasta la parada por las mañanas, y allí me esperaba, uniformada, todas las tardes a las cuatro en punto.

Los chismes corrían por la escuela. Mi tez era bastante clara y era bonita, las García me lo decían. Es más, mucha gente pensaba que yo era italiana o griega. Ostentaba una dirección exclusiva en mi ficha. Los estudiantes que tomaban el mismo autobús informaron a los demás que una sirvienta uniformada siempre me esperaba, y que cuando llovía llevaba un paraguas. Cuando al fin aprendí suficiente inglés, les expliqué a tropezones que mis padres (sí, me había inventado una familia legítima) no me permitían recibir llamadas ni visitas. Me convertí en la chica misteriosa y rica proveniente de una isla de la cual mi padre era el dueño... muy cerca de Italia o Grecia.

Éstas eran las interpretaciones que ellos le daban, y yo no sabía el inglés suficiente para clarificarlas. Por otro lado, bien pudiera ser mi padre un italiano rico o un griego con cara de sapo como ese Onassis que se casó con la Jackie Kennedy, tan bonita ella. Y así dejé flotar aquellas mentiras que se convirtieron en la historia oficial de mi vida. ¿Y quién me iba a desmentir?

Adivinen quién. Yolanda García. Durante mi segundo año en aquella escuela, Yo estuvo en casa durante todo el mes de enero. En su universidad los estudiantes tenían que hacer unas prácticas, o un proyecto de investigación fuera del plantel universitario, una vez antes de graduarse. Yolanda había pensado hacer una crónica sobre su familia en la República Dominicana, pero la situación política se empeoró por aquel entonces, y el doctor García no la dejó ir. Ella amenazó con ir de cualquier manera, hasta secuestrar un avión si fuera necesario, pero la lengua de Yo siempre fue más grande que su valor, así que, por supuesto, se quedó en Nueva York a la búsqueda de otro sujeto que pudiera analizar por un mes.

Sus ojos se posaron en mí.

Éste era su plan, del cual sus padres se alegraron mucho, porque así por fin dejó de molestarlos con lo de que si los padres de Shakespeare no le hubieran permitido viajar a Londres, él nunca habría escrito treinta y ocho obras teatrales. Lo que ella se proponía hacer era observar mi «aculturación» —yo ni sabía qué era aquello— para de esa manera entender su propia experiencia como inmigrante.

—¿Estás de acuerdo, Primi? —le preguntó a mi madre, luego de haber organizado por teléfono todo el plan con su consejero académico.

—M'ijita, aquí estamos a sus órdenes, usted lo sabe —le dijo Mamá. Ésta era su respuesta convencional para cualquier cosa que le pidieran los García.

—¡Gracias, gracias, muchas gracias! —Yolanda me encerró en un abrazo, mientras que yo cerré los ojos, desconsolada. Todo aquel mundo de fantasía que había creado estaba a punto de estrellársemе encima.

Al día siguiente, Yolanda y yo caminamos juntas a la parada de autobús. Yo iba chachareando sin parar sobre cómo fue aquel primer año en Nueva York para ella y su familia. Aspiré una profunda bocanada de aire frío y la solté para poder ver algo mío en este mundo ajeno de árboles desnudos, cielo gris y casas de ladrillo apretujadas hombro con hombro. Y le solté a Yo mi secreto. Que yo pretendía ante mis maestros y condiscípulos ser parte de la familia García. Mantenía la vista fija en la acera mientras hablaba. Podía haberme examinado sobre cada grieta, cada caca de perro, y cada garabato en la pared visible entre la casa y la parada de autobús y hubiera sacado un super-sobresaliente sin la menor duda.

Cuando terminé de confesarme, quedé en espera de una sentencia.

En cambio, Yolanda sólo dijo: «¿Y cómo lo lograste?».

—¿Qué quieres decir?

—Bueno, por un lado tienes un apellido diferente.

—No quise decir que fingía ser una de las García. Yo... yo... esto fue difícil. Sólo pretendí que vivía en tu casa con un padre y una madre que no es una sirvienta —sentí ese cosquilleo en la nariz que anuncia la llegada de las lágrimas.

—Ay, Sarita —Yo se detuvo. Tenía la cara radiante, como si yo hubiera inventado aquel cuento para complacerla a ella—. ¡Tú eres mi hermanita de afecto, y eso es todo lo que necesitan saber!

¿Por qué será que cuando uno desea algo de todo corazón y el deseo se realiza, inmediatamente se siente una sensación de vacío? O tal vez será que el alivio me hizo sentir con cien libras de menos, flotando en el aire. Me agarró la mano. Una mano enguantada cogida de otra mano enguantada: hasta el contacto humano era diferente en este país.

Todos los días, durante dos semanas completas, Yo fue a la escuela conmigo, bueno, casi todos los días. Se escapó un par de veces para pasar el día con su novio *hippie*, que había venido en *autostop* desde Massachusetts. Al igual que Mamá, el doctor García no creía en eso de que sus hijas «salieran» con muchachos. Una vez, cuando Yo recibió una llamada del *hippie*, el doctor agarró el teléfono y lo retó a un duelo.

En la escuela Yo presenciaba todas mis clases, tomaba apuntes, hablaba con mis maestros sobre mi adelanto. Por supuesto, ellos querían saber más sobre mí y la familia. «¡Sarita es nuestra estudiante misteriosa!», decían, riéndose como si yo no estuviera allí. Yo se lanzaba con gusto, elevando mis mentiritas al plano más alto de literatura y ficción.

Creo que allí fue cuando perdí el placer de hacerme pasar por quien no era. Me di cuenta que uno podía alejarse más y más de sí mismo como las García, quienes se habían vuelto americanas y salían a escondidas con muchachos a los que les interesaba más drogarse que llegar a conocerlas. ¿Y las hermanas García sabían realmente quiénes eran? ¿*Hippies* o niñas decentes? ¿Americanas a dominicanas? ¿Inglés o español? Pobrecitas.

Supongo que si hubiera tenido la fuerza de carácter de Mamá me hubiera quedado en la misma escuela y hubiera dicho la verdad. En cambio, lo que hice fue hablar con Mamá, y luego de varios días de azuzarla, finalmente me dio permiso para hablar con la señora García.

Ese fin de semana, cuando ayudaba a doña Laura a quitar los adornos de Navidad, le pregunté si ella tenía alguna objeción en que yo fuera a la misma escuela que sus hijas.

Al principio pensó que yo hablaba del internado de Fifi. «No, no —dije—, quiero decir el Sagrado Corazón. Ahí me darán mejor enseñanza», dije, lo cual era cierto.

—Pues, claro que no tengo ninguna objeción —dijo, mirándome con curiosidad—. Pensé que a lo mejor tu Mamá prefería que fueras a una escuela con muchachos como... —sabía que no lo quería decir, muchachos como yo, negros, para no sentirme como pez fuera del agua.

—Ella dice que puedo ir, si usted está de acuerdo —le dije, y añadí rápidamente—, pero necesitamos su ayuda con la matrícula —bajé la cabeza, avergonzada de tener que pedir ayuda.

Bajó unos escalones, con esa sonrisa de condescendencia que las madres dan a sus hijos. «¡Claro que pueden contar conmigo! —dijo—. Todo lo que te pido es que saques buenas notas. Por segunda vez en dos años le tomé la mano y se la besé». «Que la Virgencita la proteja a usted y a cada una de sus hijas.»

Una mirada lejana y triste le empañó los ojos, como si pensara que quizá quien únicamente podría ayudar a sus hijas era la Virgen María. Volvió a subirse a la escalera y me entregó la estrella de papel maché púrpura-naranja-verde que las chicas habían hecho para coronar el árbol de Navidad.

Al cabo de dos semanas, Yo dejó de acompañarme a la escuela. Entonces empezó el tácatatácata-tácata de la máquina de escribir que su padre le había regalado y que ella no dejaba que nadie tocara, ni siquiera su madre, para llenar los formularios de seguro médico de los pacientes. «Eres una egoísta con esa maquinilla», le dijo la señora García.

—Es lo único especial que tengo en la vida —le ripostó Yo. Esa respuesta a mí me hubiera ganado una bofetada en la boca. Pero Yo no sabía cuándo parar—. ¿Tú dejarías que alguien se acostara con Papi? —la salsa picante hizo acto de presencia. Mi madre me dio uno de sus meneos de cabeza que significaba: «Baja. No quiero que veas esto».

Pero a pesar de todo, aquél fue un periodo relativamente tranquilo, excepto por lo del traqueteo continuo de la máquina de escribir, que tal parecía que a la casa le latía el corazón. La verdad es que hay que quitarse el sombrero: Yo trabajó día y noche en ese informe. Había entrevistado a Mamá y a mí, y por supuesto, a sus padres, y a otras sirvientas cuyos números de teléfono Mamá le había facilitado, que trabajaban en casas de dominicanas en Brooklyn y Queens. A veces le preguntaba que qué estaba escribiendo, pero era como si ella estuviera en una nube. Su Mamá tenía que chasquillar los dedos para que le prestara atención. Su padre se ponía las manos de megáfono y le gritaba sobre la mesa del comedor: «¿Cómo está nuestra Shakespearita?».

Al fin, una noche, Yo bajó las escaleras corriendo, informe en mano, para enseñarnos su obra maestra. «¡Ya acabé! ¡Ya acabé!» Hizo que Mamá tocara la rima de páginas para darle buena suerte, y seguidamente nos leyó la primera, donde decía que el informe iba dedicado a todos aquellos que habían perdido su patria, especialmente a Sarita y Primitiva, parte de la familia.

Mamá no sabía nada de dedicatorias, así que con un «gracias» extendió la mano para tomar el informe como si fuera un regalo.

—No, no —se rió Yo—. Tengo que entregarlo en la universidad. Una dedicatoria es, bueno, eso... una dedicatoria.

Pensé lo que me gustaría hacer con esa dedicatoria: tachar el nombre de Mamá y escribir el suyo verdadero, María Trinidad. Más de una vez le había insistido para que volviera a usar su nombre correcto. Pero Mamá se negaba. Los De la Torre le habían dado ese apodo cuando ella era una niña medio salvaje acabada de llegar del campo. «Ya estoy acostumbrada, m'ija. A estas alturas me confundiría si me lo cambiaran. Dios sabe que a esta cabeza de vieja le cuesta trabajo recordar quién es.» Ella había trabajado para la familia De la Torre toda su vida, y se notaba. Si las ponías una al lado de la otra, a la señora García con su piel pálida, hidratada con cremas costosas y el pelo arreglado en la peluquería semanalmente; Mamá con su moño gris desgreñado y el uniforme de sirvienta y la boca todavía en espera de que se ganara la lotería para hacerse una dentadura postiza, Mamá lucía diez años mayor que la señora García, a pesar de que ambas tenían la misma edad, cuarenta y tres años.

Ese fin de semana los García fueron a visitar a Fifi a su internado, y Yo los acompañó para ver a sus antiguos maestros. Mamá y yo íbamos a salir temprano a pasar la noche del sábado con la amiga de Brooklyn. Mientras ella lavaba la ropa en el sótano, yo terminaba de limpiar arriba. En la habitación de Yo, justo al lado de la máquina de escribir, observé la elegante carpeta negra. Pasé la página de la dedicatoria y comencé a leer.

No sé con qué lo podría comparar. Al menos todos los detalles estaban más o menos en orden. Pero aun así me sentí como si me hubieran robado algo. Mucho tiempo después, en un curso de antropología que tomé en la universidad, leí algo sobre unas tribus primitivas (¡cómo detesto esa palabra!) que no se dejan fotografiar porque se figuran que así les roban el espíritu. Pues esa misma fue la sensación que tuve. Aquellas páginas eran como los pedacitos de sí misma que Mamá había depositado en las maletas de los viajeros De la Torre: eran parte de mí.

Puse la carpeta en el cubo de la limpieza, y cuando Mamá no me miraba, la metí en mi maletín. Mi plan era llevarme el informe a la escuela y esconderlo en mi pupitre hasta que decidiera qué iba a hacer con él.

El domingo, tarde en la noche —Mamá siempre esperaba hasta el último minuto de su día libre para regresar a la casa— las dos caminábamos desde la estación del metro. Estaba nevando y bajo cada lámpara podíamos ver los gruesos copos de nieve, miles y miles de ellos, en abundancia para todos. Mamá se puso de buen humor, aunque pronto tendría que «volver a guayar la yuca», como ella llamaba a su pesada ocupación.

Se paró bajo un farol, y como una niña, sacó la lengua, riéndose según los copos de nieve se le pegaban a la cara. «Ay, Gran Poder de Dios —decía—, quisiera que tu abuela viera esto antes de morir».

Yo no apoyaba aquel deseo de que mi abuela viniera a un país tan frío y solitario. «¿Por qué?», le pregunté a Mamá con desafío en la voz. Los hábitos de las García se me estaban contagiando.

Por un momento temí que me fuera a dar un porrazo por el tono brusco de mi voz, pero sólo me miró fijamente. Bajo la luz del farol vi su cara mojada por los copos derretidos. «No estás contenta aquí, ¿verdad, m'ija?»

—Estoy contenta siempre de estar contigo, Mamá —le mentí.

—Las muchachas te tratan bien. Y tú sabes que doña Laura tiene un lugar especial para ti en su corazón...

—Lo sé, Mamá, pero ellos no son nuestra familia.

Se quedó callada por un momento, como si fuera a añadir algo más, pero mejor cambió de idea. «¿Qué es lo que deseas, m'ija?», me preguntó finalmente.

Titubeé. No quería herirla. Prefería que creyera que me había dado todo lo que yo pudiera desear. «Yo quisiera que tú y Abuela tuvieran una buena casa. Y que tú no tuvieras que trabajar tan duro.»

Mi madre me tocó la cara como lo hacía cuando yo era pequeña. «Tú sigue sacando buenas notas en la escuela, y algún día llegarás lejos y nos ayudarás.»

Sentí que el corazón se me iba a los pies. ¡Había arruinado nuestra única oportunidad en Estados Unidos! No podría escaparme de lo que había hecho. Los García jamás iban a creer que un ladrón entró a la casa nada más que a robarse el informe de Yo. Y como mi madre me dijo una vez, un mal paso y nos ponen a las dos en un avión de vuelta a la República, a la pobreza y a rompernos el lomo.

En la corta manzana antes de llegar a la esquina de la casa de los García creo que recé más fervorosamente que jamás en toda mi vida hasta entonces. «¡Dios mío, por favor, que los García no hayan llegado a casa todavía! ¡Por favor, que no descubran lo que he hecho!» Pero cuando la casa apareció a la vista, vi que las luces en los dormitorios del segundo piso estaban encendidas.

Entramos calladamente por la puerta lateral, y me preparé, pero la Yo no bajó corriendo las escaleras para informarnos de su trabajo desaparecido. Ni el doctor García le dijo a mi madre que tratara de recordar quién más había estado en la casa además de nosotras dos. Ni doña Laura nos interrogó sobre dónde habíamos guardado cosas que las muchachas habían dejado regadas. Un milagro, pensé, ha ocurrido un milagro.

Antes de irme a la cama, sentí ese impulso que supuestamente sienten los malhechores de regresar al lugar del crimen. Después que Mamá se arrebujó en su catre, yo me levanté del mío. Saqué el maletín de mis libros escolares del clóset, rebusqué dentro. La carpeta había desaparecido.

Al día siguiente Yo bajó las escaleras corriendo cuando ya estábamos en la puerta camino al autobús. «Yo la acompaño, Primi», le dijo a Mamá.

En la acera, cuando ya nadie nos podía escuchar, me lo soltó. «¿Por qué, Sarita? ¿Dime por qué?»

Me encogí de hombros. Mamá me había advertido que nunca debía insultar a ninguna de las García, o nos meteríamos en un gran lío. ¿Qué le podía decir?

—Me dio pánico cuando no lo pude encontrar —siguió—. Mami y Papi me ayudaron a buscarlo por toda la casa. Y para que lo sepas —añadió con voz que destilaba santurronería—, no les dije dónde lo había encontrado.

Me imagino que debía haberle dicho: «Gracias por salvarnos el pellejo a mi madre y a mí». Pero las palabras no me salían de la boca.

—¿Ni siquiera me vas a decir por qué lo hiciste, Sarita?

Encogí los hombros de nuevo, apretando los libros contra mi pecho como si soplara un viento frío. Pero era un día cálido para esa época del año. Casi toda la nieve de la noche anterior ya se había derretido, y las calles y aceras tenían ese olor lluvioso a pavimento mojado.

—No comprendo —dijo finalmente. Sentía sus ojos fijos en mí—. Pensaba que éramos muy unidas —dejó la frase en el aire, rogándome que confirmara lo dicho. Pero yo seguí con la vista fija en la acera, estudiando todas aquellas grietas que se suponía que no pisara para no romperle la espalda a mi madre.

En todos los años que Mamá y yo nos quedamos con la familia García, Yolanda y yo jamás volvimos a mencionar aquel incidente. A veces sosteníamos largos diálogos, y terminábamos abrazadas, pero aquel informe robado siempre estuvo entre nosotras. No fue el robo en sí, sino mi silencio cuando Yo me preguntó si éramos unidas. Fue como si yo rompiera un lazo que las cuatro chicas García daban por sentado.

Algún tiempo después, Yo me dio de regalo el informe después que el profesor se lo devolvió. Nunca lo leí, pero lo acepté, y allí se quedó amontonado con otros trastos en una tablilla de nuestro armario en el sótano. Finalmente, Mamá se lo llevó cuando regresó a la República. Bien puede ser que la abuela haya usado las páginas del informe para encender el fogón de carbón que ella insistía en usar, aun después que le compré una estufa eléctrica.

Yo cumplí la promesa que le hice a la señora García. Saqué sobresaliente en todas las asignaturas en el Sagrado Corazón y me gané una beca para la Universidad de Fordham, la cual quedaba a unas diez cuadras de la casa. La beca me la otorgaron, en parte, debido a mis buenas notas, y en parte al tenis. Me había hecho bastante buena tenista gracias a un programa ofrecido por el parque. La señora García me matriculó un verano para que hiciera algún ejercicio. Unos pocos años de alimentación neoyorquina me habían estirado tanto como Fifi y habían forrado de carne mis huesos. Ya en la universidad, el entrenador quería que me hiciera profesional, pero yo no quise. Profesiones de pasatiempo como ésa eran para muchachas como las García —quienes terminaron como poetas desempleadas, diseñadoras de arreglos florales y terapeutas. En cambio, yo me especialicé en las ciencias, lo cual no fue fácil. Pero me empeñé en estudiar el flujo y reflujo de los átomos y las moléculas con tanta concentración como la que había puesto en las grietas del pavimento durante aquella franca conversación con Yo García.

Años más tarde, cuando doña Laura y don Carlos vendieron la casa del Bronx y se mudaron a Manhattan, Yo se presenta un día en mi clínica en Miami. Resulta que está de paso, tratando de vender su manuscrito en un congreso de editores. Hacía más de dos décadas que no veía a ninguna de las García. Uno de mis técnicos viene y me dice que hay una mujer algo estrambótica preguntando por mí.

—Dile que pase —le digo. El corazón me late cuando oigo su nombre.

Entra ella, un soplo de mujer —con el pelo que antes era largo y lacio y que llevaba en una trenza, ahora hecho un enredo crespo y salpicado de gris. Todavía es bonita, pero luce algo ajada, como si su belleza no fuera para la vida a golpetazos que ha vivido. «Vaya, Sarita, qué sitio tan elegante tienes aquí, niña», dice, remolineando los ojos al estilo de las García.

Me sorprendo apuntando con la cabeza hacia arriba, y siento un agudo azote por la ausencia de mi madre.

Y es por eso que Yo está aquí. Me da un fuerte abrazo, y nos sentamos en el sofá. «Me enteré de lo de Primi —me dice con voz entrecortada. —Ni siquiera sabía que estaba enferma». Se le desbordan los ojos de lágrimas negras debido al maquillaje que lleva.

—Tuvo una vida difícil —digo con voz mesurada. Es una de esas destrezas que he cultivado a través de los años: mantener mis sentimientos bajo control—. Y fue más dura hacia el final, cuando tu familia se volvió en su contra.

—¡Nosotros nunca nos pusimos contra ella! —Yo se pone de pie y camina de un lado a otro delante del sofá—. Mis hermanas y yo siempre estuvimos de su parte.

Tengo que reconocer que ella está en lo cierto. Hasta el final los García de Estados Unidos nunca rechazaron a Mamá. Fueron los De la Torre, allá en la República, quienes la acusaron de estar loca cuando afirmó, antes de morir, que uno de ellos era mi padre.

—Hasta Mamá —Yo continúa su paseo— dijo que tu Mamá nunca hubiera mentido sobre cosa semejante.

Recuerdo la dulce sonrisa de la señora García, y el lugar especial que tenía para mí en su corazón. Quizás ella lo sabía. Quizá fue por eso que ayudó a traerme de la República para que estudiara y me hiciera de un futuro en Nueva York. «Te creo —le digo a Yo—. Pero ven y siéntate aquí a mi lado. Me estás poniendo nerviosa con ese camineteo».

Se sienta, y de pronto nos encontramos cara a cara después de tantos años. ¡Y se me ocurre que el sueño de Mamá se hizo realidad! Su hija, una ortopedista con una de las clínicas de medicina deportiva más importantes del país, con un Rolex que costó cuatro veces más que su sueldo anual antes de irse a Nueva York, y junto a mí, Yo García, escritora hambrienta, exmaestra ocasional con un vestido barato de jersey. «Tu Mamá fue como una madre para nosotras —dice—. Ay, Sarita, nosotras te veíamos como una hermana».

Ya es muy tarde para tratar de aclarar las cosas. «Ustedes fueron muy buenas con nosotras», asiento. Pero eso es sólo parte de la verdad, claro. Pero ésa es la parte que le quiero dejar, para que se sienta mejor sobre el pasado. Puedo adivinar, nada más de mirarla, que está pasando por momentos difíciles. Está muy flaca. Tiene bolsas debajo de los ojos. Necesita ir a la peluquería.

Me pongo de pie —tengo que regresar a mis asuntos— y cuando ella también se levanta, le doy un abrazo. Siento su piel reseca rozar mis mejillas.

Ella es la primera en separarse del abrazo. «Me tengo que ir —dice, mirando sobre su hombro, riéndose con incomodidad—. Tu jefe te va a regañar por hacer esperar a los pacientes».

—Yo soy la jefa —le digo, sonriéndole.

—¡Tal y como lo predije! —cuando la miro algo extrañada, añade—: Me imagino que nunca leíste mi informe, ¿verdad?

—No sabía que tendría que examinarme sobre él veinticinco años más tarde —le contesto.

Se ríe moviendo la cabeza. Es poco común lograr tener la última palabra en una conversación con Yo García. «No dejemos pasar otros veinte años para vernos de nuevo», dice recogiendo su abrigo. Asiento con la cabeza, aunque dudo que jamás vuelva a ver a ninguna de las García. Mamá murió. El pasado, pasado es. Ya no tengo que hacer creer que somos cinco hermanas.

—Cuídate —le digo a Yo al acercarse a la puerta—. Y saluda a tus hermanas de mi parte.

El profesor
Romance

«Una sola vez en la carrera aparece un estudiante» —escribe a mano. Se piensa retirar al final del año escolar y ha jurado no tocar una computadora. La secretaria del departamento de inglés procesará aquellos garabatos en la computadora, y esa misma tarde un sobre blanco marcado confidencial estará en su casilla. ¡Disque *confidencial*! Sabe Dios qué pensarían sus colegas de la indulgencia de Garfield ante la última petición de ayuda de su problemática exestudiante, Yolanda García.

«Estimado profesor Garfield: Tengo que volver a encarrilar mi vida. Al fin he decidido seguir su consejo. Voy a solicitar ingreso en escuelas de posgrado, y espero que una vez más usted me pueda escribir una carta de recomendación. Sé que usted no tiene por qué creer que yo pueda llevar a cabo mis planes, pero ¿a quién se puede dirigir uno cuando ya nadie cree en sus promesas? Yo me dirijo a usted.»

Quince años atrás, Yolanda García se le apareció en su seminario sobre Milton, una joven pelinegra, bellísima, de mirada intensa. En ese momento Garfield no sabía que era la única mirada que ella tenía. Él pensó que con un nombre como el de Yolanda García y un leve acento en su hablar, era una estudiante extranjera, y que su redacción sería horrible y su comprensión de un texto mínima. Pero resultó que escribía composiciones que vibraban de pasión y discernimiento. No soltaba una línea de *El paraíso perdido* sin antes triplicar o cuadruplicar los doble sentidos, y el profesor Garfield tenía que ponerle frenos. «Ya basta, miss García. Cuatro retruécanos por pasaje es más que suficiente, hasta para el mismo Satanás de Milton.»

«Al fin he decidido volver a encarrilar mi vida.» Cuántas veces le ha escrito esa frase, o se la ha repetido en una voz crepitante, jadeante en una llamada de media noche de algún lugar donde todavía era una hora decente. Pero por supuesto, a miss García no se le ocurriría que allí, en el occidente de Massachusetts, ésa era hora de dormir para el viejo profesor que recién encarrilaba su propia vida, luego de un viaje de ida y vuelta al desencanto.

¿Y qué importa una vez más? La primera carta de recomendación que le escribió fue para el comité de la beca Fulbright, trece o catorce años atrás, durante el otoño de su último año universitario. «Solamente una vez en la carrera aparece una estudiante.» No se le podía ocurrir un candidato más digno de recibir una beca para ir a Chile a traducir escritores latinoamericanos. Ella era de origen hispano. Su primer idioma, el español, le sería indispensable para el entendimiento de los textos originales. En cuanto a su inglés... ¡Caramba! (Por supuesto que luego tachó esa imbecilidad con una raya de tinta gruesa para que ni siquiera la secretaria la pudiera leer.) Sí, su inglés era inmejorable. Aunque aún portaba un ligero acento —ése, sin duda, fue un verbo desafortunado, portaba— ella tenía un manejo intuitivo, como si fuera su lengua natal, del idioma de Milton y Chaucer y Shakespeare. Señores, no se arrepentirán de seleccionar a Yolanda García como una becada Fulbright.

Se tuvo que comer esas palabras. Para la época en que a miss García le otorgaron la beca, se había enamorado de un *hippie* local, con quien se fugó en la primavera de su último año universitario.

Él, Garfield, no lo pudo creer cuando el decano le dio la noticia. «Garfield, usted es su consejero, ¿cómo se explica usted esto?» Garfield recordaba al joven de pelo dorado que esperaba a Yolanda a la puerta del aula, un joven de belleza clásica; en efecto, la chica tenía buen ojo. Darryl Dubois —ella los había presentado— parecía un pastor de la Arcadia en una novela pastoril. Garfield también recordaba que el muchacho no podía enlazar correctamente dos frases en su propio idioma. «No —el profesor y consejero le dijo al decano—, no me puedo explicar por qué miss García ha tomado semejante determinación».

Su propio padre tampoco se lo podía explicar. Ese hispano iracundo se apareció en la oficina del decano de estudiantes. «¿Dónde está mi Yo?», gritó en mal inglés que lo hizo aparecer aún más patético. Thompson, quien había aceptado el decanato con la estipulación de que tomaría un sabático cada cuatro años, no tenía talento para este tipo de asuntos. Qué otra cosa podía hacer sino sentar al hombre, darle un vaso con agua como a un niño, y decirle: «Doctor García, aquí en la Universidad Commodore nos sentimos tan perplejos como usted. Haremos todo lo posible para convencer a su hija para que se gradúe con el resto de la clase. Ella es una de nuestras mejores estudiantes. Estamos anonadados. Nos sentimos decepcionados».

Según Thompson, su tono de voz, la cadencia de sus oraciones cortas e inútiles lograron tranquilizar al hombre furibundo. «Y Jesús, Garfield, lo que nunca he visto en todos mis años de lidiar con padres, éste se cubrió la cara con las manos y se echó a llorar.» Thompson le había hecho el cuento a Garfield durante la acostumbrada velada de los viernes en la Taberna Green. «No me puedo quitar a aquel pobre señor de la mente.»

La verdad es que aquellos estudiantes se te metían entre ceja y ceja. Se matriculaban en tu seminario sobre Milton, o en el curso de poesía del Romanticismo, y sin darte cuenta, tenías que, además de instruirlos en cómo escandir el pentámetro yámbico, también salvarles la vida. ¿Cómo era posible, Dios santo, que Yolanda García, con el promedio más alto del departamento, se fugara con un tipo que ni siquiera había terminado la escuela superior y cuya noción de literatura eran las ridículas letras de alguna canción de un grupo con nombre de animal: los monos o las tortugas o los escarabajos? ¡Por Dios!

Thompson le contó cómo el padre había roto en pedazos el cheque de reembolso por la matrícula del segundo semestre. Con voz atronadora y una mano en alto, el dedo índice apuntando al cielo como Moisés (la especialidad de Thompson era la religión), el padre había anunciado a todos los presentes en la oficina del decano de estudiantes que para él, su hija había muerto. Se marchó con su traje color salmón, color que nadie en esa soñolienta universidad jamás había visto en ropa de hombre. En cuanto a Yolanda García, su nombre quedó eliminado de la lista de estudiantes activos. «Qué desperdicio, qué maldito desperdicio», concluyó Thompson al final de la velada.

Pero Garfield no podía dar el asunto por concluido, a pesar de que Helena lo acusaba de estar obsesionado con una estudiante. «¿Por qué no te preocupas por tus propios niños?», lo regañaba, sirviéndose otro trago de vodka pura antes de irse a la cama. «No son niños —le contestó—. Son estudiantes universitarios».

—Igual que la tal Iocasta.

—Yolanda. Es un nombre hispánico —la corrigió. Ella naturalmente estaba en lo cierto. Yolanda tenía la misma edad que su hijo mayor, Eliot. Pero Yolanda era un caso excepcional: no conocía el andamiaje de esta cultura. Alguien se lo tenía que enseñar—. Solamente una vez en una carrera aparece un estudiante —comenzó a decir.

—Ay, por favor, Jordan, no me vengas con esa mierda.

Garfield había tenido que aceptar que nunca estarían de acuerdo. Pero le era insoportable escuchar la asquerosa boca de ramera que le salía cada vez que bebía. A él, para quien las palabras eran tan importantes, para quien el lenguaje era el pegamento que unía al mundo. «Helena, por favor», se quejó retirándose a su estudio. Allí hizo varias llamadas y averiguó dónde se encontraban los recién casados.

Al día siguiente se presentó en la puerta del destartalado apartamento en la sección norte, al lado del vertedero municipal. Al principio Yolanda se mostró atónita; luego, agradecida, abrazándolo y jalándolo hacia el interior de la casa como si aquél fuera un encuentro clandestino.

Una vez que la puerta quedó cerrada, ella parecía no saber qué hacer con él. La casa era un desastre. Los marcos de las ventanas estaban acombados, el barniz del piso de madera, descascarado, los pocos muebles que había parecían sacados del vertedero de al lado. «Esto es provisional —se excusó con las mejillas sonrosadas. Su joven esposo ya se había marchado a su trabajo de cantinero—. Por favor, siéntese, ¿qué le puedo ofrecer?».

Se sentó cuidadosamente en un sofá cubierto con una manta hindú de elefantes encadenados de trompa a rabo, un rajá con parasol sentado sobre cada animal. Un gato color amarillo niebla de «Prufrock» lo observó con ojos achinados. Garfield esperaba que en cualquier momento abriera la boca y recitara: «No es eso. No es eso en absoluto lo que quise decir» *(That's not it at all. That is not what I meant at all).*

—No, gracias —contestó, cuando Yolanda le volvió a ofrecer algo que beber. Él solamente quería conversar con ella.

Solamente le tomó una o dos preguntas para que ella admitiera que había cometido un gran error. «Quiero decir, darme de baja faltando un semestre para la graduación —añadió rápidamente—. No me arrepiento de haberme casado —le dio vueltas al anillo que llevaba en el dedo, sin duda todavía aferrada a la esperanza de que el amor todo lo vence—. Sólo me faltaban nueve créditos».

—Bueno, ese error se puede rectificar y lo rectificaremos —Garfield asintió como si ella estuviera en una conferencia solicitando sus consejos—. Usted va a terminar el semestre, miss García. Punto —aun en aquel apartamento destartalado, con empapelado de damas victorianas con parasoles, desprendiéndose de la pared, como si se sintieran escandalizadas de la invasión de rajás cabalgando elefantes, aun allí, sentado en un sofá sucio que olía a gato y a bebidas derramadas y a otros accidentes, Garfield mantenía su formalidad. *Miss García. Punto.*

Él constantemente proclamaba en sus clases la grandeza de la civilización británica, y señalaba que aun en las colonias más remotas y en los más recónditos puestos de avance del imperio, los británicos conservaban sus impecables modales. Él era de Minnesota, aunque creía que nadie lo adivinaría por su acento. Si solamente Helena pudiera observar la más mínima cortesía en los más ignotos recodos de su borrachera, las cosas pudieran ser mejor entre ellos.

—Pero, mister Garfield, yo no puedo pagar la matrícula. Mis padres me han desheredado —lo miró con los ojos de condenada de una Desdémona a punto de ser ahorcada por Otelo.

—No nos precipitemos. Hablaremos con el decano Thompson. Aunque tengas que pedir un préstamo, terminarás tus estudios —la conversación se hacía más personal. Él miró el reloj—. Tengo horas de consulta que cumplir. Te aguardo mañana temprano en mi oficina, a las nueve en punto.

—Pero... —ella comenzó a decir, mirando hacia la puerta, como si temiera que su marido *hippie* pudiera aparecerse en cualquier momento—. No creo que Bailarín Celestial esté de acuerdo.

Bailarín Celestial, ¡Santo Dios!: «¿Ése es su nombre?»

Ella lo miró con ojos sabios. «Se lo cambió. Piensa que suena más...», titubeó. Se dio cuenta de que estaba a punto de burlarse del nuevo esposo.

—Más interesante —él le terminó la frase. Ella asintió, mordiéndose los labios. ¿Para reprimir una sonrisa?—. Bien, miss García, si el señor Bailarín Celestial realmente la ama a usted, no le pondrá obstáculos. Si él le presenta algún problema, dígale que... —¿quién diablos se creía Garfield que era? Después de todo, aquella joven no era parienta suya. Sus colegas podrían murmurar—. Usted dígale al señor Bailarín Celestial que pase a verme —garraspeó un poco. *In loco parentis*, añadió—: Soy su consejero y eso equivale a ser un familiar.

Ella bajó la cabeza, y cuando volvió a mirarlo, tenía los ojos húmedos. «Gracias, mister Garfield —dijo—. Probablemente usted me ha salvado la vida».

—¿Ése es todo el reconocimiento que me da? ¿Probablemente? —bromeó, echando una mirada a su alrededor. En un cajón de madera que servía de mesita al lado del sofa yacía una edición de Stevens que habían usado el semestre de otoño en el seminario de poesía moderna. «Después del último no, viene el sí», citó.

—«Y de ese sí depende el mundo del futuro» —terminó ella la cita sonriendo.

Yolanda María García se tituló con honores, y su semi-reconciliada familia estuvo presente para la entrega del diploma. «¡Ése no es su jodido nombre!», gritó el maridito *hippie* poniéndose de pie. Después de la ceremonia, Garfield presenció la escena en el césped delante de la capilla. El Bailarín Celestial le arrancó el diploma de la mano a Yolanda y, tal como el decano Thompson había descrito al padre rompiendo el cheque de reembolso, el joven rompió en pedazos el diploma de Yolanda. «Si ellos quieren que te gradúes, que te den un diploma con tu puñetero nombre.» El padre, que malamente se había contenido durante todo el fin de semana, imprecó al tipo en un español estentóreo y furioso delante de todo el gentío.

Seis meses más tarde sonó el teléfono, trayendo una voz lejana y crujiente, desde algún oscuro puesto de avance. Ella había ido a la República Dominicana a obtener un divorcio rapidito. De allí lo llamaba, se había quedado unos meses para aclararse las ideas, pero finalmente estaba dispuesta a volver a encarrilar su vida, ¿comprende? (Sí,

¡él comprendía!) Así es que pensaba solicitar al alma mater del profesor, Harvard, ¿qué le parece?

—¡Es una idea maravillosa! —le gritó con voz tan alta que Helena, acostada a su lado, se puso la almohada sobre la cabeza, quejándose—. Espera un momento, déjame ir al teléfono del estudio —le dijo. Pero dejó el aparato del dormitorio descolgado, y más tarde se preguntaba si Helena había escuchado la conversación. Ella se pasó varios días criticando a la joven por gastar dinero en llamadas de larga distancia en busca de terapia de un hombre que no podía ni siquiera resolver sus propios problemas.

Sacar el doctorado era una idea maravillosa para miss García. Él había tratado de disuadirla de su interés en «escritura creativa», una disciplina algo débil, cuando menos. Uno siempre puede escribir en su propio tiempo si quiere, pero a la vez que se prepara para una profesión de peso. A ella le vendría bien especializarse en el Romanticismo o tal vez en literatura norteamericana moderna, ya que era tan aficionada a Stevens y a Eliot y a Frost. «Siempre fui de la opinión que tus análisis y composiciones eran materia doctoral. En lo que al pasado se refiere, pasado es. Todos cometemos errores. El reto es perseverar. "Luchar, buscar, encontrar, y nunca ceder"», concluye, citando a Tennyson.

—Sorberé la vida hasta las heces —remató ella. El eco en la línea telefónica hizo que los versos sonaran más sentenciosos. «Perseguir la sabiduría como una estrella fugaz más allá del último confín del conocimiento humano.»

Más allá del último confín del conocimiento humano, le devolvió el eco.

Después de la llamada no pudo dormir. Los vehementes versos de Tennyson, la voz de una alumna excepcional, las caras radiantes de los jóvenes que cada año perdía en la graduación, el libro sobre el descubrimiento victoriano de la épica disminuida que no había escrito, todos esos fantasmas que se burlaban de él en el pequeño estudio del primer piso, justo debajo de la habitación donde dormía su ahora distante esposa desde hacía treinta años. ¿En qué consiste una vida, a final de cuentas? Una lucha por encontrar el camino bajo las frías e imparciales estrellas. ¿Quién lo había dicho? Pensó en la desdichada mujer dormida en los altos. «Yo luché por amarte en una antigua y elevada manera de amar, pero nuestros corazones se han fatigado como esa luna ilusoria.» ¿Cómo es que siguen esos versos?

Para tranquilizar su desconcierto, se sentó al escritorio y redactó su segunda carta de recomendación para Yolanda García. Al Departamento de Posgrado de la Universidad de Harvard. «Una sola vez en la carrera aparece un estudiante.» Un mes más tarde, ella llamó para decirle que ya estaba de regreso en Estados Unidos, que había llenado la solicitud, y que si por favor podía enviar la carta. Por supuesto. Pasaron varios meses, tuvieron varias conversaciones, una de gran júbilo en que ella le dio la noticia de que la habían aceptado y, además, ofrecido un puesto de ayudante de cátedra. ¡Maravilloso! Luego, el silencio. Ni una cartita en papel de membrete de Harvard, ni una tarjeta postal de Cambridge con un saludo garabateado o la promesa de una carta luego, cuando se calmaran las cosas. Finalmente, él se enteró, a través de un exalumno —¡la tercera reunión anual, tan pronto!—, que Yolanda García había regresado a la República Dominicana y estaba involucrada en una revolución o algo por el estilo. ¿No había visto el profesor la foto de ella en el *Newsweek* junto a unos muchachos de los Cuerpos de Paz? Camino a casa, Garfield pasó por la biblioteca a buscar la edición de la revista, y efectivamente, allí estaba ella, del brazo de un grupo de jóvenes rubios rodeados de guardias en los escalones del rosado Palacio Nacional. De ahí es que les debe venir a los dominicanos su gusto por los trajes de colorines.

La foto del *Newsweek* llenó a Garfield de tristeza y regocijo al mismo tiempo. Le daba pena que miss García hubiera dejado pasar la excelente oportunidad de ser ayudante de cátedra en Harvard. Por otro lado, no podía menos que admirar su valentía. Quizá llegara a ser una Maud Gonne, a quien un joven Yeats le dedicara poemas.

No supo nada de miss García durante los dos años siguientes, pero pensó en ella de vez en cuando, preguntándose qué habría resultado de sus actividades de agitación política en la isla. Durante ese tiempo, la propia vida del profesor parecía ir a pique, pero en realidad resultó una salida a la superficie de aguas más claras y felices. Helena lo dejó por un imbécil del Departamento de Sociología, a quien siguió a la Universidad de Rutgers.

Considerando los tantos años de desencanto y la traición final, el divorcio fue relativamente amigable. Sus dos hijos vacilaron sobre qué lado tomar, pero finalmente dieron un suspiro de alivio cuando se dieron cuenta de que no iba a haber conflicto. «Esto es lo mejor para tu madre y para mí», le dijo Garfield a cada uno de ellos. Pero no les contó el resto. No estábamos hechos el uno para el otro. Hubiera sido demasiado brutal negarles la fantasía de que una vez fueron una familia feliz.

Sin embargo, después de treinta años de vida compartida, se le hacía difícil la soledad. Para llenar las largas noches y los más largos fines de semana, comenzó a invitar a su casa a los miembros más jóvenes de la facultad, jóvenes colegas necesitados de orientación, y a quienes, por lo menos, no iba a perder al cabo de cuatro años. Así fue como Matthews llegó a su vida. El nuevo colega del Renacimiento era impetuoso, necesitaba madurez, pero era decididamente brillante, a pesar del arete que llevaba colgando de una oreja. Más difícil de ignorar fue el fuerte sentimiento que el joven provocó en Garfield. ¡En esta etapa tardía de su vida descubrir que su corazón se rendía ante un hombre! ¿Cómo pudo ser tan ciego? «Tropecé cuando vi.» (¿Quién lo había dicho?) En esos días pareciera que el pegamento del lenguaje se disolvía; el mundo que le era conocido se desmoronaba a su alrededor. Aun así, sus antiguos hábitos de autocontrol persistían. Garfield se guardó el secreto, hasta una noche en que Matthews lo confrontó luego de una representación estudiantil de Oscar Wilde.

La importancia de ser honesto. Bueno, había sido el secreto de ambos. Matthews con el tiempo se marchó a la Universidad de California en San Diego porque no resistía la atmósfera represiva de una pequeña universidad de Nueva Inglaterra. Fue durante la estancia de Matthews en Commodore, cuando éste vivía en la casa de Garfield bajo la categoría de «huésped», que Yolanda García finalmente llamó y le dejó un mensaje en esa máquina horrible que Matthews había instalado y luego se había llevado consigo a California. Fue lo único que Garfield se alegró de ver partir.

—Hola, mister Garfield. ¡Vaya, tiene contestadora! Usted, que detestaba todos los aparatos modernos... Bueno, me imagino que todos cambiamos un poco. Ya estoy en Estados Unidos de nuevo, nada menos que en Tennessee: ¡me encanta! Trabajo con encarcelados y ancianos y escolares. Ya le escribiré una carta larga, se lo prometo. Solamente quería saludarlo y saber cómo le va. Por favor salude a la señora Garfield de mi parte. Y siento mucho lo del lío de Harvard. ¿Okey? Ah, sí, le habla Yolanda García y, a ver, creo que es martes y aquí son las diez de la mañana. ¡Adiós!

Encarcelados, ancianos, escolares. Conque finalmente se había decidido por el trabajo social. Qué pena. Bueno, por lo menos había sentado cabeza y era feliz.

—¿Quién es esa Yolanda García? —le preguntó Matthews.

—Una sola vez en carrera aparece un estudiante —Garfield comenzó, y se detuvo.

Pero Matthews asintió con la cabeza. «Anjá, yo he tenido una de ésas.» En su primer año de escuela graduada, había una chica que se volvió loca por él. Se convirtió en un grave problema: lo seguía hasta su casa, montaba guardia a la puerta de su edificio de apartamentos, mirando con adoración hacia su ventana. Matthews pensó que podía terminar con la obsesión de la chica confesándole su orientación sexual, pero ella, sin pestañear le dijo: «¿Y qué? Eso a mí no me importa.» Matthews todavía recibía tarjetas de Navidad y de cumpleaños de ella; aunque se había casado, aún firmaba sus misivas: «Con el amor de siempre».

—Ah, pero esta situación no es nada personal en ese sentido —Garfield le informó.

Matthews lo miró con aquellos ojos azules, bondadosos, pero penetrantes, y en su suave acento de Luisiana que parecía deslizarse como mantequilla sobre pan caliente, le dijo: «Jordan, siempre es personal. Tú lo sabes».

Poco después, Matthews se marchó —San Diego, ¡el otro costado del continente!— y los días se hicieron largos y las noches aún más largas. Pero la carta prometida por miss García sí que llegó. Estaba trabajando en un proyecto de la Fundación Nacional de las Artes en cárceles, escuelas y asilos de ancianos, dando clases de escritura creativa. (Oh Dios. Mejor eso que sociología, pensó.) Además estaba enamorada de un británico y pensaba casarse con él, y en esta ocasión ella pensaba que iba a tomar una decisión inteligente. ¿Qué le parece a usted?

En general los británicos son excelentes personas, le quiso decir. Considere que aun en las más remotas colonias y los más recónditos puestos de avance del imperio, mantenían sus impecables modales. Etcétera. Pero según leía la carta, se dio cuenta de cómo, luego de cantar las virtudes del británico, le pedía a Garfield su opinión. ¿No indicaba algo esta duda? Pero ¿cómo podía él arruinar su tranquilidad con dudas macbethianas? «¡Ah, lleno de escorpiones tengo el pensamiento, adorada esposa!» Él se encontraba disponible para cualquier tipo de consulta *académica* que ella necesitara, pero sobre asuntos del corazón, en ese campo tenía que concordar con la opinión que Helena tenía de él: que no era nadie para hablar de esos asuntos. ¿No le había tomado casi toda su vida descubrir a quién en realidad podía amar?

Y le escribió, «Me alegra saber que haya encontrado una pareja adecuada, miss García». Mientras garabateaba felicitaciones, era a Matthews a quien se imaginaba, las largas manos aristocráticas, las caderas estrechas, la huesuda cara de mártir juguetonamente ladeada, diciendo: «Ven a vivir conmigo y sé mi amante y todos los placeres vamos a probar».

—Imposible —le contestó Garfield cuando Matthews le propuso, con aquella cita poética, vivir juntos en San Diego—. Tengo que tomar en consideración una carrera de treinta y cuatro años, Matthews. Si querías vivir conmigo, ¿por qué no te quedaste aquí? La universidad estaba dispuesta a darte empleo.

—Seguro, Jordan, y morir lenta y dolorosamente —y luego, las imperdonables palabras que hicieron a Garfield colgar el teléfono con furia contenida—: Igual que tú.

Durante varios años subsiguientes el profesor supo de ella a menudo. Sus llamadas ya no eran para pedir cartas de recomendación, ni consejos, sino conversaciones amistosas: «¿Cómo está usted, mister Garfield? ¿Qué se le hizo la contestadora? ¿Qué planes tiene para este verano? ¿Está escribiendo un libro o algo por el estilo?».

Él suponía que ella se había enterado de su divorcio y llamaba, en parte, porque estaba preocupada, pensando que el dejo de soledad en su voz se debía a que extrañaba a Helena. Después del ataque cardiaco que sufrió ese primer otoño luego de la partida de Matthews, ella lo llamaba cada dos o tres semanas, siempre en domingo, como sus hijos. «¿Cómo le va, mister Garfield?», su voz resonaba mientras caminaba de aquí para allá al otro lado del hilo telefónico. Vivía en una casa grande y vieja en San Francisco. (¡Quinientas millas al norte de San Diego!) Parecía que el británico era un hombre pudiente que viajaba constantemente. «Es uno de ésos que manejan cosas», decía riendo. Él detectaba en su voz unas ansias de algo más. «¿Puedo enviarle algunas de las cosas que he escrito? —preguntó—. Yo sé que usted no cree en la escritura creativa, pero necesito comentarios sobre mi trabajo».

—¡Por supuesto! Me encantaría leer sus escritos —mintió. Lo que realmente quería decir era: ahora que ha sentado cabeza, miss García (no se había cambiado el nombre con este matrimonio), ¿por qué no visita la Universidad de Stanford que tiene tan cerca y considera terminar su doctorado? Piénselo, así tendría algo propio para enfocar su vida, ya que su británico *jet-set* obviamente no se lo proporciona.

Los poemas llegaron escritos a máquina, pero ya cargados de correcciones a lápiz, como si ella no pudiera refrenarse de perfeccionar sus versos eternamente. Eran bastante buenos. Ah, el cansancio del mundo que en ellos se reflejaba ya resultaba algo ajado, y él hubiera preferido menos de esos poemas que escriben las mujeres sobre el descubrimiento de sus propios cuerpos, pero el control estaba allí en esos versos, el dominio, o casi dominio, de la forma. Los cuentos eran menos absorbentes, pero el diseño de los personajes y un buen ojo para el detalle revelador eran más que prometedores, según le dijo en su larga respuesta. No se pudo contener al añadir: «Y ahora, miss García, éste es un consejo que usted no me ha pedido. Usted vive cerca de Stanford. Le ruego que contacte a mi antiguo compañero de clases, Clarence Wenford, sí, el mismísimo Wenford que editó el texto *Poesía moderna* que usamos en clase; ahora mismo le voy a escribir unas líneas».

En la siguiente llamada ella le informó que había visitado al profesor Wenford y había estado de oyente en sus clases todo el día. «Pero, no sé, mister Garfield. No creo que yo sirva para la minucia académica.»

—Claro que sí —interrumpió—. «La fascinación de lo dificultoso» —citó.

—Yeats hablaba de la dificultad de escribir poesía, no sobre estudiar un doctorado.

—Tiene que pensar en el futuro —el mismo Garfield nunca había tenido el talento necesario para una carrera brillante, y por lo tanto nunca pudo permutar su puesto en Commodore por uno en la Universidad de California en San Diego—. Usted tiene el talento que se necesita, miss García. No lo malgaste.

Hubo un silencio de preocupación al otro lado. Luego, con vaguedad, ella dijo: «Ya veremos, mister Garfield».

Los poemas y los cuentos continuaban llegando. Religiosamente él le respondía con evaluaciones: debe considerar la estructura del soneto en sus poemas de amor, lo cual le proporcionaría mayor control sobre una materia tan difícil. Excelente uso del flujo de la conciencia para representar la confusión de la protagonista. Y citando a Faulkner, elimine todas las preciosuras. Poco tiempo más tarde, después de dos años de contacto frecuente, las llamadas y las cartas cesaron. Pasaron semanas y meses. Un par de veces Garfield trató de comunicarse con ella. Pero sólo consiguió la civilizada voz del esposo británico en el contestador, invitándolo a dejar un mensaje. Finalmente, llegó la llamada llorosa que no le sorprendió. Estaba en la República Dominicana de nuevo. «Me voy a divorciar. No somos compatibles, ¿sabe? Pero es un buen hombre. Es tan difícil hacer verdaderas conexiones en este mundo. Me pregunto si estoy equivocada, ¿sabe?, aquí todos piensan que estoy cometiendo un error.»

Ahora lloraba. «Cálmese, miss García», trató de consolarla.

—Ay, mister Garfield. ¿Qué cree usted, eh?

Él miró hacia los más recónditos puestos de avance y las más remotas regiones de su corazón y respiró profundamente. Al diablo con los cánones sociales que lo encadenaban. «Yo creo que usted debe seguir los impulsos de su corazón, miss García», dijo al fin. Cuando colgaron, él se quedó un largo rato con la mano sobre el auricular como si todavía quisiera tranquilizar a la joven desesperada a través de los cables telefónicos. De inmediato, volvió a levantar el auricular y marcó el número del profesor Timothy Matthews que la secretaria del departamento le había facilitado hacía meses.

Tal vez porque tomó libre el siguiente año, alquiló su casa a la nueva profesora de clásicos, y sometió una propuesta de investigación sobre el colapso de la estrofa, «tal y como la conocemos», en la poesía moderna, perdió contacto con miss García. Él no dejó su nueva dirección en el departamento; pidió que, por favor, le enviaran toda su correspondencia a casa de su hermana en Minnesota. A su querida hermana le confesó todo, con instrucciones estrictas de no decirle a nadie dónde se encontraba. Aquel año fue un glorioso interludio en la soleada California. Y resultó ser que su estancia allí en ese momento fue muy beneficiosa para Matthews, quien se preparaba para la prueba de permanencia. El impetuoso joven se convirtió de pronto en un manojo de nervios.

«Fait accompli», Garfield le recordaba constantemente. «Por Dios, hombre, ya tienes un libro publicado por Cambridge y eres un profesor de primera clase. ¿Qué más se puede pedir?»

—Garfield, hombre, déjame que sufra —Matthews le respondió salamero.

Por supuesto, a Matthews le dieron el nombramiento permanente, y durante la semana de celebración en Acapulco, la pareja comenzó a hacer planes. Garfield tenía que regresar y enseñar por lo menos un curso más después del año sabático. «Es lo correcto», le respondía a Matthews, quien insistía que debía «mandar al carajo a Commodore».

—Oh, Jordan —el joven recostó la cabeza en el hombro del hombre mayor—. ¿Qué voy a hacer contigo?

—Quererme siempre —le sugirió Garfield.

—«Hasta que los mares se sequen, mi amor, hasta que los mares se sequen» —le recitó Matthews con grandilocuencia. Pero Garfield continuaba murmurando: «Es lo correcto», como si no lograra descifrar el significado de esa combinación de palabras.

Después del primer año de separación, el sentido de deber de Garfield prevaleció. ¿Por qué no completar los dos últimos años de su nombramiento y retirarse con lo que Matthews llamaba «su reloj de oro y su palmada en el fondillo?». Si pasaban largas vacaciones juntos y el teléfono como cordón umbilical, muy bien podían esperar. Pero era Garfield quien podía esperar, acostumbrado como estaba a mantener bajo control sus sentimientos rebeldes en las ignotas regiones de su corazón. Matthews, por su lado, no podía esperar. Una mañana de otoño, durante el segundo año de separación, entró la llamada devastadora.

—Tengo malas noticias, mi amor —la voz de Matthews se oía temblorosa, aunque trataba de hablar en su acostumbrado tono confiado. Garfield se encontraba en el patio, recogiendo las cerquillas para los tomates hasta el próximo año; su pasado de granjero en Minnesota no había desaparecido por completo. Fue extraño que mientras corría hacia el interior de la casa a contestar el teléfono, fue la cara de Yolanda García la que le vino a la mente. Era demasiado temprano en California para que Matthews estuviera levantado tan temprano.

—¿Qué pasa, Matthews, dónde estás? —indagó Garfield. De trasfondo podía escuchar un intercomunicador proclamando avisos pomposos.

—Estoy en el hospital. Garfield, escúchame. Es que yo... yo... he contraído algo y... el pronóstico no es muy alentador.

No tenía que decir nada más. «No vamos a sacar conclusiones precipitadas», le aconsejó Garfield con el corazón latiéndole enloquecido en la misma boca.

—Garfield, no nos engañemos. Tengo la boca llena de llagas, los pulmones suenan como *El paraíso perdido,* tengo manchas por todo el *corpus delicti*. Soy hombre muerto.

—¡Vamos a ganar esta batalla, la ganaremos! —Garfield notó un desacostumbrado toque de histeria en su propia voz, y luchó por sobreponerse. El semestre ya había comenzado. ¿Cómo iba a poder atender a Matthews a larga distancia y dar clases al mismo tiempo?

—Y tú ve a hacerte un chequeo médico —le dijo Matthews. Y de pronto él mismo le resolvió el dilema a Garfield de cómo estar en dos lugares al mismo tiempo: «¿Puedo irme a morir contigo?»

—Sí, sí —susurró con intensidad en el auricular. Casi como una burla, los versos memorizados le vinieron a la mente. Después del no final, viene un sí. Ahora la cita era para Matthews, el sí después del no final.

Al otro lado oyó la risotada familiar, seguida por un sollozo que le estrujó el corazón. «Dios mío, y yo que pensaba que todavía teníamos una vida por delante.»

—No quiero oírte hablar así —Garfield lo regañó sin convicción. Cuando finalmente colgó, descubrió que había despachurrado la cerquilla de tomates que todavía tenía bajo el brazo.

De regreso en el huerto removió la tierra debajo de los tallos cansados del maíz y recogió los últimos poros y cebollas. Arregló el cuarto de los muchachos, tendió sábanas limpias en la cama de Eliot. Pasó inventario a las toallas limpias en el armario. Hizo una cita para un examen de VIH en Boston, donde sería examinado discretamente antes de recoger a Matthews en el aeropuerto. Luego tenía que corregir el montón de exámenes sobre el teatro de la Restauración. Cualquier cosa para mantener la pena acorralada, cualquier cosa. Si Garfield había cultivado un fino talento en su vida, éste era. Dentro de unos pocos días Matthews estaría ya en casa para morir a su lado.

Ven a morir conmigo y sé mi amante y todos los horrores vamos a probar.

Fue durante el otoño de la muerte de Matthews, los largos, lentos, fríos días de su partida. («Esto que percibes, tu amor más fuerte hará amar bien a aquello que pronto has de abandonar.»

This thou perceivest which makes thy love more strong, to love that well which though must leave ere long.

Por fin pudo Garfield dar rienda suelta a su corazón, cuidando al joven que se desvanecía día a día. Todo lo que se podía decir se dijo. Matthews murió en los brazos de Garfield, mientras éste le leía a Auden en voz alta, y Matthews movía los labios silenciosamente, repitiendo sus líneas favoritas: «Reclina tu cabeza dormida, mi amor, humano en mis infieles brazos. *(Lay your sleeping head, my love, human on my faithless arm)*».

Cuando vino a terminarse todo se sentía aterido, indiferente al mundo a su alrededor. Cenizas fue todo lo que le quedó de aquella luminosa presencia que habitaba su corazón: una urna apuntalada entre Piers Plowman y Pamela en su estudio. A Matthews no le hubiera gustado para nada aquella situación. Llegado el verano, Garfield puso la urna de cenizas en el jardín por un tiempo, como si fuera una jaula, con la esperanza de que tal vez el pajarillo de Matthews se inspirarara a cantar al aire fresco.

«De lo que pasó, o está pasando, o por pasar...»

Ya Garfield había tirado un puñado de cenizas al Pacífico cuando fue a disponer del condominio de Mathews. «Echa algo de mí en el Atlántico también», él había rogado. En su lecho de muerte se había tornado petulante y malcriado. Cuando pasó lo peor del invierno, Garfield guió hasta Provincetown y lanzó un mezquino puñadito de cenizas al Atlántico.

En cuanto al resto de Matthews: «Riégame por todas partes de esta casa, ¿okey?», le había dicho. Pero Garfield no podía soportar la idea de deshacerse de todo el contenido de la urna, ni siquiera en su propiedad, todavía no. Era como si Matthews permaneciera junto a Garfield mientras éste continuara aferrado a sus restos.

De alguna manera, Garfield fue saliendo poco a poco de su tristeza a lo largo de aquel invierno, llevando sus clases mecánicamente, con su lacito todavía erguido bajo la barbilla. Estaba robotizado, le confesó a Thompson. Pero algunas cosas habían cambiado. Por un lado, hablaba abiertamente con Thompson. Y de pronto, ¿cómo es que ocurren estas cosas?, comenzó a sentir de nuevo. A preocuparse por la ausencia de algún estudiante, o por la tos persistente de un colega, por el colapso de la estrofa, «tal y como la conocemos» en la poesía contemporánea. Se interesó por sus hijos, esos intrigantes desconocidos que lo llamaban semanalmente y lo visitaban cada dos o tres meses.

«Quién hubiera pensado que mi corazón marchito podría recuperar el verdor», dice el poeta. «La canción de cisne de Garfield», como le dio en llamar a la charla que en ocasión de su jubilación el próximo mayo, sería una meditación personal sobre el poema de Herbert, «La flor». Se lo sabía de memoria. Le sirvió de aliento todo el invierno. De nuevo olfateó el rocío y la lluvia, y saboreó hacer versos.

La primavera se acercaba a las regiones ignotas y a los más recónditos puestos de avanzada del corazón de Garfield.

Una nueva vuelta completa del año y de repente el primer aniversario de la muerte de Matthews. Es el último año de clases para Garfield, y ya ha comenzado a desatar los pequeños nudos que lo amarran a la rutina y a los estudiantes. Varias semanas atrás, en su oficina, casi echa a la basura el archivo de Yolanda García. Suerte que no lo hizo, porque de nuevo ella solicita una carta de recomendación para emprender su doctorado. Por supuesto, él escribirá una nueva carta, pero estos borradores viejos serán útiles. Se sienta en su estudio, contemplando una puesta de sol otoñal, de rojos apasionados que, por un momento, logran convencerlo que tiene que haber vida en el más allá. ¿Quién sino Matthews puede crear tal escándalo en los cielos de Nueva Inglaterra? Matthews, que amaba la ópera y los bizcochos con exquisitas decoraciones y el *Mardi Gras* y Wagner y la poesía rebuscada de D.H. Lawrence: «Mi virilidad naufraga en el aluvión de la memoria, lloro por el pasado como un niño».

La dirección de miss García que aparece en el sobre es la de un pequeño pueblo al norte de Boston, a sólo un par de horas de distancia. Lleva un año enseñando en una escuela privada, no tiene un minuto libre. Por eso es que finalmente va a seguir su consejo y hacer ese doctorado. De otro modo, nunca obtendrá un puesto en la universidad que le permita tener tiempo para escribir. «Ya sé, ya sé, mister Garfield, eso mismo me dijo usted hace trece años.»

Sí, seguro que se lo dijo. No se puede llegar a un lugar hasta que la vida te lleve hasta allí. Bien lo sabe él. Le sería fácil redactar la carta con tantos borradores previos. Sin embargo, no logra pasar de la primera oración: «Una sola vez en la carrera aparece un estudiante».

Relee la carta de miss García en busca de más pistas, algo que lo convenza de que va a hacer lo correcto. «Me ha dado vergüenza llamarlo, después de tanto tiempo. Parece que sólo me comunico con usted cuando lo necesito...»

«¿Para qué son los viejos mentores?», quisiera decirle. Es más, ya se lo ha dicho: «No me des las gracias, traspásalo». Por otro lado, sólo una vez en la carrera aparece un estudiante que continuamente regresa a pedir más.

«¿Puedo pasar a verlo uno de estos fines de semana? Vivo a unas horas de distancia. Me encantaría conversar sobre el futuro. De veras, ¡me encantaría verlo!»

Vuelve a leer la carta una vez más, meditabundo. Y lentamente, con la misma aceptación frígida de la pérdida de Matthews, Garfield se da cuenta de que le ha fallado a la joven. El buen estudiante aprende a destruir a su maestro. (¿Quién lo había dicho?) Miss García debió haber alzado vuelo libre hace rato. O él se ha aferrado a ella demasiado tiempo, o ella a él. De un modo u otro, ¡él no puede permitir que siga esta situación! Con ferocidad y decisión final, escribe la carta de recomendación y la mete en el sobre. Ella tiene que seguir su vida, terminar su doctorado, ser feliz al fin y al cabo. De ningún modo debe volver a pedir más. Él tiene que ser firme y decírselo.

Levanta el teléfono y marca el número que ella incluyó al pie de la carta, junto a su nombre. Pero un ataque de bondad lo consume en el medio de la conversación, y en vez de decirle que basta, la invita a almorzar a su casa el próximo sábado. Ha terminado la carta y se la puede llevar, junto con algunos consejos, cuando venga. «Ay, mister Garfield, hace tanto tiempo —dice ella—. Tenemos tanto de que hablar. Pero esta vez sí que lo voy a hacer, seguro que sí». Él detecta la resignación en su voz.

Y por último, la duda: «Bueno, y ¿qué cree usted, mister Garfield?».

Él la pasea por el huerto como si le mostrara el origen de los ingredientes del almuerzo. «Caramba, mister Garfield, no sabía que usted tenía tales habilidades», le dice, levantando un tallo y acunando un tomate bella donna en su mano. Las filas de vegetales parecían haber sido trazadas con una regla; fuertes postes sostenían las cañas de frambuesas; unas piedras demarcaban el pequeño sembrado de yerbas aromáticas, justo al lado de la hilera de lechugas. Solamente una mata de tomates se desparrama sin una cerquilla que la contenga. «¿La astilladura en la rodilla del *David* de Michelangelo, eh?»

Ella luce más delgada, más triste que aquella chica que le ganaba al Satanás de Milton en los dobles sentidos. Durante el almuerzo se hace evidente que la decisión de realizar estudios doctorales es una amarga copa que ella sabe que tiene que tragar para obtener lo que quiere.

—Nada me ha salido bien, mister Garfield. Es como si estuviera viviendo una vida equivocada o algo así. Me parece que nunca llego a donde quiero llegar. Siempre algo me desvía del camino, ¿sabe?

Él sabe. Es más, él tiene sus propias vivencias personales para probarlo, pero para qué agobiarla con sus penas. Después de todo, él es su mentor. Su deber es sacudirla fuera del nido. ¿Pero adónde volará?

—Pues, bueno, con ese doctorado, conseguiré trabajo en algún sitio, ¿no cree usted? Como usted mismo dice, yo necesito algo de peso. Entonces podré dedicarme a escribir. Es lo único que quiero de veras. Bueno, además de amor eterno, fama y fortuna, claro.

Ambos se ríen, y Garfield le echa un vistazo a su reloj, un viejo hábito que vuelve a él involuntariamente. Ha disfrutado el sosiego del almuerzo, la ola de afecto que los ha transportado sobre las fugaces horas. Ya es hora de que ella parta. El viaje es de casi tres horas, no dos. Pero es él quien le retrasa la partida, con su insistencia que le dé la última vuelta al jardín. Después de la visita le aguarda la larga noche de extrañar a Matthews, el interminable dolor del domingo, la luz evanescente de otro otoño.

Al doblar la última hilera, ella tropieza con la urna de cenizas, que Garfield ha dejado descansando contra una pequeña roca, y va a dar al centro del sendero. «¡Juy! —grita ella reculando—. ¡Pensé que era algo vivo!».

«Es mi pájaro dorado», quisiera decirle. «Lo he tenido al aire libre todo este glorioso verano para que me cante. Pero no dice nada.»

—¿Qué es esto, mister Garfield? —se agacha para examinar el contenido. Rápidamente, Garfield vuelve a poner la urna en su sitio y le toma la mano—. Venga, miss García. Tengo algo para usted.

Atraviesa con ella la puerta corrediza de cristal del estudio. Allí, sobre su escritorio, está el archivo que casi tira a la basura unas semanas atrás. Dentro, además de copias de viejas cartas de recomendación, están los muchos poemas y cuentos que ella le ha enviado a lo largo de los años. Él los releyó esta mañana antes que de ella llegara.

—Quería devolvérselos —le dice, entregándole el grueso archivo—. Son sus obras —le explica mientras ella le devuelve una mirada de perplejidad.

—Pero son para usted, para que se quede con ellos —abre el cartapacio y hace una mueca—. ¡Dios mío, debió haber quemado estas cartas!

—No, no. Es más, tengo una tarea para usted, miss García —Garfield se detiene por un momento, disfrutando la confusión que le ve reflejada en el rostro. No fue hasta el último paseo por el huerto que supo que quería confrontarla con aquella evidencia.

—¿Qué? —responde. La mirada intensa de otros tiempos le vuelve a los ojos.

—Primero, quiero que me devuelva la carta.

—¿Ésta? —saca el sobre del bolsillo de su chaqueta guatemalteca.

.Él asiente con la cabeza, toma la carta en sus manos y seguidamente, de tres rápidos tirones la rompe en pedazos. No se le escapa la ironía: tal parece que los hombres en la vida de miss García siempre terminan rompiéndole sus papeles. Pero la expresión en su cara no es de disgusto ni de miedo, sino de alivio. Ella ni siquiera pide la explicación que él le ofrece.

—Usted tenía razón, miss García. Usted no pertenece a un programa doctoral. Fue un error de mi parte empujarla en esa dirección durante todo este tiempo —abanica el aire, como para ahuyentar la defensa que ella quiere inciar—. De todos modos, el pasado, pasado es. Tiene el futuro por delante.

Ambos miran por la ventana, como si la vista que se presenta ante ellos fuera el panorama que sus palabras despliegan. Matthews se eclipsa a sí mismo esta noche, con manchones de rojo chillón y anaranjado —una *extravaganza,* una señal para Garfield aquella tarde de otoño de que ya es hora.

—¿Y cuál es la tarea? —pregunta ella, rompiendo el hechizo de su quimera.

Él se vuelve hacia ella, tratando de recordar por dónde iba.

—Usted dijo que tenía una tarea que darme —le recordó.

—Sí, es cierto. Aquí hay suficiente material para un libro, o dos. Ésa es su tarea, miss García. Llámeme cuando quiera que le dé un vistazo al borrador final.

Ella titubea, la expresión de intensidad en su rostro da paso a una expresión de puro terror. «No sé, mister Garfield. Es que... la verdad es que debo aprender algo práctico... La mayoría de las universidades ni siquiera emplean escritores si no tienen un doctorado... y hace más de un año que no escribo nada... —las excusas se desvanecen ante el semblante severo del profesor—. No sé si puedo —dice ella al fin—. No sé. Realmente, no sé».

—No tiene usted otra opción —abre la puerta corrediza y la deja salir.

Pone el auto en marcha y él la observa alejarse por el largo camino de acceso, hasta que le da un bocinazo de despedida y el Tercel azul desaparece tras una curva en la carretera. Él vuelve a recorrer el sendero hasta el final del huerto, se inclina, y toma en sus manos la urna de cenizas de su nido de piedra. Levanta la tapa y toma un puñado de cenizas, abre la mano y deja que el viento se las lleve, revoloteando de aquí para allá, de allá para acá, hasta que, por fin, Matthews también levanta el vuelo.

La desconocida
Epístola

La vieja Consuelo, ¡qué sueño tuvo anoche! Se revolcó en la cama de aquí para allá, como si el sueño fuera un enorme pez que no lograba pescar. Finalmente, dio una gran vuelta hacia un lado y su nietecita, Wendy, dio un grito que despertó a Consuelo. ¡Dios santo! Se pasó la mano por la cara, secándose el sueño. Quizá fue con ese gesto que perdió parte de lo que había soñado, y se pasó todo el día siguiente tratando de recordarlo.

En el sueño, Consuelo aconsejaba a su hija Ruth sobre el apuro que estaba pasando. Hacía cinco años que Consuelo no veía a su hija. Eso fue cuando Ruth se apareció en el pueblo con una sorpresa: la bebita que había dado a luz en la capital. Junto con la niña, Ruth trajo un sobre lleno de dinero. Contó dos mil pesos y se los dejó a la abuela. El resto era para un plan que Ruth no le quiso contar a la anciana. «Te vas a preocupar, Mamá —le había dicho, y luego, echándole los brazos al cuello, añadió—: Ay, Mamá, nuestras vidas van a mejorar, ya verás».

Y todo lo que ocurrió después fue igualito a como había ocurrido en el sueño de Consuelo. Ruth había llegado a Puerto Rico en una yola, y luego a Nueva York, donde trabajó en un restaurante por las noches, y de sirvienta en una casa particular durante el día. Todos los meses, Ruth enviaba dinero con una carta que alguien le tenía que leer a Consuelo. Cada dos o tres meses el hombre de Codetel recorría el poblado gritando: «¡Llamada internacional!». Consuelo llegaba sin aliento al camión telefónico a escuchar la pequeña voz de su hija atrapada en los cables. «¿Cómo estás, Mamá? ¿Y Wendy?» Consuelo iba a maldecirse a sí misma más tarde, por haber caído en esa mudez avergonzada que siempre la sobrecogía ante la presencia de personas importantes y sus aparatos. Para ella las palabras eran como las finas vajillas de las grandes casas donde había trabajado: cosas que ella prefería que tocara la dueña.

Luego, soñó que Ruth se había casado. Y así mismo ocurrió. Pero no fue un matrimonio de verdad, según ella le explicó en una carta, sino de conveniencia, para obtener sus papeles de residencia. Consuelo rezaba todas las noches al Gran Poder de Dios y a la Virgencita para que convirtieran, por el bien de su hija, aquel matrimonio falso en uno verdadero. Él es un buen hombre, la hija le había confesado. Un puertorriqueño que quería ayudar a una mujer de una isla vecina. Jmmmm. Luego llegó la carta que le provocó el sueño. A pesar de que no podía leer las palabras, Consuelo estudió con detenimiento los signos negros y furiosos, tan diferentes a las líneas fluidas de la caligrafía habitual de su hija. Sucedía que el hombre no quería darle el divorcio a Ruth. Decía que estaba enamorado de ella. Y que si trataba de dejarlo, la iba a denunciar a inmigración. ¿Qué debo hacer? ¡Ay, Mamá, aconséjame! Era la primera vez que su hija le pedía consejo a Consuelo.

Deseaba ardientemente poder sentarse junto a ella y decirle lo que debía hacer. Usa tu cabeza, le diría. Aquí tienes un hombre que dice que te quiere, m'ija, ¿por qué dudas? ¡Puedes tener una buena vida! ¡Está al alcance de tu mano! Sí, para la próxima vez que su hija llamara, Consuelo tendría sus consejos bien preparados. Durante varios días, mientras lavaba o barría o cocinaba, Consuelo practicaba su discurso, la nietecita mirándola, sorprendida de escuchar a la siempre taciturna vieja hablando consigo misma.

¡Y ahora el susto del sueño de anoche! Fue como si su hija estuviera a su lado, escuchándola. Pero lo que Consuelo le decía no era lo que había pensado decir, de eso se acuerda. Su hija asentía con la cabeza, ya que Consuelo decía palabras maravillosas que fluían de su boca como un arroyuelo lleno de pececillos plateados refulgiendo en el agua. Todo lo que Consuelo decía era tan sabio que lloró en su propio sueño al oírse decir palabras tan verídicas.

«¡Que me lleve el diablo por olvidarme de lo que dije!», pensó. Seguramente que las palabras se le borraron cuando se pasó la mano por la cara. Toda la mañana trató de recordar qué fue lo que le dijo a su hija en el sueño... y una o dos veces... mientras barría la casa... mientras trenzaba el cabello de su nieta en tres rabitos... mientras molía granos de café y el verde olor de las montañas flotaba hacia ella, allí, de pronto, ¡mira, el rabo del sueño! ¡Rápido! ¡Agárralo! Pero no, una vez más se le escurrió entre las manos.

De pronto, casi oía una voz lejana. Cruzó el patio hacia la casa de María siguiendo aquella voz. Hacía casi un año que el hijo menor de María se había ahogado en la piscina de don Mundín. María había dejado de trabajar en la casa grande, y aun después del periodo de luto, siguió vistiéndose de negro y aferrada a su dolor como si fuera a su propio hijo.

—Qué sueño he tenido —comenzó Consuelo. María había colocado una silla de mimbre debajo del samán para que la vieja se sentara. Ella se sentó cerca, limpiando el arroz del mediodía en una tabla ahuecada sobre su regazo. La niña, acostumbrada sólo a la compañía de Consuelo, escondió su cara en el regazo de la abuela cuando los hijos de María la llamaron para enseñarle el lagarto que habían cazado. «En el sueño estaba hablando con mi hija Ruth. Pero la niña me despertó, y me pasé la mano por la cara antes de recordar, y se me borraron todas las palabras.» La vieja hizo el mismo gesto que María, tirando la cascarilla de arroz más allá de la sombra del samán.

—Ruth me escribió pidiendo consejo —añadió Consuelo. Entre su propia gente y lejos de la presencia de la gente rica y sus aparatos, a la anciana le era mucho más fácil decir lo que pensaba. «En el sueño me venían las palabras. Pero se me olvidó qué fue lo que le dije.»

María pasó los dedos entre los granos de arroz como si las palabras perdidas pudieran encontrarse allí. «Debes ir al río tempranito por la mañana», comenzó. Con su cara larga y triste y sus palabras mesuradas, María le recordaba al cura que subía el monte una vez al mes a predicar a los campesinos y decirles cómo debían vivir su vidas.

—Debes lavarte la cara tres veces, y hacer la señal de la cruz después de cada lavada.

La anciana escuchó con atención, las manos plegadas en oración. La niña a su lado la miró y plegó sus manitas de la misma manera.

—Y te acordarás de las palabras, y enseguida vete corriendo a Codetel y llamas a tu hija.

La mera idea de tener que hablar en ese embudo negro le paralizaba la garganta a Consuelo. Respiró hondo, se persignó y las palabras salieron a cántaros. «No tengo el número de mi hija. Ella es siempre la que llama.»

María se puso de pie, sacudiéndose la falda. Llamó a la niña y le preguntó de nuevo su edad y si ya iba a la escuela a aprender a escribir. La niña negó con la cabeza y mostró cinco dedos, pero luego de pensarlo bien, levantó los otros cinco. Consuelo observaba la divertida conversación. Una mirada de ternura apareció en la afligida cara de la mujer, como si se le hubiera olvidado lo del sueño por completo.

María se sentó de nuevo. El interludio con la niña pareció aclararle la mente. «En las cartas que has recibido de ella, hay una dirección en el sobre, ¿verdad?»

—No sé —dijo Consuelo encogiéndose de hombros—. Hay letras en el sobre.

—Tráete las cartas —concluyó María—. Y si hay una dirección, entonces hay que escribirle con los consejos que te vendrán mañana en el río.

—¿Quién va a escribir esa carta? —dijo Consuelo con preocupación. Ella estaba segura que María sabía leer, pero nunca la vio escribir nada. Y una vez escrita la carta, ¿cómo se la enviaría a su hija?

—No tengo buena letra —confesó María—, pero ahí está Paquita —Consuelo detectó en la cara de María la misma cautela que sentía ella. Paquita Montenegro, la escribidora del pueblo, siempre le chismoseaba a todo el mundo los asuntos privados de los clientes, como si le pagaran no sólo para escribir la carta sino también para pregonarlo a los cuatro vientos. Consuelo no quería que todo el poblado se enterara de que Ruth le había pagado a un hombre para que se casara con ella, y que ahora quería divorciarse. Ya había suficiente chismoteo sobre cómo la hija de Consuelo, tan bonita, había conseguido el dinero para irse a Nueva York.

—Se me ocurre algo —dijo María, interrumpiendo los pensamientos de la anciana—. Hay una señora en la casa grande, una parienta de don Mundín. Es de por allá. Ella te puede ayudar a escribir esa carta y se ocupará de que tu hija la reciba.

Con estas palabras, Consuelo sintió que sus viejos huesos se le paralizaban de terror. Prefería pagarle los cuarentas pesos a Paquita para que escribiera la carta y se la bembeteara a todo el mundo antes que contarle los problemas de su hija a una extraña. De nuevo las palabras le salían con dificultad: «Ay, pero molestar a la señora... y si... ay, no puedo...» La voz se le desvaneció.

María se veía más determinada que nunca.

—¿Por qué no? Bastante que ellos nos molestan cada vez que les da la gana—. Consuelo vio la cara del muchacho flotando en la cara de la madre, antes de ser arrastrada por una mirada de furia terrible. «Sergio te llevará mañana, después que te acuerdes de las palabras en el río.» La mujer más joven le agarró la mano a la anciana. «Todo va a salir bien. Ya tú verás.»

Consuelo no supo si fue la determinación en los ojos de María, pero aquella mirada le llegó muy adentro ¡sacándole las palabras que había dicho en el sueño! Y en ese preciso momento supo exactamente qué es lo que debía poner en aquella carta que la forastera le escribiría a su hija.

Tal y como Sergio le informó camino a la casa grande, la parienta de don Mundín era muy amable. Estaba de pie junto a la puerta, esperándolos, como si ellos fueran invitados importantes. No era una de esas señoras típicas, de las que te llaman por tu nombre hasta que lo desgastan y lo dejan en nada más que en el sonido de una orden. Consuelo había trabajado para muchas de esas señoras de mucho copete que lo guardaban todo bajo llave, como si sus casas fueran almacenes de tesoros.

Pero esta señora se dirigió a ella como doña Consuelo y le pidió que la llamara Yo. «Así me decían de chiquita y se me quedó», dijo. Y chiquita era todavía: se podían meter dos o tres como ella dentro de Ruth y todavía quedaba espacio para la pequeña Wendy. Vestía pantalones y camisa blancos, como si fuera a tomar la primera comunión. Era de hablar fácil y alegre, las palabras le salían a borbotones de los labios: «Bueno, doña Consuelo, Sergio me dice que usted necesita ayuda con una carta...».

Consuelo se preparó a contestar. «¡Pero qué niña tan linda!» La señora se inclinó, susurrándole hasta que Wendy quedó medio muerta de miedo y excitación. Antes de que Consuelo se diera cuenta, la señora le había llenado los bolsillos a la niña de las mentas de don Mundín, con la promesa de que, antes de irse, le enseñaría la piscina en forma de habichuela. Nadie le había dicho a la señora que el verano pasado, en esa misma piscina, María y Sergio habían perdido a su hijito, no mucho mayor que esta niña.

—No queremos que... —Consuelo comenzó a decir—. Le pedimos perdón por la molestia —el corazón le latía tan fuerte que no podía escuchar sus propios pensamientos.

—No es ninguna molestia. Entren y siéntense. No, en ese banco no. Es un vejestorio —y la flaca agarró a Consuelo de la mano, como hacía Wendy cuando quería algo. Consuelo sintió que al corazón le bajaba la velocidad.

Al rato estaban sentados en las cómodas sillas de la sala, bebiendo Coca-Cola en elegantes vasos alargados. Cada vez que Consuelo bebía un sorbo del líquido dulzón, el hielo tintineaba causándole distracción. Le recordó a la niña varias veces que sostuviera, igual que ella, el vaso con las dos manos.

Pero a la señora parecía no preocuparle todas las cosas frágiles a su alrededor. Puso su vaso en el brazo del sofá y siguió hablando, revoloteando cerquita del jarrón que tenía a su lado. Consuelo sacó varias cartas de su bolso y esperó que hiciera una pausa para hacer su petición. Pero la doña hablaba y hablaba, una retahíla de palabras que Consuelo no siempre entendía muy bien. Que qué lindas eran las montañas, que había venido a quedarse un mes a ver si podía escribir, que se había fijado en la gran cantidad de madres solteras.

—La niña es mi nieta —le informó Consuelo. No quería que la señora fuese a pensar que a su edad Consuelo se había ido detrás de los matojos con un hombre.

—¡Ay, no, no quise decir eso! —la señora se rió, manoteando el aire. Posó la vista en las cartas sobre el regazo de la anciana—. Pero, bueno, vamos a lo de la carta. Sergio me dijo que su hija... —y salió disparada otra vez, contándole a Consuelo cómo Ruth había llegado a Puerto Rico en una yola, y luego a Nueva York, donde tenía dos trabajos a la vez. Le ahorró a Consuelo el tener que hacerle el cuento desde el principio.

La señora se quedó en silencio cuando llegó al final de la historia, tal y como la conocía. Ahora le tocaba a Consuelo. Empezó a tropezones. Pero cada vez que se detenía, buscando las palabras, la ávida mirada de la señora le daba ánimos para continuar. Consuelo le contó cómo Ruth se había casado con un puertorriqueño, que lo había hecho por los papeles de residencia, y cómo el hombre se había enamorado de ella. Mientras Consuelo hablaba, la señora movía la cabeza como si sintiera exactamente lo mismo que Ruth había pasado.

—Y ahora me pide mi opinión —dice Consuelo, dándole una palmadita al paquete de cartas en su regazo—. Y en el sueño que tuve me vino lo que debía decirle.

—¡Qué maravilla! —exclamó la señora, dejando a Consuelo momentáneamente confundida sobre qué era lo que la señora pensaba que era tan extraordinario—. Quiero decir, que sus sueños le revelan cosas —añadió la señora—. Yo he tratado, pero nunca le encuentro ni pies ni cabeza a mis sueños. Antes de divorciarme, le pregunté a mis sueños si debía dejar a mi marido. Soñé que un perrito me mordía una pierna. ¿Qué significa eso?

Consuelo no estaba segura. Pero le sugirió a la señora que consultara a María. Ella sí que le podría descifrar lo del perrito.

La señora desechó la sugerencia con un gesto de la mano. «Tengo dos hermanas terapeutas con mil teorías sobre ese perrito.» Se rió, y en sus ojos se vislumbró una mirada lejana como si estuviera viendo su casa y a las dos hermanas echándole un hueso al perrito.

Consuelo le entregó una de las cartas del paquete en su regazo y observó a la señora leer aquella última carta de Ruth. Parecía no tener problemas con la letra —Ruth tenía una letra muy bonita— pero según sus ojos bajaban por la página, la señora movía la cabeza. «Ay, Dios mío —dijo finalmente, mirando a Consuelo—. ¡No lo puedo creer!».

—Tenemos que escribirle —Consuelo asintió.

—¡Ya lo creo! —dijo la señora, jalando hacia ella la mesa de centro para que le quedara justo delante. Sobre la mesa había un bloque de papel de cartas y una bellísima pluma plateada que relucía como una joya. La señora miró a Consuelo—: ¿Cómo quiere empezar?

Consuelo nunca había escrito una carta, así que no sabía qué decir. Le echó una mirada a la señora, como pidiéndole ayuda.

«Mi querida hija Ruth», sugirió la señora, y con la aprobación de Consuelo procedió a escribir las palabras rápidamente, sin el menor esfuerzo. La niña se acercó al sofá a observar de cerca la mano de la señora bailando sobre el papel. La señora sonrió y le ofreció varias hojas de papel y un lápiz de colores. «¿Quieres dibujar?», le preguntó. La niña asintió con timidez. Se arrodilló en el piso, frente a la mesa, y escudriñó la blanca hoja de papel que la señora le puso delante. Por fin, la niña tomó el lápiz en su mano, pero no dibujó nada.

—Okey, hasta ahora tenemos, Mi querida hija Ruth —dijo la señora—. ¿Qué más?

«Mi querida hija Ruth», repitió Consuelo. Aquellas palabras tenían el mismo ritmo de una cancioncita que la niña a menudo repetía saltando bajo un rayo de sol. «He recibido tu carta y en un sueño que tuve me vinieron las palabras que esta buena señora que está aquí me ayuda a escribir y con todo respeto al Gran Poder de Dios y agradecimiento a la Virgencita ya que sin su socorro nada se puede hacer.» ¡Como en el sueño, las palabras le brotaban a borbotones de la lengua!

Pero la señora la miraba, perpleja. «Es un poco difícil... en realidad usted no ha... —ahora era ella quien se quedó sin palabras—. No es una oración —dijo al fin, pero enseguida se dio cuenta que Consuelo no tenía la menor idea de lo que ella quería decir, y agregó—: Vamos a escribir algo a la vez, ¿okey?

Consuelo asintió: «Usted es la que sabe», le dijo con cortesía. Aquélla era una frase que le habían enseñado a decir cada vez que un ricacho le pedía su opinión.

—No, no, ésta es su carta —la señora sonrió con tristeza. Miró el papel como si éste le pudiera dictar la próxima oración—. No importa, está bien —dijo la señora, y llenó media página, la mano deslizándose rápida como el mercurio hasta que volteó la hoja de papel—. ¡Okey, que vengan! —gritó como si azuzara vacas holgazanas al atardecer.

«Mi hija, debes pensar en tu futuro y en el de tu nena. Como tú sabes, el matrimonio es un voto sagrado...» Consuelo se detuvo brevemente a recobrar el aliento, y por un momento no pudo continuar. Se preguntaba si aquéllas eran las mismas palabras que había dicho en el sueño o si las había confundido con lo que ella misma quería decirle a su hija.

«Pues sí, mi'ja, honra a ese hombre, y él no te pegará más si tú no lo provocas, como dice el buen cura de la iglesia que nos ha enseñado que nosotras las mujeres estamos sujetas a la sabiduría y juicio de nuestros padres y maridos si tienen la bondad de quedarse con nosotras.»

La señora colocó la pluma encima del papel y cruzó los brazos sobre el pecho. Miró a Consuelo moviendo la cabeza. Su rostro tenía la misma expresión de gravedad del de María: Lo siento mucho, pero yo no puedo escribir eso.

Consuelo se llevó las manos a la boca. ¿Habrá dicho algo malo? Sería que aquella mujer, más flaca que una monja en cuaresma, se había dado cuenta de que Consuelo no estaba diciendo las palabras correctas. Por segunda vez, parecía que las palabras que había soñado se le escapaban de la memoria. «Mi hija va a tomar otra decisión equivocada», le rogó Consuelo. Apuntó con la barbilla, para no hacerle mal de ojos, hacia la niña, prueba fehaciente de los errores de Ruth. La nietecita dejó de estudiar la hoja en blanco, tomó el lápiz y dibujó un garabato.

La señora se mordió los labios como para frenar la catarata de palabras que siempre tenía en la punta de la lengua. Pero algunas se le escaparon. «¿Cómo puede usted aconsejarle a su hija que se quede con un hombre que le pega?»

—Ese hombre no le pegaría si ella hiciera lo que él mande. Ella debe pensar en el futuro. Siempre le aconsejo que piense en el futuro —de nuevo, Consuelo sintió que las palabras que pronunciaba no eran las maravillosas palabras de su sueño, con las que hasta la terca de Ruth habría estado de acuerdo. Concluyó con una vocecita—: Ella siempre ha sido muy voluntariosa.

—¡Me alegro por ella!—: la señora asintió fuertemente con la cabeza—. Debe tener una voluntad de hierro. Mire todo lo que ha logrado. Arriesgó su vida en el mar... se ha mantenido con dos trabajos... le manda dinero a usted todos los meses —contaba las razones con los dedos al igual que el dueño del colmado contaba lo que se le debía.

Consuelo se sorprendió a sí misma asintiendo con la cabeza. Aquella mujer tenía un ojo al que no se le escapaba ni el más mínimo detalle, como el ojo de un niño, que podía ensartar una aguja en la luz del atardecer.

—Yo que usted, definitivamente, no le aconsejaría que se quedara con ese abusador —dijo la señora—, pero, bueno, usted escriba lo que quiera.

Pero Consuelo no sabía escribir. Cuando era niña, el bruto de su padre le daba una pela cada vez que la encontraba perdiendo el tiempo, del modo que lo hacía ahora Wendy, inclinada sobre una hoja de papel. «Usted tiene razón —le dijo a la señora—. Eso mismo le vamos a decir a Ruth».

Quiso decir que añadiera las palabras de la señora a las que ya estaban escritas. Pero la señora hizo una bola con la hoja de papel y comenzó la carta de nuevo. La niña recogió el papel arrugado, lo desdobló y lo alisó con la palma de la mano.

«Mi querida Ruth», comenzó la señora, «he pensado largo y tendido sobre lo que me has escrito». «¿Qué le parece eso?» La señora levantó la cabeza.

—Sí, señora —Consuelo se arrellanó en la cómoda silla. En verdad aquél era un mejor principio.

«Tú eres una mujer fuerte y de muchos recursos y me siento orgullosa de ti.»

—Estoy muy orgullosa de ella —confirmó Consuelo. Los ojos se le llenaron de lágrimas al escuchar aquellas palabras de elogio para su hija.

«Tú hiciste un trato muy claro con ese hombre, y ahora él rehúsa aceptarlo. ¿Cómo puedes tenerle confianza si él abusa así de la tuya?»

—Así mismo es —dijo Consuelo, asintiendo vigorosamente. Pensó en el padre de Ruth, colándose en las habitaciones de las sirvientas, apestando a ron, adueñándose de lo que le diera la gana. Y al día siguiente, Consuelo tenía que estar en pie al amanecer para preparar la bandeja de plata con el desayuno para cuando la señora de la casa tocara la campanilla en su habitación.

«Un hombre que le pega a una mujer no se merece que ella se quede con él», escribió la señora.

—Un hombre que le levanta la mano —Consuelo hizo eco. «Ay, mi pobre Ruth... no debes sufrir tanto...» De nuevo Consuelo sintió que las palabras se le agarrotaban en la garganta, pero en esta ocasión, no por vergüenza, sino de la emoción.

«Así es que, Ruth, debes buscar ayuda. Hay unas organizaciones en la ciudad que te pueden ayudar. No te desanimes. No te quedes atrapada en una situación en la que no puedas expresar tus sentimientos.»

Y según la señora decía y escribía aquellas palabras, Consuelo sintió que el sueño flotaba hacia la superficie de su memoria. Y le pareció que aquéllas eran las mismísimas palabras que tanto habían conmovido a Ruth en el sueño: «Sí —le dijo con apremio a la señora—. Sí. Eso mismo».

Mientras la señora le ponía el nombre y dirección al sobre, la niña levantó el papel que había llenado de crucecitas, imitando la letra de la señora. Consuelo sintió una ola de orgullo y cariño al ver la aptitud de la niña. La señora pareció estar muy complacida también: «¡Tú también le escribiste a Mamá!», la felicitó, y tomó la carta de la niña, la dobló y la metió en el sobre junto a la carta de Consuelo.

Segunda parte

Los encargados
Revelación

Llamaron a Sergio al camión telefónico temprano en la mañana. Una llamada de don Mundín: prepare la casa que para allá va una señora a pasarse un tiempo en las montañas.

—Entonces, na' má la señora —repitió Sergio para aclarar la orden. Una mujer que viene sola. Quizá sea la querida de don Mundín, alguien con problemas.

Todo estaba bien en la casa, sí señor, afirmó Sergio, aunque en su cabeza ya había empezado el torbellino de limpieza que tenía que terminar aquella misma tarde, antes de que el carro de la doña subiera por el largo camino de entrada, el cual también había que limpiar, y recortar los crotos. Había que sacar las gallinas del almacén, recoger el caballo prestado, y mandar a buscar a su hermana para que atendiera la casa para la doña.

—Sí, sí, no hay problema, don Mundín —repetía con cada nuevo recordatorio. Y seguidamente, una migaja de interés personal—, María está bien, sí —Sergio respondió—, y los niños también, sí.

El resto de los niños, pensó, pues el más pequeño se había ahogado en la nueva piscina el verano pasado. Don Mundín le había advertido a Sergio que levantara una cerca, que se mantuviera alerta, pero cómo podía Sergio atender una casa tan grande, atender su propio conuco, y andar levantando cercas donde no hacían falta. Además, los muchachos se habían criado allí, en la entrada del río Yaque; ellos sabían que no se debían ir para lo hondo. Pero ¿qué era una piscina para un niño sino un juguete dejado al aire libre por los hijos del patrón? El peligro estaba en el río que rugía en su descenso por la ladera del monte. El niño seguramente se tiró a la piscina por la mañana, cuando Sergio limpiaba los establos, pensando que, como los hijos del patrón, él también podría chapotear y flotar en el agua. Su madre lo encontró horas más tarde, flotando boca abajo. Había ido a recoger agua de la piscina, que ella usaba como cisterna, para lavar y fregar, a pesar de que don Mundín les había advertido que no lo hicieran.

—Aquí estamos siempre a la orden —Sergio quería concluir la conversación—. Esperamos verlo a usted y a doña Gabriela y a los niños pronto por aquí —había que darle crédito al joven patrón, aunque María no lo aceptara: él no había regresado a la casa desde el accidente. Se acabaron las visitas de fin de semana, vaciaron la piscina, las sábanas y las toallas se guardaron en un ropero que olía a bosque. Sergio oyó decir que don Mundín pensaba vender la casa. En cuanto a María, no había puesto un pie en la casa desde el accidente. Ahora que venía esta doña, Sergio tendría que llevar a su hermana de sirvienta. Una cosa más que hacer. Y don Mundín seguía chachareando.

—Ella quiere tranquilidad, quiere inspiración —le explicó.

—Sí, está bien —asintió Sergio, aunque para él aquellas palabras eran como todos aquellos cubiertos de plata que la gente rica ponía en fila al lado de los platos, cuando lo único que hacía falta era una cuchara para palear y un cuchillo para cortar. ¿Inspiración? Quizá la doña tenía alguna enfermedad de los pulmones.

—No se apure. La vamos a atender bien —Sergio le prometió, y al fin, gracias a Dios, ya que tenía que empezar sus labores del día más ocupado del último año, hasta tenía que recortar la grama en el lado sur y hacer un montón de otros encargos, don Mundín colgó el teléfono.

—La doña quiere inspiración y tranquilidad —Sergio le repitió a María. Había ido a buscar a su hermana y allí encontró también a su esposa, preparando un trabajo para quitarle la racha de mala suerte que seguía a Elena y su familia.

—Jmm —dijo María con el ceño fruncido—. Apuesto que se trata de una barriga, o un desencanto amoroso.

Sergio se encogió de hombros, bebiendo el último buchito de café y poniéndose el sombrero. Hoy no tenía tiempo para conversaciones largas. «Yo na' má te digo lo que dijo don Mundín», concluyó. Ése era siempre su amén cuando alguien cuestionaba cualquier cosa que a él no le interesaba defender o explicar.

A María la montaban los santos desde que era una niña, y la gente iba a consultarle sus problemas y sus esperanzas y sus miedos, y ella les procuraba la ayuda de los espíritus. Los santos bajaban y se le encaramaban en los hombros, y el cuerpo entero le temblaba, los ojos le daban vueltas como si fueran canicas dentro de su cabeza, y hablaba en una voz que no era la suya. Ruth la linda debe poner una caja de talco en la entrepierna del árbol de samán en honor a Santa Marta si quiere encontrar un buen hombre. Porfirio debe prenderle una vela a San Judas el de las causas perdidas si quiere que su gallo gane.

Pero después que su hijo se ahogó, los santos dejaron de hablarle a María. Al principio fue su culpa, ya que ella rehusó recibirlos porque quería dejar un canal abierto para que Pablito entrara por aquel estrecho zaguán de luz hacia ella. Todos los días le imploraba a su hijito muerto que sosegara su corazón de madre, que le dejara saber que había hecho el cruce sin novedad. Pero ya había pasado un año y Pablito no le hablaba, y cuando ella trataba de hacer contacto con los santos para saber del niño, todo lo que escuchaba de aquel otro mundo era un inmenso silencio.

Pero aun así, los vecinos seguían visitándola, y María no podía echarlos y dejarlos sufrir sin esperanza, como ella. Y así fingía estar en contacto con los santos que los podían ayudar. Como había vivido toda su vida en aquel poblado, se conocía la vida y milagros de todo el mundo, y simplemente analizando con claridad los problemas que le consultaban, María les podía decir fácilmente lo que debían hacer para calmar su sufrir. Se le había ocurrido hace poco que el silencio de su hijo era un castigo de Dios por engañar a sus vecinos.

Aquella mañana, su cuñada Elena la había llamado para que la ayudara a acabar con la racha de mala suerte por la que ella y su familia estaban pasando. Su esposo Porfirio había perdido su trabajo de jardinero en el Hotel Los Pinos, que finalmente iba a cerrar sus puertas. En el último año el turismo había disminuido. Todo el mundo se iba, los menos desesperados a la capital, el resto a Miami o a Puerto Rico en yolas. Era como si con la muerte del niño toda la buena suerte se hubiera escurrido del pueblo.

Pero quizás un cambio estaba a punto de llegar. En el mismo momento en que María encendía una vela para atraerle buena suerte a Elena y su familia, Sergio llegó con la respuesta a la petición que estaban haciendo: una señora venía a quedarse en la casa grande. Desde ese mismo momento se necesitaba a alguien que cocinara y limpiara.

Sergio miró a María directamente, preguntándole con los ojos si sería posible que dejara a un lado su dolor y tomara de nuevo su antiguo trabajo. Pero con la noticia de que había un huésped en la casa volvió a sentir en el corazón aquel nudo que no podía desatar. María ni siquiera había podido mirar hacia ese lugar desde aquel día horrible, ni mucho menos entrar y servir a los patrones o sus invitados. ¿Por qué no dejar que Elena cocine y que Porfirio ayude a mantener los terrenos?

Al fin los santos respondían a los ruegos de María, llenándole la cabeza con sus voces agudas y sibilantes. Tal vez traigan noticias de4cipreses que bordean el lado sur del camino. Algo.

Sergio seguía a la señora por los terrenos de la casa grande, contestándole sus miles de preguntas. ¿Cómo se llama aquel árbol allá? ¿Dónde está su esposa? ¿Tiene hijos? Mientras hablaban, recorrían los terrenos, hasta la cancha de tenis y los establos, después alrededor del vivero donde doña Gabriela cultivaba sus cestos colgantes de orquídeas. Se detuvieron frente a la piscina.

—Vaya —exclamó la señora—, Mundín no me dijo que había piscina.

Estaban de pie al borde, mirando hacia el fondo color turquesa, ahora lleno de hojas y basura. Durante el último año, la piscina se había convertido en un basurero gigante. Hoy, durante las instrucciones, don Mundín delicadamente evitó mencionarla, pero, por supuesto, Sergio comprendía que también tenía que alistar la piscina.

—¿Se puede limpiar y llenar? —la señora quería saber, agachándose a mirar más de cerca la basura en el fondo.

—El filtro está dañado —Sergio titubeó al ver la cara de desencanto de la señora. Si la mentira llegara a oídos de don Mundín, Sergio recibiría un serio regaño por no haberle dicho al patrón que había que arreglar la piscina—. Pero, no se preocupe, yo consigo la pieza —añadió Sergio.

Dentro de la casa, le tocó a Sergio de nuevo enseñarle las habitaciones a la señora. Es cierto que él conocía la casa mejor que Elena, quien, antes de hoy, sólo conocía la parte de atrás. Con la mano se secaba el sudor de la frente mientras seguía a la señora. Sin duda, aquél iba a ser un verano muy caluroso. Pero la señora parecía no notar el calor. Pasó revista a todas y cada una de las habitaciones en los tres pisos, mirando por cada una de las ventanas, tratando de decidir cuál habitación tenía la mejor vista.

Finalmente, al llegar al último piso, una torre con ventanales en los cuatro costados, gritó: «¡Éste es!». Allá abajo, a lo lejos, Sergio divisaba el pueblecito, las calles retorcidas, serpeando cuesta arriba, el campanario de la capillita. Y allá arriba, las montañas imponentes; más acá, el río revolcándose cuesta abajo. Sergio sintió mareo por la combinación del calor y la altura.

—Aquí no hay cama —apuntó Sergio, mirándose los pies, ya recobrado del vértigo—. Perdonando, señora, yo no creo que aquí quepa una cama.

—No tiene que pedir perdón —la señora insistió sonriente—. Claro que sí podemos meter una cama aquí, Sergio. Ponemos el colchón en el piso, así —marcó el aire con sus brazos señalando dónde iría la cama.

—Usted es la que sabe —le dice él bajito. No le correspondía contradecir a la señora. Peor aún, don Mundín se molestaría mucho si su encargado no le atendía bien a los invitados—. Acuérdese de que aquí hay mucho mosquito y las ventanas no tienen tela metálica.

—¡Pero mire qué paisaje! —exclamó la señora.

Y cargaron con un colchón hasta la torre y no se sabe cómo lograron encajarlo horizontalmente debajo de las ventanas que dan al oriente. Cuando el sol comenzaba a ponerse tras los montes, la señora llamaba a Sergio que subiera del patio. Ya había mandado a buscar a Elena de la cocina donde estaba preparando unas habichuelas. «¡Corran, corran, se lo van a perder!» Ellos subieron, galopando sin aliento escalera arriba, a contemplar el paisaje. «Ay», decía la señora, suspirando como si un hombre le estuviera dando placer.

Aun después de que el sol ya se había puesto por completo y las sombras se alargaban dentro de la habitación, la señora seguía contemplando el paisaje un rato más. Se concentraba, como si escuchara desde una habitación lejana el llanto de su propio bebé. Le había confesado a Sergio que no tenía hijos, que era soltera y que así se quedaría. Sergio no se atrevió a decirle nada.

—Esto es tan hermoso aquí arriba —finalmente dijo—. ¿No le parece?

Sergio miró hacia el pueblo que conocía desde que nació. Quizás era hermoso, pero no estaba seguro. Hermoso era una palabra que solamente había escuchado en boleros en la radio, o en boca de estrellas de telenovelas en el televisor del colmado: «Usted es la que sabe, doña».

—Ay, Sergio —el tono de voz de la señora le hizo levantar la cabeza y mirarla a los ojos, a pesar de que don Mundín y su esposa le habían enseñado a tratar con deferencia a los invitados—. ¿De verdad usted cree que yo soy la que sé?

Sergio titubeó. Iba a tener que practicar bastante para poder conversar con aquella doña.

Esa noche María se sorprendió al ver llegar a Elena y a Sergio después de la cena. Antes, cuando don Mundín y doña Gabriela venían los fines de semana, o para vacaciones más largas, María y Sergio se tenían que mudar a la casa grande con niños y todo, para poder servir a los patrones día y noche.

—No tenemos que trabajar por las noches —le explicó Sergio, riéndose cuando María abrió exageradamente los ojos ante la noticia.

—La Virgencita escuchó nuestros ruegos —Elena unió sus manos y elevó los ojos al cielo—. ¡Ay, Dios santo!

—Nos trata como americanos —añadió Sergio—. Tú sabes que los americanos nada más trabajan de cierta hora a cierta hora, y si tienen que trabajar más, les pagan doble —por supuesto, él no se iba a aprovechar de la situación. No faltaría más que se enterara don Mundín.

—¿Ella te pagó? —preguntó María sin quitarle el ojo a la botella destapada de ron que Sergio traía en la mano.

Él asintió tímidamente.

—Ay ayay —María meneó la cabeza sonriendo—, ¡cobrando doble!

—Yo le dije que no se molestara —explicó Sergio—, pero me dijo que era una propina. Que si estuviera en un hotel tendría que pagar muchísimo más.

—Y lo único que hice hoy fue cocinarle las habichuelas —añdió Elena—. Dice que no puede tocar la carne. No me dejó ni echarle un cubito de caldo a los frijoles.

—A lo mejor es por su religión —sugirió María—. A lo mejor hizo una promesa por la pena que lleva dentro —súbitamente, su propia pena inundó la habitación: el muchachito, su camisita, sus medias flotando en aquel enorme calderón azul. Todos guardaron silencio por un rato.

—Na' más hay que hablar con ella y ya —concluyó Elena.

—Va a terminar pidiendo mucho más, ya verán —dijo María con voz llena de amargura.

—Ay, María —Elena suplicó—. Tienes que conocerla. Vas a ver que no es como las otras.

—Sería bueno que pasaras por allá pa' presentarte —añadió Sergio, poniéndole la tapa a la botella de ron en señal de sobriedad—. Me preguntó muchas veces por ti, y que cuántos hijos tenemos, y de qué edad, y qué les doy de comer, y si van a la escuela —se rió forzadamente.

—¿No se lo dijiste? —exclamó María con semblante alterado.

Sergio se acorazó: «No se quedaría. Se iría enseguida».

—Sergio tiene razón —dijo Elena, saliendo en defensa de su hermano—. Ya es hora de que te olvides de eso.

María alzó los ojos al cielo. «Dios mío, dame paciencia. Hasta de nuestras penas nos tenemos que olvidar para complacer a los patrones.»

Mucho más tarde esa noche, María se escurrió sigilosamente de la cama y salió al patio. En la escasa luz de una luna diminuta podía distinguir el samán donde antes acostumbraba a treparse su hijito. Las ramas eran anchas y bajitas. Se paró debajo del árbol y lo llamó: «¡Pablito!». Pero nadie contestó.

La conversación sobre la casa grande y la señora habían desenterrado la vieja pena. Antes de la tragedia ella trabajaba para doña Gabriela, limpiando, cocinando, aguantándole sus quejas de lo aburridos que eran aquellos montes sin sus amistades. Doña Gabriela se había enterado que su cocinera recibía a los espíritus y sabía adivinar el futuro en el café. «María, ven acá y dime qué me va a pasar hoy», doña Gabriela la llamaba desde la soleada terraza donde le gustaba desayunar.

Un día, mirando la taza de café de la patrona, María vio un cuerpecito flotando en la superficie de la nueva piscina. Había pensado, por supuesto, que era un aviso para los niños de la patrona, y le advirtió que tuviera cuidado con los niños en el agua. «Me estás preocupando —se quejó doña Gabriela—. Dime algo alegre. ¿No ves nada bueno?».

A María todavía le dolía que en aquel momento, ella se preocupó tanto por la felicidad de la patrona, y por su casa y por sus niños, que no se dio cuenta del peligro que corría su propio hijo. Ni siquiera cuando los santos trataron de avisarle a través de las sobras de café en la taza de doña Gabriela.

Ahora salió del patio y avanzó por el camino oscuro que doblaba por la casa de Elena hacia el centro del pueblo. Un perro atado en el portal de la casa del alcalde le ladró, pero después de recitar el ensalmo de San Francisco, el perro se calló. El pueblo estaba callado, podía oír la brisa susurrando entre los cipreses, y a lo lejos, el ruido del tráfico en la carretera que llevaba a la capital. «¡Pablito!», llamó, y el perro comenzó de nuevo su enojoso ladrido.

En la esquina, dobló a la derecha, y la casa grande, que había evitado durante todo un año, apareció ante sus ojos. En la torre brillaba una luz. Divisó a la señora haciendo algo en una mesa. «¡Pablito!», gritó y la señora levantó la cabeza. Se quedó un rato con la cabeza ladeada, como si ella también esperara una respuesta.

Pasaron varias semanas, y Sergio aún no había arreglado la piscina. Se fortalecía con buches de ron, pero cada vez que caminaba por el piso en ángulo hacia la basura en el fondo de la piscina, tenía que salir corriendo, sobrecogido por sus sentimientos.

Desde el principio, Sergio había logrado bregar con la tragedia con filosofía. Es más, aquella tarde negra, cuando don Mundín lo hizo pasar a su habitación privada, fue el patrón quien lloró, y Sergio el que tuvo que consolarlo: «Don Mundín, no se ponga así».

El joven patrón le ofreció su brazo a Sergio. «Tienes razón, hombre. Hay que seguir adelante.»

«Hay que seguir adelante», había repetido mil veces a María. «Eso es lo que dice el mismo don Mundín.»

No es que no extrañara a su hijo, como María le repetía en tono acusador, su torito, su carajito. Pero el patrón no tuvo la culpa de que el niño se ahogara. Don Mundín y otros como él tenían sus casas, sus trabajos, sus costumbres, y Sergio y los suyos tenían sus ranchitos, sus trabajos, sus costumbres, y aquellos dos mundos existían lado a lado, en paz. Pero cuando se cruzaban, había un despeñadero, y en esa mañana de julio, el niño, escabulléndose del lado al que pertenecía, se había caído por aquel despeñadero a una piscina color celeste. Así es como Sergio veía las cosas.

Pero ahora, un año después, parado en el fondo de aquella piscina, lo invadía una tristeza tan fuerte que no le dejaba terminar el trabajo. Varias veces le preguntó la señora: «¿Qué pasa? ¿Consiguió la pieza?».

—Llega mañana —Sergio le prometió de nuevo. En muchas ocasiones, le dejaba un recado a la señora y se iba temprano del trabajo.

Un día, por el sendero que lleva a la casa, se sorprendió al oír agua llenando la tumba de su hijo. La señora estaba sentada en una silla de patio leyendo. Levantó los ojos del libro, y al verlo dijo: «Ay, Sergio, decidí llenarla, con filtro o sin filtro —le explicó—. No te preocupes, no te voy a culpar si me enfermo». Se rió, como si la expresión en su semblante tuviera algo que ver con ella.

Esa tarde, Sergio espiaba detrás de los crotos, dándose tragos de su botella de ron para calmarse los nervios. La señora atravesaba la piscina de un lado al otro, levantando y hundiendo la cabeza en el agua, sus piernas pateando rítmicamente. Qué fácil —como una libélula— navegaba aquella agua de pesadilla. No era sólo el dinero lo que les envidiaba, sino cómo el dinero protegía a los ricos de las penas de los demás. María tenía sus santos, y él tenía su botella de ron, pero aun así el dolor se había filtrado hasta lo más hondo de su ser. A él no le importaba lo que había dicho don Mundín. Él, Sergio, y su mujer María, no habían seguido adelante con sus vidas. La pérdida sufrida era una carga de la que no lograban deshacerse.

Se empinó la botella, pero el ron se había acabado. La tiró con furia a la pila de basura que antes ocupaba el fondo de la piscina. Y por primera vez desde aquel momento en que él llegó corriendo de los establos, llamado por los gritos de María, Sergio lloró por su hijo.

Esa noche, María esperó a Sergio bajo el samán. Estaba preocupada. Según su cuñada, Sergio bebía en la casa grande, algo que nunca antes había hecho. Muchas tardes se sentaba tras el borde de crotos, donde pensaba que nadie lo vería, y vaciaba una chatita de ron.

—La señora hasta me preguntó si Sergio tenía problemas con la bebida —Elena le confesó a María.

—La bebida no es el problema —dijo María con amargura, como si le hablara directamente a la señora.

—A lo mejor ayudaría —dijo Elena con cautela—, si prendes una vela por él.

Pero María sabía que las velas no harían nada. Los santos no la ayudarían con su problema, igual que no la habían ayudado con los problemas de los demás aquel último año.

—Para él la botella se está convirtiendo en su mujer —Elena habló con franqueza. María había notado cómo en el curso de un mes en la casa grande, Elena se veía más segura de sí misma—: El ron se ha vuelto tu rival, María.

Aquella noche, mientras esperaba, María repetía, una y otra vez, la oración a Santa Marta. Estaba en tal estado de ensoñación que dio un salto cuando vio la sombra oscura entrar al patio. Lo llamó tiernamente, y en vez de devolverle un gruñido, o rechazo de borracho, fue hacia ella, con las manos extendidas al frente en la oscuridad, atraído por la dulzura de su voz. María notó la botellita de ron acurrucada en su cinturón.

—Mañana por la tarde voy a lavar la ropa al río —le dijo María—. Cuando regrese, voy a vestir a los niños para llevarlos a que conozcan a la señora.

Él aspiró el aire sorprendido. Extendió la mano hacia ella, y aunque sólo hubiera tocado el aire, ella la tanteó en la oscuridad y la trajo a descansar sobre su regazo, donde comenzó a palpar los pliegues de su vestido.

—Ya, ya —rió ella, deteniéndole la mano—. No vamos a darle un show a los vecinos.

A tropezones llegaron hasta la casa en penumbras, pero, más tarde, en la cama, él resultó estar demasiado pasado para brindarle ninguna satisfacción. Ella se acostó a su lado, y se obligó a quedarse quieta y no salir a recorrer las calles gritando el nombre de su hijo muerto. Decidió que iba a salir de aquel luto, si no por ella, por su esposo y por sus hijos. Elena le había dicho cosas muy duras, añadiendo al peso que ya María llevaba en el corazón, la preocupación de perder a su marido. Ella había escuchado aquellas advertencias antes, pero hoy su amargura había cedido. Tal vez los cuentos de lo agradable que era la señora le iban soltando los nudos en el pecho y abriendo un espacio en su corazón para que los santos descendieran y le hablaran de nuevo.

A la mañana siguiente, Sergio se sorprendió de ver la casa abierta y ni rastro de la señora. Buscó por todas las habitaciones, llamándola: «¿Doña?», y luego echó a andar por el camino que conduce al pueblo. La llegó a ver, con la cabeza baja como si contemplara algo triste. En cada mano llevaba una bolsa de tejido plástico.

Sergio se apresuró a ayudarla. «La casa estaba abierta —le dijo con voz mesurada para que la señora no fuera a pensar que la estaba criticando—. Ha habido muchos robos por aquí», añadió.

—Salí un minuto —explicó la señora—. Fui a comprar vegetales para un *stir-fry*.

—¿Y no le echa carne? —preguntó Sergio, luego que ella le explicara que se trataba de una fritada de vegetales. Si la señora le diera un tantito de confianza, a él le gustaría sugerirle que echara un poco de carne a esos vegetales, y así quizás engordaría unas libritas, lo cual no le vendría mal.

—Nada de carne —le dijo, observándolo, los ojos achinados por la risa—. Piensa que estoy loca porque sólo como vegetales, ¿verdad?

—Si me permite... —Sergio comenzó, pero de pronto le pareció un atrevimiento.

Mientras caminaban hacia la casa, Sergio notó que había que podar los setos otra vez. Pero la señora pareció no notar las ramas crecidas y despeluzadas.

—Mire Sergio —le dijo—, le voy a demostrar lo bien que se puede comer sin carne. Voy a hacer uno de mis famosos *stir-frys* para ti y para Elena y la familia. No, no, no, no me lo pueden rechazar o me voy a sentir muy ofendida. ¿Tienen planes para esta noche?

—¿Planes? —preguntó Sergio.

—¿Pueden venir a comer conmigo?

—Este... mi mujer... —comenzó Sergio—, va a pasar por aquí esta tarde con los dos niños para saludarla.

—¡Qué bueno! Pues, ya está. Dile a Elena que invite a su familia también. Haremos una fiesta. Los niños pueden bañarse en la piscina antes de comer.

Sergio no sabía decírselo sin que pareciera contradecir sus deseos. «Mis hijos —empezó, dándole vueltas y vueltas al sombrero entre las manos—. Yo no los quiero cerca de la piscina. No saben nadar».

La señora pareció sorprenderse, y con la misma determinación de los misioneros americanos que montaban sus aleluyas en el centro del pueblo y repartían sacos de arroz a los que daban fe de que Dios era su salvador: «Sin falta deben aprender a nadar —proclamó—. Yo los voy a enseñar. Es algo que deben saber, viviendo tan cerca de un río. ¿No le parece?».

—Usted es la que sabe —dijo suavemente, aunque ella le había pedido que no dijera eso.

Sergio estaba sentado con los niños bajo la sombra del samán cuando llegó Porfirio. La doña lo había dejado ir temprano. Había hecho un calor tan infernal toda la tarde que no tenía sentido regar las plantas ya que el aire se chupaba toda la humedad de una vez. «Va a ser una noche larga y calurosa —indicó Porfirio—. A lo mejor nos debíamos tirar todos a la piscina con la doña».

Sergio lo mandó callar, mirando sobre el hombro para asegurarse de que las mujeres no escuchaban. Todavía no le había mencionado lo de las clases de natación a María. Lo más seguro era que cuando la señora viera a los niños tan emperifollados, no persistiría en su misión. Pero la doña, una vez decidida, tenía una voluntad que no había dios que la cambiara. Todavía seguía durmiendo en un colchón en el piso de la torre, a pesar de que los mosquitos se estaban dando un banquete con la poca carne que tenía en los huesos.

Sergio escuchaba las risitas aniñadas de las mujeres vistiéndose dentro de la casa.

—Yo no voy a aparecerme contigo de luto. No señora —decía Elena—. Hoy vas a dejar eso atrás— y en efecto, cuando las mujeres finalmente se unieron a sus maridos afuera, María llevaba su vestido azul favorito, el que usó para el bautizo del último niño.

Sergio le silbó. Y le tiró el piropo que de costumbre guardaba para momentos más íntimos: «¡Cuántas curvas y yo sin freno!».

—¡Cuántas curvas y yo sin freno! —repitió el mayor de los muchachos, imitando a su padre.

María alzó la cabeza con cierto orgullo. «Vámonos, ¿o es que nos vamos a quedar aquí hasta que cante el gallo?», dijo con las manos en la caderas. Pero su enfurruñamiento fingido no logró ocultar el placer en su cara.

Cuando salieron del patio, María sintió que se le cerraba la boca del estómago. No había estado en la propiedad de don Mundín desde aquel día fatídico. Aun cuando doña Gabriela la mandó buscar antes del funeral, María rehusó poner un pie en aquella casa, y fue la patrona quien tuvo que ir a verla.

—Yo también soy madre. Comprendo cómo te sientes —le dijo la patrona. Se veía tan esbelta en su traje de hilo color crema, que era difícil creer que había parido hijos. Parecía que se le iba a ensuciar la ropa con sólo pararse en el piso de tierra. María no había dicho ni una sola palabra, pero aceptó el sobre con dinero que le entregó. «Para el funeral», dijo la patrona. Claro que había sobrado bastante de los gastos del entierro, y con el sobrante, Sergio había reconstruido la casa con bloques de concreto y echado piso de cemento. Pero aquel día, cuando la señora salió de la casa y entró al automóvil que la esperaba, María escupió la tierra donde habían quedado las huellas de sus tacones altos.

—¿Qué estará cocinando la doña? —le preguntó a Elena, para espantar de la cabeza los malos pensamientos.

—Ella te va a pedir que no le digas doña —Elena le advirtió a su cuñada—. Ella quiere que le digan Yolanda.

—Yo no me puedo acostumbrar —admitió Sergio.

—Cada vez que me preparo para decir Yolanda, la miro, y la veo tan, tan blanca y tan flacucha, que lo único que me sale es doña Yolanda —Elena se rió meneando la cabeza.

—La llamaré Yolanda —dijo uno de los hijos de María.

—¡Yolanda! ¡Yolanda! —cantaron a coro los muchachos.

—¡Metiches! Atrévanse. ¡Si se ponen frescos con la señora van a saber pa' que sirve un palo de guayaba! —María los regañó.

Las mujeres les tomaron las manos a los más pequeños. Parecía un entierro, toda la familia vestida de punto en blanco, caminando por el medio de la calle al atardecer. Lo único que faltaba era el pequeño féretro adornado de flores y, claro, el llanto de la madre.

La señora se acercó por la vereda de lajas desde la piscina a recibirlos con los brazos abiertos. Llevaba una bata blanca de jersey con manchones oscuros dejados por el traje de baño húmedo. A María le sorprendió lo pequeña y frágil que era. Un aura azul le rodeaba la cabeza, lo cual quería decir que ella también sentía una gran tristeza. María se preguntó si la doña también habría perdido un hijo. Según Elena, la señora no estaba casada ni tenía hijos. Pero quizás en su juventud, ¿quién sabe? Muchas mujeres que querían sacarse el muchacho que llevaban en el vientre iban donde María en busca de ayuda. Pero desde la muerte de su hijo, María había renunciado a hacer ese trabajo.

—Tú debes ser María —dijo la señora.

—A la orden —María inclinó la cabeza, no por obediencia, sino porque no quería que la señora le viera un destello de desafío en los ojos.

Pareciera que la señora podía leerle el pensamiento. «No, no, no, tú no estás a mis órdenes —dijo, negando con la cabeza—. ¡Yo no doy órdenes!». Y seguidamente, lo más sorprendente de todo, la señora le echó el brazo por los hombros a María. Fue por eso que unos minutos más tarde, cuando ella se ofreció a darles clases de natación a los muchachos, María titubeó, pero respiró hondo, como si ella misma fuera a zambullirse en el agua, y dijo que sí.

—Pero ustedes hagan lo que la doña diga, o les va a dar una buena pela —María chasqueó los dedos en el aire.

—No, no, no —protestó la señora de nuevo—. Yo no le pego a los niños.

La verdad es que hizo un montón de promesas: no a las órdenes, no a la carne, no a los golpes a los niños. ¿Sería que quizás ella también fue marcada al nacer por los santos? Según Sergio y Elena, la señora se encerraba en el cuarto de la torre el día entero, y sólo bajaba por la tarde a comerse cualquier bobería en la cocina y luego se iba a deambular por el pueblo, conversando con todo el mundo como si fueran parientes. María recordó aquella primera noche que vio a la señora en la torre, sentada a la mesa con una postura alerta, como si ella también esperara escuchar voces en el silencio.

Con el permiso de la señora, María buscó unos shorts viejos de los hijos de don Mundín. Pero cuando la señora trató de convencerla para que se uniera a ellos al borde de la piscina, María se excusó diciendo que tenía mareos por la insolación que había cogido. La espera en la cocina fue insoportable. Cada vez que María escuchaba un grito, su corazón de madre saltaba con latidos.

Para calmarse los nervios, recorrió las habitaciones de la planta baja. Elena tenía aquel sitio abandonado. Había polvo por todas las esquinas, y los elegantes vasos de doña Gabriela estaban fuera del gabinete, para uso diario. En el largo sofá floreado, los cojines estaban tirados sin ton ni son. María los acomodó simétricamente, y con lentitud comenzó a subir las escaleras, para curiosear en qué condiciones estaban las otras habitaciones. Por la ventana del primer descanso, escuchó la voz de la señora que subía desde el jardín, dándole instrucciones a uno de los niños. «Déjate caer hacia atrás, dale. Yo te aguanto, te lo prometo.»

En el cuarto de la torre, María vio la cama, tal y como Sergio se la había descrito, un colchón tirado en el piso bajo las ventanas que dan al oriente. ¡Ella le hubiera quitado aquella disparatada idea a la señora! También había una mesa apretujada en un rincón, y sobre ésta, una libreta llena de garabatos que María no entendía. La habitación brillaba con el sol que entraba por las ventanas de occidente y todo el cuarto resplandecía de luz, y allí, de pie, María sintió que le bajaban los santos. Una vieja pena le recorrió la espalda, igual que cuando cargaba a su chichí en los hombros. «Ay, Dios santo», susurró alzando la vista, pero el sol poniente la enceguenció, y por unos segundos no logró ver absolutamente nada.

Para recobrar la vista se hizo sombra con la mano y miró hacia el valle. Allí estaba la casa del alcalde, el perro sarnoso amarrado al árbol de mango; la vieja Consuelo barriendo su patio, y allá, su casita amarilla con el samán delante (¡se le había olvidado cerrar la puerta de atrás!), el techo de zinc que Sergio consiguió gratis por dejar que los de los cigarrillos Montecarlo le pintaran un anuncio. El paisaje la impresionó, como si fuera la primera vez que viera el lugar que ocupaba en esta tierra. Desde la piscina se alzaron los gritos de alegría de los muchachos, diáfanos como los campanazos de la capillita allá abajo. «¡Mamá! —gritó el niño—. ¡Mamá, ven, mira cómo floto!».

La mejor amiga
Motivación

Ahora que somos las mejores amigas, casi ni me acuerdo de cuando no conocía a Yolanda García. Tendría que remontarme a aquel primer año después de deshacerse mi matrimonio y entrar a una habitación color melocotón donde Brett Moore había reunido a un grupo de mujeres para hablar sobre la musa. Ése sería el enfoque del grupo, nos dijo, ya que todas éramos escritoras, pintoras o compositoras, todas con la creatividad bloqueada.

Manos a la obra, dice Brett, arremangándose la camisa de franela a cuadros. Brett adopta modales rústicos con sus clientas —creo que ella piensa que así no se siente que están en terapia, sino en un rancho de recreo con Brett, la vaquera terapeuta, lista a enlazar las neurosis y los problemas y marcarlos a hierro caliente: conducta autodestructiva, pánico, formación débil del ego. De cualquier modo, nuestro trabajo, según Brett, que invitó a cada una de nosotras a participar, es el de seguirles la pista a nuestros silencios hasta encontrarles la fuente.

Nos reuniremos todos los jueves por la tarde durante un año, y todas llegaremos a la misma conclusión. Detrás de cada lienzo en blanco, resmas de papel vírgenes, pentagramas sordos, hay un exmarido, o casi exmarido, o un amante insensible o inadecuado. No que los culpáramos a ellos de todo. Es más, Brett dice que culparlos equivaldría a cederles el control de nuestro silencio, igual que hemos cedido el control de nuestras vidas. ¡Tomen el mando, compañeras!, nos exhorta. De todos modos, aunque originalmente nos reuníamos para contactar a nuestras musas, siempre terminábamos hablando de los hombres en nuestras vidas.

Todas en el grupo estamos pasando por una situación desagradable, y ojalá que pasajera, con algún hombre. Hay una que se llama —bueno, es mejor que no diga los nombres, nos hicimos esa promesa—; hay una que se ha casado y divorciado del mismo hombre tres veces. Otra tiene un amante que se desaparece por temporadas, y ella no tiene la menor idea de adónde va. Hasta teme que él ande por ahí, por otros estados, asesinando mujeres, o algo por el estilo. «Pero, entonces ¿por qué sigues con él?», le preguntamos.

«Bueno, por lo menos no ha tratado de asesinarme a mí», dice ella en defensa propia.

Hay otra que está casada con un político homosexual que la usa de fachada. ¡Les aseguro que ninguna de nosotras va a votar por ése en las próximas elecciones! Hay otras cuatro que atraviesan por divorcios calamitosos, y a las demás nos toca escuchar todos los detalles. En realidad todo esto me hace sentir mejor, porque me doy cuenta de que no soy la única mujer que ha escogido al peor hombre del mundo por marido. Pete es un hipócrita y un fanfarrón, no tengo otras palabras para describirlo. Y es un milagro que lograra salir de aquel matrimonio con la dentadura intacta, cierto grado de autoestima y un saludable apetito sexual. No digo más. Después de todo, él es el padre de mis dos maravillosos hijos.

También está Brett Moore, que nos hace marchar hacia adelante, restallando el látigo. Brett es lesbiana sin reservas: pelo rojizo, corto y crespo, «pelo con agallas», le digo yo, el cual suele cubrirse con un sombrero vaquero de su increíble colección. Los tiene colgados en una pared de su oficina, bajo un afiche que muestra a una mujer cayéndose de un potro salvaje y que dice: *Even cowgirls get the blues* («Hasta las vaqueras se deprimen»). Tiene una amante estable, a quien ella llama su compañera, y dos hijos de un matrimonio de antes de que —como dice ella— «se diera cuenta». A veces me pregunto si Brett tiene un motivo oculto al organizar este grupo de mujeres. Quizá piense que todas debemos pasarnos «al otro lado» y tratar de encontrar la felicidad, por el momento, con una mujer. Esto es pura especulación de mi parte. Pero a mí no me va a convencer. Por primera vez en mi vida tengo una vida sexual fuera de serie. Es más, Brett ha dado a entender —dándole vueltas al lazo de la diagnosis— que soy una mujer al borde de la ninfomanía.

Pero a Brett hay que tomarla a la ligera. Como le digo a Yolanda: «Yo la conozco desde antes de ser lesbiana, cuando todavía usaba faldas y se planchaba el pelo igual que nosotras». La conozco desde antes de hacerse terapeuta, cuando ambas enseñábamos en una universidad alternativa que luego fracasó. En cuanto a ser una mujer al borde de lo que sea, los únicos hombres con los que salgo son: un israelita que una vez me arregló la ducha y un activista político que se acaba de divorciar. Ah, sí, también está el tipo de las computadoras que conocí en un baile de contradanzas. En mi opinión, no creo que salir con tres hombres que, después de todo, tienen la suma de la madurez emocional de mis dos hijos, sea una exageración. Además, estoy recobrando el tiempo perdido. En mis cuarenta y cuatro años todo lo que he conseguido ha sido un beso de mi noviecito de escuela superior, los periódicos pellizcos en las nalgas de mi tío Asa, y mucha congoja a causa de un marido abusador.

Yolanda es la seria del grupo. No sé si eso tiene sentido, pero lo que quiero decir es que mientras que todas las demás estamos enredadas con hombres, ella ha optado por el celibato, lo cual tampoco tiene sentido para mí. Tiene treinta y cinco años, es atractiva, con una figura esbelta que nos mata de la envidia. Podría conseguir cualquier hombre del pequeño rebaño de hombres decentes y disponibles que andan sueltos por ahí, y hasta unos cuantos de los que no están disponibles, pero también figuran por ahí. Hasta hay un tipo que está loco por ella, y la persigue desde que estaba en la universidad. ¿Y por qué colgar los guantes sin esperar otro round? Vamos.

Supongo que debía alegrarme, una cara linda menos, etcétera. Pero vaya usted a saber por qué, la decisión de Yo me molesta. Tal vez sea por mi afán de organización. (Pues sí, soy Virgo.) Para mí el mundo se compone de hombres y mujeres, y ahora ésta se aparece diciendo que es asexual. Me imagino que si yo hubiera sido católica, estaría acostumbrada a esa tercera categoría, por lo de los curas y las monjas. Pero me crié en la religión judía, cerca de Jones Beach, y desde niña vi a los hombres y las mujeres de la familia abrazándose, acariciándose, besuqueándose, disfrutando, y sí, y hasta pellizcándose unos a otros. Lo que no se explica es cómo me casé con un gentil de Boston, para quien tener buenas relaciones sexuales significaba hacerlo con la luz prendida.

Tal pareciera que le tengo una campaña montada a Yo para que meta mano —entre otras cosas— de nuevo. Su primer matrimonio ni cuenta: sólo duró unos ocho meses. De su segundo divorcio hace ya cinco años, y no fue malo ni nada por el estilo. Su ex es un inglés de alcurnia a quien ella apreciaba mucho. Según ella, era como si los dos fueran mamás el primer día de escuela, diciéndoles a los niños: me quedaré el tiempo que tú quieras. Les tomó varios años divorciarse. «¿Cuál era su problema?», le pregunta el grupo.

«En realidad, ninguno.» Nos echa una mirada de indignación, ¡cómo nos atrevemos a criticar a su ex! «Quiero decir, él pensaba que los escritores se comen el coco, sí, así decía, y me repetía que tenía que controlarme, cosas así.» Nos mira con la esperanza de que esa explicación nos baste. Por mi parte, pienso que, comparado con los puñetazos míos, lo que ella tenía era un buen matrimonio. Pero todo el mundo me dice que yo me conformo con menos de lo que me merezco. Merezco-schmerezco. ¿Es que acaso nos emparejemos por mérito, o cosa por el estilo?

Pues, bien, conforme trato de dirigir a Yolanda en una dirección, la Brett la aconseja que vaya en otra: ¿habrá Yo considerado que tal vez lo que ella llama asexualidad es en realidad una reorganización de su orientación sexual? Era como si Brett y yo fuéramos dos madres bíblicas en espera de que el rey Salomón decida quién se queda con el bebé. Pero, a decir verdad, a mí no me importa el rumbo que escoja Yo. Lo que quiero es que acabe de tomar una decisión, cualquiera que sea, por la simple razón de que el camino ha llegado a una encrucijada: ella no es feliz.

«Todo el mundo necesita a alguien», le tarareo la canción cuando nos vemos para cenar. Durante este último año nos hemos hecho muy buenas amigas fuera del grupo. A pesar de que soy nueve años mayor que ella, tenemos mucho en común. Las dos somos escritoras y —lo más importante— a ella le encanta mi poesía, a mí la de ella, las dos somos maestras, y ella me ofrece algo de primera necesidad: me cuida los niños gratis. Oh, no quiero que esto suene como explotación, pero fue ella quien se ofreció a pasar tiempo con mis hijos, ya que le parece que nunca va a tener hijos propios.

—Claro que no vas a tener hijos —le digo, asintiendo con la cabeza—. A lo mejor es que tu mami católica nunca te explicó la parte de que para tener un bebé primero hay que tener relaciones sexuales.

Me echa una mirada de puñalitos. «Mira, Tammy, desde que empezaste a salir con el fulano ese —así le dice a todos mis novios, fulanos— tu sentido del humor se ha ido a pique».

—Pero por lo menos lo tuve —le digo.

Durante la cena discutimos un pretendiente con quien Yo no quería salir. En realidad no es ni un pretendiente de verdad. Este tipo rico, dueño de *Tillersmith*, una revista de artefactos de jardinería —pero jardinería para gente que tiene jardineros— empezó a conversar con Yo en el vivero y ella le mencionó que extrañaba las plantas nativas de la República Dominicana, y ahí mismo él que la invita a su invernadero privado para que vea sus orquídeas y sus bromelias, y a la Yo le da un ataque de pánico.

—¿Pero por qué? —le pregunto inclinándome hacia ella, tratando de hacerla razonar con mi fuerza magnética—. No vas a hacer más que ir y exclamar, caramba, que orquídea tan mona, y esa yuca es bárbara. Y después, si quieres, te vas a casa.

Me mira con desconfianza. Piensa que lo que va a ocurrir es que al llegar a la casa del tipo él la va a encerrar en el sótano con su bromelia durmiente y la va a forzar sexualmente. Me dan ganas de preguntarle ¿Y eso qué tiene de malo?

—¿Por qué no vas conmigo? Mira, le decimos que íbamos pasando cerca de su casa y que tú quisiste ver sus bromelias también —hasta ella misma tiene que sonreír con lo que acaba de decir.

—Seguro que eso le va a caer muy bien —que te aparezcas con una chaperona.

—Ves —dice, escudriñándome el semblante—, sí que piensas que él tiene otros planes.

—Yolanda García —digo, poniendo las palmas de las manos sobre la mesa—. Te voy a decir la verdad y puedes ir a chismear de mí a todo el grupo si te da la gana. Ya es hora que te dejes de tanta majadería con los hombres —me mira con ojos grandes e intensos, como si la hubiera sorprendido con las luces altas en el medio de la carretera—. ¡Hasta que no dejes que los jugos fluyan, no vas a escribir nada que sirva!

La quijada se le cae y rayos y truenos le salen por los ojos. «¡Pero tú dijiste que te encantaban mis poemas!», grita. Gracias a Dios que estamos en Amigo's, el único bar de ambiente étnico del pueblo. Por étnico quiero decir paredes color turquesa con toques de naranja-magenta y un cacto parado en una esquina. Pero con las grabaciones de mariachis y rancheras a todo volumen, dos mujeres hablando a gritos pasan inadvertidas. Excepto que hay un tipo, sentado solo, comiéndose un burrito, al que le eché el ojo desde que entré, y me interesa darle una buena impresión.

—Adoro tus poemas —le digo, bajando la voz—. Pero, Yo, acéptalo, no has escrito casi nada últimamente. Le has puesto un tapón a todo, incluso a la musa.

A estas alturas le tengo una mano agarrada, y ella está llorando, y el hombre aquel tan guapo, aunque, mirándolo bien no es tan guapo, con esas patillas que quieren imponerse, ha perdido interés. Problablemente piensa que somos lesbianas o algo así. Pero ya no me importa. Estoy segura de estar en lo correcto en cuanto a Yo. Le disparo con todo lo que tengo. «Por favor, trata, ¿okey? Quizás ese hombre termine siendo un buen amigo, y eso sería tu perfecta reentrada al mundo de los hombres. Tenerlos de amigos primero.»

Mira qué labia. Como si yo fuera amiga de esos semiextraños con los que me acuesto.

Ella se seca los ojos, y un aspecto de determinación le cubre el rostro como si estuviera preparada para avanzar en la vanguardia de la guerra de los sexos. «Okey —me dice—, trataré».

Y, vaya, yo debía abrir un quiosco de profecías, porque la Yo y el tal Tom se hicieron buenos amigos. Por supuesto, el pobre tipo quería algo más. A veces, tarde en la noche, suena el teléfono y lo contesto, pensando que quizás sea uno de mis hijos que están pasando el verano con su papá. Pero la llamada es para Yo, quien se ha mudado conmigo por un tiempo, hasta que se vaya al norte a su nuevo puesto de maestra. Escucho la voz anhelante de Tom cuando la saluda: «Sólo llamé para darte las buenas noches».

—¿Por qué no lo invitas a la casa? —le pregunto a la mañana siguiente. Al otro extremo del pasillo, mi israelita canta en la ducha, la misma que arregló hace unos meses.

Yo mueve la cabeza en dirección al baño: «A mí me toma más tiempo».

—Pues, no te queda mucho —le recuerdo.

A finales de agosto Yo se marchará a Nueva Hampshire, y el grupo decide disolverse para entonces también. Hemos alcanzado nuestros objetivos, nos dice Brett. La esposa del político homosexual se declaró, al descubrir su propia homosexualidad; la mujer con el amante desaparecido ha empezado a salir con un policía, y todas las demás están en los últimos estertores de sus respectivos divorcios y todas están escribiendo, componiendo y pintando como locas. Yo no sé qué polvillo mágico Brett echó al aire, pero hasta Yolanda y yo estamos escribiendo poemas de nuevo. A menudo, cuando no tengo invitados, nos metemos en mi cama, como hermanas, y nos leemos una a la otra los poemas que hemos escrito.

Algunos de sus nuevos poemas son buenísimos, y la vuelvo a invitar a que vaya conmigo a las lecturas públicas de los viernes en el Holy Smokes Cafe pero sólo me responde con una mueca. «Eso no es lo mío», me dice. El Holy Smokes ha adquirido la reputación de ser un lugar de «levante». «¿Para que todos esos tipos se babeén sobre mi sextina? ¡Olvídalo!» Hace una mueca sobre el poema que me leía en voz alta.

—¡Qué actitud! —le digo, meneando la cabeza. Ella ha compartido algunos de sus poemas con el grupo, y por supuesto, conmigo. Pero no permite que ningún hombre los lea o los escuche. Ella dice que cada vez que le enseña sus poemas a uno, éste se aprovecha para convencerla de otras cosas... como irse a la cama con él. Hasta su profesor favorito de la universidad le decía que obtuviera su doctorado en vez de perder el tiempo escribiendo poemas.

—¡Pero si tú le envías todo lo que escribes! —en varias ocasiones yo había visto sobres de manila dirigidos al profesor mengano de tal en Massachusetts.

—Sí, pero él está lejos —Yo se encoge de hombros—. Además, creo que es homosexual.

—¡Pero sigue siendo un hombre! —la empujo con el pie—. ¿Qué? ¿Brett no es una mujer?

—Sí, sí, sí —asiente—. Pero la gente gay es diferente. No siempre andan de conquista.

—¡¿Que no?! —le digo, en tono de viejo gángster de película a quien no hay más remedio que escuchar—. Bájate de esa nube y date un paseo por la realidad.

Me ofrece una sonrisa tímida, y dice: «¿Es que Nueva Hampshire cuenta como la realidad?». Las dos nos quedamos calladas, y me invade la tristeza al pensar que ya para cuando los niños regresen de sus vacaciones ella se habrá marchado.

Semanas antes de irse, a Yo le da un ataque de audacia y decide invitar a Tom a la casa. Durante el verano ella lo ha visitado varias veces, o se han encontrado en lo que ella llama un «territorio neutro», nada menos que para desayunar. Según Yo, el desayuno es la comida ideal para una cita si una no está segura de lo que quiere. «Una cena se puede extender hasta la cama, y un almuerzo puede consumir todo el día, pero todo el mundo tiene que ir a trabajar después del desayuno».

—Eres increíble —le digo. Yo que siempre estoy ingeniándome maneras de hacer que los fulanos con quienes salgo vengan conmigo a casa después del linguini, mientras que Yo los despacha después del café para que vayan a ganarse el pan.

Pero, por fin, ha invitado a Tom a cenar, lo cual me hace cosquillas de felicidad. Quiero que se vaya a su nuevo trabajo ya recuperada de su alergia a los hombres. Pero la oigo hablando por teléfono con Tom, y le dice, lo juro: «Para cenar nada más, porque Tammy y yo... nos acostamos temprano». Cuando cuelga, le pregunto a boca de jarro: «¿Le has dicho que somos gay?».

Una sonrisita almidonada le aflora en los labios. Aparta la vista, porque ella sabe muy bien que yo le leo hasta el alma. Por eso es que somos tan buenas amigas.

—¿Bueno? —la reto, y me mira, con la verdad escrita sobre el rostro antes de decir una palabra—. No le he dicho nada, tú sabes... explícitamente...

—¡No lo puedo creer! ¡Esto es una aldea! ¡Vas a arruinar mi reputación heterosexual! —quise darle un regaño virtuoso sobre cómo utiliza nuestra relación para protegerse. Pero lo que en realidad me enfurece se me escapa de los labios como un lamento—: Nunca he sido tan popular con los hombres como hasta ahora.

Y es ahí donde me agarra las manos, me sienta frente a ella y me mira directo a los ojos:

«Okey, Tammy Rosen, ahora soy yo quien te va a decir la verdad. Lo que he visto en esta casa no es popularidad, ni amistad, ni nada con posibilidad de permanencia. Tú andas huyendo de los hombres a la misma velocidad que yo. Y, sí, es cierto, escribes unos poemas maravillosos, ¡pero tu vida personal es un desastre!».

De repente soy yo la que rompe a llorar, y ella la que me consuela, y pienso: «Dios, ¿qué somos, gemelas emocionales, o qué?».

Sé que ella tiene razón, y, finalmente, lo llevo a discusión en el grupo, lo poco renovadoras que son mis relaciones, cómo me he convertido en una adicta a los hombres, cómo tengo que romper el hábito de relaciones superficiales. Allí es cuando Brett me da su gran diagnosticazo general: que soy poco menos que una ninfómana, y me lo trago con anzuelo y todo. Después me echo a llorar y todas me abrazan, y en los días que siguen, en una gran explosión de borrón-y-cuenta-nueva, me peleo con todos mis fulanos, el plomero israelita, el activista, el electrónico. Me quedo temblando, como si hubiera dejado de fumar, obsesionada sobre cómo voy a sobrevivir sin una colilla entre los labios.

Para la cena del viernes, le ofrezco a Yo quedarme con mi madre, quien además ha estado deprimida desde que los niños se fueron. Además, esa noche hay una lectura de poesía en el Holy Smokes. Acumulo una serie de razones para quedarme en Boston. Finalmente, me confieso: «Mira, yo me he reformado. Ahora te toca a ti».

Me agarra por los hombros: «No estás a salvo todavía, muñequita linda. Andas con una cara como si hubieras perdido a tu mejor amiga».

—Bueno, es que es difícil —le digo con lágrimas en los ojos. Y pronto, tú te irás también. Me quedaré sin amigos. Sí, señoras y señores, hasta mujeres de cuarenta y cuatro años a veces descienden a la madurez emocional de una niña de siete.

—No me vas a perder, cariñito mío —me dice, arrastrando las palabras como los sureños y dándome un abrazo. Me parece divertido que Yo, cuyo idioma natal es el español, piense que la manera de hablar inglés de los sureños es tierna—. Y esos otros payasos no eran tus amigos. Y eso es lo que tú necesitas, un amigo. Es la situación perfecta para que restablezcas tus relaciones con los hombres. Hacerte amiga de ellos primero.

¿Hay un eco en el cuarto o qué? «Bueno, en todo caso, quiero que te sientas como en tu casa —le digo—. En caso de que... tú sabes...».

—No empieces —me dice, malhumorada—. Ya te dije que sólo somos amigos. Y además, Tom quiere conocerte —insiste—. Después de todo, tú eres mi mejor amiga.

De repente, las lágrimas me vuelven a los ojos, y pienso que, quizá ahora que he decidido comportarme como una adulta, me sorprende el aldabonazo de la menopausia.

No sé qué será, pero hay algo diferente en Yo esa semana que preparamos la cena del viernes.

Una ansiedad que nunca antes vi me hace pensar que está más interesada en Tom de lo que ella misma se da cuenta. De repente el pelo no le luce bien; —¿me lo parto a la derecha o la izquierda? Tengo las piernas flacas, qué tú crees, ¿las tengo flacas o no? ¿Hay algún ejercicio para aumentar las pantorrillas?

—¿En cinco días? —le pregunto.

Cuando baja a tomar su café por la mañana trae los ojos maquillados. Pienso: ésta se va a acostar con Tom antes de que termine el verano.

Parece que mientras yo bajo la velocidad, Yolanda le mete el pie al acelerador. Los primeros días después de romper con los fulanos, me parece que voy a tener que ir a una clínica de desintoxicación. ¿Cuál será la metadona para quitar la adicción a los hombres? ¿Duchas frías bajo la regadera que ellos mismos han compuesto? ¿Jovencitos? —disculpen, como madre de hijos varones, no debo bromear sobre una cosa así—. Pero el caso es que pronto empiezo a disfrutar de las largas mañanas en mi estudio trabajando en mis poemas sáficos: Safo, reclinada en un sofá recitando poemas a sus devotas discípulas; Safo, serena, controlada. Por las tardes trabajo en el jardín, tomo un poco de sol y leo al soberbio Rilke y por la noche, lectura de poemas con Yo, y finalmente, me voy a mi enorme cama donde no hay nadie que me dé codazos para despertarme: todo esto me parece un lujo. Y comienzo a entender los placeres ascéticos, los placeres de Yo.

Pero los fulanos no se dan por vencidos tan fácilmente, lo que me sorprende. Quizás ellos disfrutaban nuestras relaciones mucho más de lo que yo pensaba. Me llaman: «Cuándo puedo pasar por allá, por qué no hablamos sobre esto». De repente, soy yo quien da a entender que hay algo entre Yolanda y yo. Pero eso no tiene el menor efecto con Jerry, el fulano activista.

—No puedes terminar una relación así, unilateralmente —anuncia, como si hablara de la carta constitucional de la ONU o algo parecido.

—¿Quién dice? —le respondo—. Ustedes los hombres simplemente se desaparecen cuando les da la gana —y pienso en Pete, que se fue con su secretaria, y me hirió no sólo por el abandono, sino también por el clisé.

—Ay, por favor —me dice Jerry—. No soy responsable por todo el género masculino. Yo estoy tan en contra del sexismo como tú, ¿sabes?

La verdad es que no lo sabía. ¿Dónde estaba yo cuando me lo dijo? ¿Ocupadísima bajándole los calzones? Pero le doy la vuelta a la cosa para que sea su culpa. «Es que nunca hablamos —le digo acusadoramente—. Ni sé quién eres».

—Bueno, ¿por qué no te enteras? —dice con voz suave y quebrantada, con ese tono que adquieren los hombres cuando les han llegado tus aguijones. Y a continuación dice lo apropiado—: Y yo quiero saber quién eres, Tammy. Dame la oportunidad.

—¿Quieres venir a cenar esta noche? —le pregunto. Se me ocurre que así será más cómodo, con dos parejas. Además, si Tom tiene alguna confusión sobre Yolanda y yo, la presencia de Jerry disipará la duda.

Jerry acepta de inmediato. «Me encantaría. ¿Qué llevo?»

—A ti mismo —le digo con alegría. Mi corazón se siente aligerado, libre de los velos y las tocas de una vida pura. Claro, pudiera ser monja, pero es un poco difícil para una chica judía como yo, ¿no les parece? Añado, si no el grupo y Yo me matarían—: Jerry, es solamente para cenar, ¿okey? Necesito tomar las cosas con calma. Quiero que seamos amigos primero.

Hay un silencio de desilusión al otro lado de la línea, el mismo silencio que acostumbro oír cuando Tom llama a Yo a medianoche. Finalmente me dice: «Comprendo, Tammy. Lo que tú digas».

¿Me saqué la lotería o qué? ¡Y pensar que casi me deshago de este estuchito! Mis últimos poemas sáficos regresan a la gaveta, y el resto del día lo paso probándome modelitos, insistiendo en que la albahaca para el pesto tiene que ser fresca, sacando los platos de postre adornados con motivos florales de mi tía Joan, guiando hasta Heart and Hearth a comprar esas velas que arden lentamente y no sueltan ni una gota de cera.

Estamos cenando en el porche cubierto de atrás. Las llamas de las velas aletean cada vez que sopla una brisa. Es una de esas noches de verano húmeda, chirriante de grillos que nos hace sentir como si estuviéramos en algún lugar del sur en vez de al norte de Boston. Yolanda está sentada a mi lado, los hombres frente a nosotras. Jerry, por supuesto, me es conocido, pero hoy lo veo bajo una luz diferente. Especialmente después de cuatro copas de vino. Es moreno y hablador, con una soltura y facilidad de movimientos que lo hacen muy sensual, aunque trato de no pensar en eso.

A su lado, Tom luce algo tieso —es más, su apariencia me sorprende un poco. Pensé que Yo, siendo latina, hubiera escogido a alguien más exótico, más moreno. Alguien como... bueno, mi Jerry. Pero Tom, y por supuesto, que no nos podemos contener y soltamos un par de chistes sobre los ratoncitos Tom y Jerry, es rubio y con el pelo tan acicalado que dan ganas de despeinarlo. Lo cual hace Yo cada vez que pasa por su lado. Más tarde, la observo cuando le sirve una enorme cuña de flan de guayaba, y se chupa el jarabe de los dedos, mirándolo con ojos chispeantes, y pienso, anjá, *esta noche*, es la noche.

Hablamos sobre nuestros pasados. Entre los cuatro hay un total de seis divorcios, ¡increíble! «¿Por qué será?», les pregunto, como si ellos tuvieran la respuesta.

—Las conexiones de antes ya no funcionan —dice Yo. La mayor parte de la conversación esta noche es entre nosotras dos, los fulanos sólo intervienen de vez en cuando. A veces pienso que es nuestra intensidad lo que los atrae, como mariposas nocturnas aleteando contra la tela metálica tratando de entrar—. Tenemos que inventar nuevas maneras de relacionarnos —continúa Yo.

—Tú lo has dicho —concurre Jerry con un cabeceo de acuerdo, mascullando con voz gruesa.

Me recuerda la voz que usan mis hijos para decir que han coloreado saliéndose de la raya. Jerry no logra mantener su voz dentro de las rayas de la pronunciación. No sé cómo va a poder guiar hasta su casa esta noche.

—Por eso es que he escogido el celibato —dice Yo a toda la mesa—. Siempre caía en los mismos malos hábitos con los hombres. Tenía que romper ese esquema, ¿entienden?

Tom baja la vista y contempla el flan de guayaba tratando de decidir de cuál esquina va a tomar el próximo bocado. Pero sé por el ángulo de su cabeza que escucha con detenimiento. Éste no ha bebido tanto.

—Entonces, cómo es que... cómo es que —Jerry repite, tratando de recordar por dónde iba su pregunta—, tú sabes, ¿cómo es que vas a volver a montarte al caballo...? —me dispara una sonrisa tonta de oreja a oreja. Eso lo decide. Está demasiado borracho para guiar. Esta noche dormirá en el cuarto de Jamie.

Ahora le toca a Yo bajar la cabeza, incómoda. «No sé —dice—. Me imagino que lo sabré cuando esté lista». Al escuchar esto, el semblante de Tom adquiere un aire de lejanía, uno de esos estudios en sepia en los que caía la gente del siglo XIX cuando no podía decir lo que pensaban. Súbitamente me viene a la mente a quién, además de Ken, el novio de Barbie, se parece Tom: a Darcy No-sé-qué, el de *Orgullo y prejuicio,* el cual es un hombre bueno y sabio y amable, pero aburridísimo. Entra nuestra heroína, Yo García.

En cuanto a mí, me aferro a mis intenciones, y cuando termina la cena y de las velas lentas no queda más que la mecha, anuncio que me retiro. Jerry me mira con ojos esperanzados. «Y tú, para la cama temprano también», le digo. Le da una sonrisa triunfante a los demás y me agarra por el brazo. Le doy un beso de despedida a Yo y le susurro: «No te preocupes, se va a quedar en el cuarto de Jamie». Por su cara de desconcierto me doy cuenta de que se ha olvidado por completo de vigilar mis buenas intenciones.

Al llegar arriba, luego de un ascenso lento y zigzagueante, Jerry está demasiado borracho para protestar. «¿Adónde vas?», me pregunta cuando lo he arropado en la camita. Pudiera ser mi hijo, acostado allí, con la cabeza asomada sobre el edredón que lo cubre hasta la barbilla, temeroso de que lo dejen solo en la oscuridad.

—Regreso ya mismo —le digo. Voy al baño y le traigo dos aspirinas y un vaso de agua.

Más tarde, ya acostada, escucho voces en el porche trasero, susurros y risitas, una voz persuasiva, otra voz resistiendo, pero sin mucha convicción. Me quedo dormida y cuando vuelvo a despertar, oigo los mismos susurros y risitas que salen de la habitación de Yo. Y luego, mucho más tarde, cuando me despierto, la casa está en silencio, ese silencio de las tres de la mañana que recorre el cuerpo como un escalofrío de mortalidad y me hace abrazar una de las almohadas.

¡Alguien se está metiendo en mi cama! Primero pienso que es Jerry, pero cuando me viro, casi agradecida por la intrusión, veo que es Yo.

—¿Qué pasa? —susurro.

—No era tiempo —me dice, quitándome la almohada sustituta de hombre.

Todavía estoy casi dormida y no entiendo de qué habla: «¿Tiempo de qué?».

—Tú sabes —dice con un filo de acusación en su voz. Y me empiezo a sentir mal, porque tal vez la he forzado demasiado a abrir brecha.

—Bueno, es tarde —le digo con la voz arrulladora que uso con mis hijos—. Mañana será otro día.

No hace el menor ruido. Está acostada de espaldas, mirando al techo, en pose de insomne preparada para la larga noche que tiene por delante. Y a pesar de que trato de hundirme en el sueño de nuevo, sin saber cómo, me hallo completamente despierta.

—Lo siento —me dice, cuando enciendo la lámpara sobre la mesa de noche para ver la hora. Las cuatro y cuarto. Mañana, es decir, hoy, va a ser un día perdido por completo—. Me parece que la musa me ha abandonado de nuevo —me dice, con la respiración entrecortada de pánico que tenía yo cuando Pete me aterrorizaba—. Es que... he dejado a un hombre invadir mi territorio.

Quiero decirle: hazme el favor, Yo, te estás asustando a ti misma. Pero tal vez sea por el vino que todavía tengo subido a la cabeza o por la hora que es y nosotras hablando en susurros, pero yo sé exactamente lo que ella quiere decir, que sin darnos cuenta las mujeres le cedemos nuestras vidas a la primera cosa necesitada que se nos pone por delante: hombre o niño o el suflé que no se alzó o el gatito con la patita hinchada. «Te entiendo —le digo—, pero no vas a perder la voz. La llevas dentro, ¿cómo la vas a perder?».

Mi argumento parece reconfortarla, pero cuando voy a apagar la luz, me dice: «Tammy, vamos a leer poemas, ¿okey?».

—¡Yo, son las cuatro de la mañana! —me quejo, pero pienso, qué diablos, las cuatro y cuarto, las cinco, qué importa. Además, hay algo en mí que siempre se rinde ante lo que urde Yo: un deseo de hacer mi vida más problemática e interesante, qué sé yo.

Sale de puntillas y regresa con su cartapacio de poemas, y con el mío que recogió en mi estudio. Y allí estamos, leyéndonos poemas mientras que, en otros lugares de la casa, dos hombres roncan a pierna suelta.

O eso es lo que pensábamos. Yo va por la mitad de su segundo soneto a la musa, cuando miro por encima de su hombro, y veo a Tom parado en la puerta, con una toalla amarrada a la cintura como una faldita. El pelo siempre acicalado lo tiene todo revuelto, y si hace unas horas parecía que pertenecía al siglo XIX, ahora parece salido de las páginas de una de esas revistas que vienen en envolturas anónimas y que ni siquiera consigues en Nueva Hampshire.

—¿Qué pasa aquí? —pregunta con el ceño fruncido.

Las dos estamos en bata de dormir con cartapacios de poemas en el regazo. ¿Qué es lo que se le ocurrirá?

—Estamos leyendo poemas —digo, como si eso fuera la cosa más natural del mundo.

Pero a él no le parece una respuesta aceptable. Mira a Yo directamente, con los ojos enfadados muy a lo siglo XX. «Me despierto y no te encuentro», le dice. Se le nota el enojo en la voz, y siento que el corazón me palpita con más fuerza al recordar aquellas escenas horribles con Pete. Mientras, Yo se ha quedado totalmente muda.

—Ella no podía dormir, ni yo tampoco —le digo en defensa de ambas—. Por eso nos estamos leyendo una a la otra.

Él lo piensa por un momento, y cuando deja escapar un suspiro, me doy cuenta de que yo estaba aguantando la respiración. No les miento, para mí es una revelación ver que un hombre se puede enojar y no hacerle daño a nadie. «Yo tampoco puedo dormir. ¿Puedo participar?», pregunta, con una voz difícil de rechazar.

Estoy a punto de asentir cuando Yo por fin recobra la palabra: «¡No! —dice, con tanta firmeza que Tom y yo nos quedamos pasmados—. Tammy y yo compartimos nuestros poemas solamente entre nosotras», añade con una voz más conciliadora. Lo cual es mentira de parte. Pero, claro, a Yo la traumatiza enseñarles sus poemas a los hombres.

Una mirada de dolor le llena el rostro, y por un segundo, vislumbro al niño que vive dentro de aquel hombre acartonado y penoso. Y me da lástima. Yolanda también se siente mal. Lo sigue con los ojos, cuando se va arrastrando los pies por el pasillo, con las manos enlazadas sobre su fondillo tan chulo arropado en la toalla.

Yo continúa leyendo su soneto en voz alta, pero no lo hace con gusto. La voz se le desvanece. «Ahora te toca a ti», dice, pero tampoco yo tengo ganas de leer mis poemas sáficos. Es como si la musa se nos hubiera esfumado. «Debimos dejar que se quedara», le digo, asignándome la mitad de la culpa.

Ella se concentra en el poema sobre su regazo como si allí fuera a encontrar la respuesta. «Es verdad», dice por fin.

—Y tú sabes, cariñito, hasta que no compartas tu trabajo con un hombre, no te vas a sentir bien con él en la cama —Safo con acento sureño, tratando de hacer razonar a Yo, derramándole miel por los oídos.

Y, al mismo tiempo, tratando de convencerme a mí misma.

En un segundo se levanta de la cama. «Lo voy a buscar —dice—. Pero no va a ser lo mismo», me advierte. Por supuesto. En cuanto un hombre se aparece en la vida de una mujer, ha de haber problemas. Pero, qué diablos, como le he dicho a Yo, ella tiene su arsenal de truenos y rayos para ganarle a cualquier tipo. Y yo también.

Yo regresa con Tom, quien aún viste su faldita de toalla, y una bata de dormir tirada al hombro. «Le dije que puede participar», me informa, mostrándome la bata de dormir. Tom la mira, levanta las cejas con curiosidad, lo mismo que yo.

—Levanta los brazos —le dice Yo y se trepa en mi cama y le tira la bata sobre la cabeza—. Tammy, dame una de tus bufandas.

Al principio, pienso que aquel Tom tan almidonado va a salir corriendo de allí. Pero se vira de un lado y de otro, mientras Yo le jala la bata de dormir así y asá para que le encaje bien. Él sonríe como si estuviéramos realizando una de sus fantasías. Y pienso, caramba, ésta es una de mis fantasías también. Tener una amiga hombre con quien pueda compartir mi cama, y el estado de mi alma.

—Una bufanda a la orden —digo, agarrando mi favorita, la morada de seda en la cesta que está encima de mi buró. También agarro un creyón de labios.

—No te muevas —le digo, pintándole los labios de rojo—. ¿Qué te parece? —le pregunto a Yo—. ¿Le maquillamos los ojos?

Yo asiente, riéndose, y ahora también se ríe Tom. No lo he visto tan desenvuelto desde que puso pie en esta casa hace diez horas. Y lo que me gusta de él es que no se porta lánguido y desvalido como suelen hacer los hombres que se ponen a imitar a las mujeres. Cuando terminamos, Yo lo toma de la mano y lo coloca delante del espejo.

—¡Qué linda eres como mujer! —le dice. Y le echa el brazo por los hombros, como amiga, su nariz se anida en el cuello de él, como amante. Ella también se ha tranquilizado del ataque de pánico de hace unos minutos—. Y además, como hombre, tampoco estás nada mal.

Cuando lo tenemos todo emperifollado, lo dejamos que se siente en la cama con nosotras, nos olvidamos de la lectura de poemas, y nos reímos y chachareamos sobre quién tiene las piernas más bonitas. Al rato oímos pasos acercarse por el pasillo, y entra Jerry, todavía algo mareado, y se frota los ojos como si viera fantasmas: «¿Qué pasa aquí?».

Antes de que se dé cuenta, lo hemos metido en una de mis batas de dormir, y está sentado en mi lado de la cama, con las sábanas cubriéndonos el regazo, mientras que una delicada aurora se asoma por los cielos. Tom dice: «Bueno, vamos a oír esos poemas». Y le digo a Yo: «Dale tú primero», antes de que se vaya a arrepentir. Y allí sentada, con Jerry a un lado y Tom al otro, escucho la voz vacilante de Yo hacerse más segura, más mesurada al leer, y pienso: «¡Coño!, aquí tengo lo que buscaba en el grupo de Brett Moore; una musa, un hombre con quien puedo llegar a compenetrarme y mi mejor amiga, Yo».

La casera
Confrontación

Llega con una libretita de apuntes en la mano respondiendo al anuncio en el periódico. Quiere saber todos los detalles sobre la casa. Pregunta si el lugar es tranquilo: «Yo soy una escritora, sabe, tengo que terminar un libro para que me den permanencia en la universidad».

Yo le digo: «Tengo dos hijas y esas dos hijas tienen un televisor y un perro. Y vivo aquí. Y me las arreglo lo mejor que puedo». A ella no le gusta lo que le digo. Hace una anotación en la libreta, y estoy a punto de decirle que el apartamento ya está alquilado, porque a ella qué le importa si mis hijas se la pasan dando gritos. Desde que Clair se marchó el mes pasado, tal pareciera que todo ha dejado de funcionar. Hasta la puerta del horno está rota. El techo gotea directamente sobre el apartamento de dos dormitorios que quiero alquilar. Hay que arreglar el pasamanos de la escalera de entrada. Clair era quien hacía todos estos trabajitos, y no es que yo sea tacaña, pero tengo que pensar en mis dos hijas y en mí misma, y no puedo pagar doce cincuenta la hora a uno de esos hácelo-todo sólo porque tiene una camioneta con su nombre escrito en un costado.

Pero necesito una inquilina, y no quedan muchas, porque las clases empiezan en un par de semanas, y todos los recién llegados ya están instalados. Así que le digo: «Las niñas son muy buenas. Y el perro casi ni ladra. ¿Quiere subir a verlo?».

Primero mira el reloj de pulsera, como si tuviera una cita al otro lado del pueblo con otro casero que le va a alquilar un apartamento más bonito que el mío por mucho menos que los quinientos cincuenta mensuales que yo pido. «Está bien —dice. Bajamos por los escalones del frente, y le damos la vuelta al patio hacia la escalera que da al segundo piso—. Es una casa vieja muy bonita».

—Era de mi suegra. Ella nació en esta casa, y mi esposo también. Ésta es la parte más antigua del pueblo.

Los ojos le brillan con una chispa de ambición que reconozco. Clair tiene esa misma mirada cada vez que alguna jovencita entra a la tienda de piezas de autos donde trabaja. «Me gustan las casas viejas —dice ella—. Esos condominios modernos no tienen personalidad. Uno no sabe ni dónde es que vive, puede ser cualquier parte».

Ya me está cayendo un poco mejor, y le dejo caer unas gotitas de verdad. «Yo misma no viviría en ningún otro sitio. Pero una casa vieja es una casa vieja, usted sabe, las cosas se rompen de vez en cuando.»

—¿Sí? —dice—. ¿Como qué?

No la voy a preocupar. Además, puede ser que no llueva en varios meses, y luego viene la nieve y el hielo sellará los agujeros hasta la primavera. Ya para esa época, quién sabe, seremos amigas o algo así. «Nada en particular —le digo—. Sólo que es más trabajoso vivir en una casa vieja que en uno de esos condominios indistinguibles». ¿Por qué será que cada vez que hablo de pisos siempre me imagino a Clair con su noviecita con el recorte de flequillos y tacones altos y el minicorpiño ajustado y unos shorts que le llegan acá arriba?

Mientras subimos me cuenta que ella no es originaria de este país, pero que llegó cuando era una niña y ahora consiguió este trabajo en la universidad. Todo el rato me pregunto si me está tomando el pelo, porque habla el inglés mejor que yo. Le digo: «¡Pues sí que aprendió el inglés!». Me mira por un momento y luego dice: «Un poeta dijo que el idioma es la única patria. Cuando no hay otro suelo debajo de tus pies, uno aprende rápido, créame».

—Le creo.

Le enseño los dormitorios, y ella los admira con muchos ohhs y aahhs, diciendo wow, wow, como un adolescente de pelo abrillantinado de los años cincuenta. «Hay muy buena luz —dice del cuarto que tiene goteras—. Creo que pondré mi estudio aquí —me mira con la cara sonrosada como si estuviera abochornada de confesar que quiere el apartamento—. Bueno, digo, si es que me decido a vivir aquí».

Vamos a la habitación que da al frente, y la calle se ve tan bonita con el sol resplandeciente entre los arces. Me entristece pensar cómo eran las cosas antes con Clair. Éste era nuestro dormitorio cuando nos casamos y su Mamá todavía vivía en la planta baja. Pues a esta señora también le gusta esta habitación, con el pequeño asiento en la ventana, y la chimenea de ladrillos que baja hasta el hogar en mi sala. «Aquí hubo un hogar también, pero Clair, mi esposo, lo tapió. Quizá lo vuelva a abrir un día de éstos.» Lo digo como si lo fuera a hacer mañana mismo, pero lo cierto es que costaría bastante caro y yo no tengo dinero para cosas así.

Finalmente deja de vagar por las habitaciones, abriendo y cerrando armarios, y regresa a mí en la habitación que más le gusta, la que dice que será su estudio. Me mira de un modo extraño y pienso que me va a pedir que le rebaje el alquiler, lo cual estoy dispuesta a hacer porque, número uno me ha caído muy bien, y dos, porque me imagino que siendo extranjera, quizá necesita una manita. Pero me dice algo de lo más peculiar: «¿Ha sido usted feliz en esta casa?».

Y, sabe, lo que no hice cuando Clair se largó con esa muchachita o cuando su Mamá, que fue como una madre para mí, murió hace un par de años de un cáncer que se le multiplicó dentro como un criadero de conejos, ni cuando esta mañana me miré al espejo y vi a una mujer obesa cubierta por una carpa de tela, tengo que tragar fuerte para no llorar. «Ha sido un hogar —digo— bueno y malo, no me puedo quejar».

—¿No muy feliz, verdad? —pregunta con sospecha.

Y veo adónde quiere llegar. Ella es una de esas personas que cuelgan una pata de conejo en el espejo retrovisor de su Pinto, como si con eso caminara mejor. Yo le digo algo que saqué del bordado que hizo la Mamá de Clair cuando era niña y que todavía cuelga en la cocina: «Esta casa es un hogar para todos los que vienen a ella». Añado un «de veras», porque me mira de un modo muy extraño, como si le estuviera haciendo un cuento chino. «Y estoy dispuesta a rebajarle el alquiler a cuatrocientos noventa y cinco ya que usted vive sola y no va a usar mucha electricidad, agua o alcantarillado.»

Ella lo está pensando, recorre las habitaciones una vez más, regresa y me dice: «Tengo que recoger a una amiga que me va a ayudar con la mudanza. ¿Puedo traerla a ver el apartamento... antes de tomar una decisión?».

Qué manera tan enrevesada de hacer las cosas, pienso. Pero luego me asalta la sospecha. He visto en la tele esos balseros que luego se traen a toda la familia a Miami. «Dije cuatrocientos noventa y cinco si vive sola. Cada persona adicional es sesenta dólares más. Y necesito un mes de depósito también», añado algo seria.

Veo que mi tono la pone nerviosa, parece que es de las sensibles. Como si fuera a decidir que va a vivir aquí basada en si le hablo con amabilidad y si el semáforo de la esquina no cambia hasta que cuente del uno al cinco. «Sólo quiero que mi amiga me dé su opinión», me dice con voz aniñada, igual que mi hija Dawn cuando quiere quedarse a dormir tres noches seguidas en casa de Kathy, lo que siempre hace cuando su padre está en casa.

Miro a esta mujer flaquita. Tiene mi edad, tiene mi edad más o menos, treinta y pico, con ese color sepia de las fotografías antiguas donde todo el mundo lucía medio indio, con la larga trenza que le cae por la espalda, grandes ojos intensos como los de la gente en películas de terror, y lo que pienso me sorprende. Yo pudiera ser como ella, una mujer sola en un mundo ajeno donde no sé bien cómo funcionan las cosas porque las cosas no han salido como esperaba. Me hago la tonta, y no es la primera vez. Le digo: «Está bien. Voy a dejar la puerta abierta. Traiga a su amiga y enséñele el apartamento. Yo estaré abajo. Déjeme saber lo que decida».

Y de repente me da un fuerte abrazo, como si hubiera donado veinte dólares a los huerfanitos de su país. «¡Qué buena es usted, muchas gracias!» Se monta en el Toyota. No me agrada mucho que tenga un auto extranjero, pero me recuerdo a mí misma que ella también es extranjera. Pues toca la bocina de despedida y se marcha, y por toda la calle, los vecinos que conozco desde que llegué a esta casa hace dieciséis años, como la esposa de Clair, atisban por las ventanas preguntándose cuándo será el próximo derrumbe en la vida de Marie Beaudry.

Ella se muda con la ayuda de su amiga, de quien no sé ni qué pensar. Una mujer alta, bocona, con shorts y camiseta pero sin *brassière* y un color de pelo muy curioso que luce muy raro. Ésa no parece extranjera, es muy blanca, con un nombre y apellido que pudiera ser del vecindario: Tammy Rosen, aunque me dice que su nombre es en realidad Tamar y el Rosen fue abreviado de Rosenberg cuando su familia vino de Alemania durante el Holocausto.

Yo me quedo con la boca cerrada porque nunca he sido muy buena en historia y me confundo con quién mató a quién y por qué. De todos modos, las noticias son buenas, la señora va a alquilar el piso: me hace un cheque por el alquiler de un mes y el mes de depósito. Cuando firma el contrato es que al fin me entero de su nombre, Yolanda García, pero ella me dice que prefiere que le digan Yo. Tammy, Yo: son nombres fáciles. Una cosa que aprecio de los extranjeros, y las dos de ese día son las únicas que he conocido en un día, es lo dispuestos que están a hacer las cosas de la manera que las hacemos aquí. Y claro que así debe ser, lo sé, pero a veces las cosas no son como debían ser. Miren a Clair detrás de las jovencitas y llegando a la casa borracho a maltratar a su mujer y a sus hijas. Esto es algo que siempre me repito cada vez que empiezo a extrañarlo porque ya hace seis semanas que se fue.

No sé qué se traen ellas allá arriba —después de un par de días de mudanzas y de desempacar y arreglar— pero daría una mano y unas ochenta libras de las que me sobran por saberlo. Se oye mucho cuchicheo y risotadas, y luego siento un olor que baja por los canales de ventilación, parece que es incienso o algo por el estilo. Mientras no estén haciendo nada ilegal, no hay problema. Emily y Dawn se la pasan allá arriba y luego bajan diciendo que han aprendido a decir cómo está y te quiero en español y en alemán y a dibujar caballos con cuernos que ya no existen pero traen buena suerte. Un par de veces las inquilinas se detienen a conversar conmigo en el porche: sabe algo de la clase china en el centro comunitario: no, no es realmente del idioma chino, es de ejercicios chinos. Va a haber un festival medieval en el parque con quiosco y malabaristas, quizás usted y sus niñas quieran ir con nosotras. La verdad es que ellas llevan aquí dos semanas y ya saben cosas de este pueblo que ni yo misma sabía. Siempre digo que no, porque me figuro que me sentiría más gorda y más ignorante entre esas gentes de la universidad. Pero la sola idea de que puedo hacer otras cosas además de desear a Clair me hace sentir mejor de lo que me he sentido en mucho tiempo.

Lo único es que a cada rato me doy cuenta de nuevo de lo extrañas que son esas muchachas. Esta misma mañana, me despierto temprano —como de costumbre, no puedo dormir, rechinando los dientes por Clair— y las veo pululando por el patio. Salgo a los escalones traseros: «¿Se les perdió algo, niñas?». Me hace gracia que las llamo niñas aunque son casi de mi misma edad. Me miran con cara de yo-no-fui. La que se llama Yo tiene en la mano una pequeña bolsa plástica.

—Nada, Marie —me dice—. Estamos protegiendo este espacio.

Esto sí que es algo nuevo para mí. Pero ¿qué voy a hacer? ¿Decirles que no pueden echar polvo en ese césped sarnoso que no se ha recortado desde que Clair se fue? Yo les sigo la corriente. «Echen un poco por mí», les digo, y vuelvo a la cocina y las observo por la ventana que está encima del fregadero. Están de pie, hablando con las cabezas muy juntas, mirando por encima del hombro hacia la puerta posterior. Luego se acercan a la casa y le dan la vuelta, yo las sigo de ventana en ventana, hasta que terminan en los escalones de la puerta de entrada sacudiendo la bolsita vacía.

Yo no creo ni pizca en ninguna de esas brujerías, pero casi inmediatamente oigo el ruido del camión frente a la casa, y allí está Clair, sin su noviecita, preguntándome si puede entrar y tomarse una taza de café. Por supuesto, yo quiero que regrese, pero me quedo de pie con la mano en la puerta como si no estuviera segura de que lo quiero dejar entrar. Bueno, él sonríe, con las manos en las caderas, mirándolo todo. Yo veo lo mismo que él ve: el césped crecido que yo necesito que él recorte, el pasamanos roto en los escalones de entrada que necesito que él arregle. Finalmente sus ojos descansan en las ventanas del piso de arriba, que ahora tienen cortinas de un púrpura llamativo con medias lunas. «Me enteré que tienes un par de lesbianas extranjeras como inquilinas», me dice.

Yo no sé si fueron los polvos mágicos o la compañía de esas dos muchachas en las últimas dos semanas, pero de pronto descubro que tengo una lengua. «Pues yo me enteré que tengo un marido mujeriego que siempre anda persiguiendo culos». Y doy la vuelta para entrar como si estuviera muy ocupada para conversar con él y darle a los vecinos algo de que chismosear. «Puedes tomarte un café —le digo con desdén por encima del hombro—, pero las muchachas van a bajar a verme antes de que la que está de visita se vaya». Esto es un invento mío, quiero decir, la parte de bajar a visitarme, aunque es cierto que Tammy se va hoy, porque sus hijos regresan de las vacaciones con el padre.

—Bueno, pero espérate, déjame recortar esta grama antes de entrar —me dice, y ahí es que me doy cuenta de que viene a quedarse. O debo decir, me doy cuenta de que la noviecita lo debe haber echado a patadas y él todavía no ha encontrado otra.

Él está en el cobertizo dándole patadas e insultando a la segadora mecánica porque el motor se le apaga continuamente. Llamo arriba y le digo a la que se llama Yo que me gustaría que bajaran a tomarse un café conmigo antes de que Tammy se vaya. Suena algo sorprendida, como si yo hubiera hecho algo indebido, algo indebido pero agradable. «Está bien —dice, luego de una pausa. Y luego añade—: Marie, hay un tipo extraño con una rabieta en el cobertizo del patio. ¿Se supone que debería estar ahí?».

Y antes de que me pueda detener y decirlo de una manera que no suene como si no lo estuviera diciendo, que es lo que mi amiga Dottie dice que te enseñan en la universidad, le digo a Yo: «Ése es mi marido Clair. Quiere saludarlas».

Al cabo de unas pocas semanas de Clair mirarme con ojos de carnero degollado y decirme palabras amelcochadas, empiezan los problemas de nuevo.

Una noche las papas fritas no quedan bien fritas, otra noche el bistec está demasiado crudo y las niñas pelean sobre el programa de televisión que quieren ver, y él explota. Lo único que ha cambiado es que yo le contesto, y por eso me mangonea más que antes y golpea más que antes, y los golpes me duelen más ya que he bajado de peso. Lo que me hace pensar que tal vez aumenté esas ochenta libras como relleno para protegerme de sus puñetazos. Pero él se emborracha tanto, que en realidad todo lo que tengo que hacer es esquivarlo, y ahora que estoy más delgada, tengo más agilidad. Él grita y pataletea por un buen rato, pero al poco tiempo cae en un letargo alcoholizado. Y al verlo tirado sobre la cama de su madre, enredado entre las sábanas, la calvicie incipiente en la parte de atrás de la cabeza, un amor triste y lleno de lástima me invade el corazón y no sé qué hacer con ese sentimiento y me lo callo.

De todos modos, estoy acostumbrada a los golpes y a los gritos, pero arriba oigo que la máquina de escribir que antes galopaba se silencia súbitamente. Y después oigo a Yo caminar de un lado a otro de la habitación, ya que nuestro dormitorio está directamente debajo del estudio. A veces, cuando empieza la gritería y las niñas lloran, la oigo bajar las escaleras despacito, como si no supiera qué va a hacer. Luego, un poco más tarde, se mete en el auto y se va. No sé adónde. A veces se queda afuera toda la noche, y yo me quedo despierta en el sofá o en el sillón en el cuarto de Emily y Dawn, esperando escuchar el ruido del Toyota como si mi vida dependiera de su regreso a casa.

Un día que estoy en el patio colgando la ropa recién lavada, ella va subiendo las escaleras hacia el segundo piso, y se da la vuelta y baja de nuevo. Se acerca cautelosamente, con los brazos cargados de bolsas de libros que no se le ha ocurrido dejar en la puerta. «Hola, Marie», me dice, y todavía tiene los mismos ojos de la gente en las películas de horror, pero lo que mira es mi cara. Ya la hinchazón se ha bajado un poco desde la última golpiza de Clair hace cuatro días, aunque tengo un moretón en la mejilla derecha que tal parece que se me hubiera ido la mano con el maquillaje de los ojos.

—¿Estás bien? —me pregunta.

—Estoy bien —le digo, porque ¿qué se supone que le diga? Amo a un hombre que está dañado por dentro, y me quedo con él porque, me imagino, también hay algo dañado dentro de mí. Pues le digo—: ¿Cómo te va en el nuevo trabajo? ¿Has sabido algo de Tammy? ¿Todavía tomas clases de ejercicios chinos? —le hago un montón de preguntas mientras cuelgo los calcetines y los calzoncillos de Clair, dándole el perfil izquierdo.

—Bien, bien —repite, como si estuviera pensando en otra cosa.

—¿Cómo va el libro para la permanencia? —le pregunto. Ella me había explicado algo de eso, lo que molestó mucho a Clair porque una noche me burlé de él cuando le dije que apostaba cualquier cosa a que él no sabía lo que quería decir permanencia. No lo sabía, y no le gustó que pusiera en evidencia su ignorancia—. Te oigo escribiendo a máquina —añado, porque ahora ella tiene la vista fija en las bolsas de libros en vez de en mi cara.

—No he escrito mucho últimamente —me dice—. No me puedo concentrar —añade, y pone las bolsas de libros en el piso y me mira a la cara—. Marie —dice—, oigo todo lo que pasa en tu apartamento. Yo creo que debes buscar ayuda.

No sé por qué aquello me enfogona. Quizá porque añoro la oportunidad de poder gritarle a alguien que no me dé un puñetazo. «No es cosa tuya —le digo. Y me le pongo de cara llena, que es mucho más que llena porque está toda inflamada—. Yo no dije nada cuando tú y Tammy hacían de las suyas».

Inmediatamente me doy cuenta de que acabo de dar en el blanco equivocado. Tenía una expresión sorprendida e incrédula, como si la hubiera abofeteado. «¿De qué hablas, Marie? Si quieres decir que Tammy y yo somos amantes, estás equivocada. Y aunque lo fuéramos, no hay comparación entre eso y una golpiza.»

—No es una golpiza —le grito como si quisiera ahogar sus pensamientos. Es que él trata de matar algo que lleva dentro y yo me le interpongo. Claro que no digo esta parte—. Estamos pasando unas borrascas, eso es todo —le digo.

—Marie, él te está haciendo daño. Mírate esa cara —me toca el hombro, y por segunda vez con ella, siento ganas de llorar. Pero freno esa debilidad. No puedo permitirme el lujo de aflojarme por dentro.

—Óyeme bien, Yolander, acuérdate, tú eres la inquilina, eso es todo, lo que tú haces es asunto tuyo, con que sea legal, y lo que yo haga es asunto mío, ¿me entiendes?

Los ojos se le humedecen y se le sonrojan las mejillas. Recoge sus bolsas de libros, se pone en marcha, pero enseguida regresa. «Marie, lo siento, pero es que no puedo seguir viviendo aquí. Me voy a tener que mudar.»

—Firmaste un contrato —le digo, más severamente de lo que fue mi intención. Porque lo que siento en el corazón es el sentimiento atragantado que siento cuando Clair me abandona—. No se puede romper el contrato así como así —le digo— como que estamos en Estados Unidos y tiene que seguir las reglas.

—Pues tendré que hacerlo —me dice, y veo en sus ojos algo que nunca había percibido antes. Quizá me distrajo su estatura de niña y su amabilidad de extranjera. Esos ojos penetrantes pueden ver a través de mí, directo a donde ella quiere ir —por eso son tan intensos— y nada, ni Clair Beaudry, ni Marie, ni un contrato, ni depósito de seguridad, ni Dios mismo que la amenace con Su Eterna Permanencia la puede detener. Nunca antes había visto esa expresión en una mujer, aunque sí he visto muchos hombres con esos ojos tan certeros, incluyendo a mi Clair, cuando me dice exactamente cómo quiere sus papas fritas.

—Espero que entiendas que esto no tiene nada que ver contigo —dice en una voz más suave, como si se hubiese asustado a sí misma al ser tan fuerte—. Yo necesito escribir, y aquí no puedo trabajar. Éste no es un... —pone las bolsas de libros en el suelo de nuevo y dibuja con sus manos el tamaño de un niño o de un vientre con un niño adentro—. No es un espacio seguro... Y tú no quieres pedir ayuda, por lo tanto nada va a cambiar.

—Yo no lo puedo cambiar a él —le digo—. Desde que murió su Mamá, él anda como perdido... Yo he tratado —y ahora sí que las lágrimas ruedan hasta el suelo, igual que los calzoncillos de Clair que acabo de tender.

Ella me abraza. «Entonces déjalo, Marie —me susurra con intensidad—, ¡déjalo!».

Estoy a punto de secarme los ojos y estudiar con claridad si eso es algo que yo puedo hacer. Pero primero quiero quedarme así, en sus brazos y oírme sollozar, un momento más, Jesús. Por encima del hombro de Yo veo llegar la camioneta que se estaciona junto al cobertizo, y veo a Clair Beaudry echando chispas por los ojos al ver a su mujer abrazando a la inquilina lesbiana extranjera a la vista de todos. Toca la bocina con tanta fuerza que a esa pobre muchacha casi se le sale el corazón por la boca y de un salto se deshace del abrazo.

Entonces surge otro problema. Ahora Clair pelea con una mujer bonita en lugar de tratar de llevársela a la cama.

Ella me escribe una carta diciéndome que se va a mudar, ya que el apartamento no es un lugar que induzca al trabajo. ¿Podría, por favor, devolverle el depósito? Lo necesita para mudarse a otro apartamento ya que el salario de las primeras semanas lo gastó en pagar cuentas atrasadas y no tiene nada extra en el banco.

Bueno, Clair se encuentra aquella carta. Ahora vigila a Yo como un halcón. Después que nos encontró, como dice él, en una situación indecente a plena luz del día, me ha prohibido tener contacto alguno con ella, y amenazó a Dawn y a Emily con destrozarles el fondillo si subían a comer comida de conejo y hablar en extranjero con esa mujer. Se podría preguntar ¿por qué no la deja que rompa el contrato y que se vaya? Pero no, él dice que ella tiene que quedarse o si se va, tiene que pagar un año de alquiler, que es lo que él quiere en realidad. Porque así puede volver a alquilar el apartamento y hacer la zafra. Hasta pudiera traer a su próxima querindanga a vivir allí.

Él sube a informarle esto a Yo y escucho cómo van alzando las voces, en realidad la de ella se oye más que la de él. Cuando Clair baja trae una lista en la mano y está más furioso que una avispa coja: «¡Tiene el descaro de decirme que va a ir a la oficina de inquilinos a presentar una queja!».

Camina de un lado a otro de la sala echando maldiciones, y arriba la oigo a ella, caminando de un lado a otro, como si fuera un reflejo. Ahora, yo nunca he oído nada de esa oficina de inquilinos, ni Clair tampoco. Nosotros alquilamos el piso por la izquierda. El contrato en blanco lo conseguimos con Dottie, que trabaja en Century 21. Empiezo a temer que nos vamos a meter en problemas y que tendremos que devolver todo el dinero que hemos ganado con el piso de arriba.

—Clair, ¿por qué no dejamos que se vaya?, de todos modos, como tú mismo has dicho, ella no debería estar aquí.

Levanta la mano que sostiene la lista como si me fuera a pegar por defenderla. Para distraerlo le pregunto: «¿Qué es eso?», y me estruja el papel en la cara. «¡Mira esto!», grita, meneando la cabeza, la cara roja como un tomate, a punto de una apoplejía. Es una lista de todo lo que está roto desde que se mudó al apartamento. Lo curioso es que Yo nunca se quejó conmigo de ninguna de esas cosas.

«Ventilador de la estufa no funciona, falta el palo de colgar en el armario del pasillo, escalón suelto en la escalera, cristal quebrado en la ventana del dormitorio.» Lee la lista en voz alta con esa vocecita que usan los hombres cuando quieren imitar el habla de las mujeres. «Le voy a enseñar lo que quiere decir roto y quebrado», le grita al techo.

A continuación empieza a recoger sus herramientas, yo lo sigo unos pasos detrás, preguntándome qué será lo que piensa hacer. Resulta que le dijo a Yo que ella no tenía derecho a mudarse mientras que el apartamento estuviera en buenas condiciones, y fue allí cuando ella dijo: «Pues no lo está», y le dio la lista de reparaciones. Probablemente ella pensó que ése sería su boleto de salida. Pero no, Clair decide reparar todas y cada una de las cabronas cosas rotas, incluyéndola a ella, «¡aunque me tome el año entero hacerlo!». Me mira echando chispas por los ojos como si me confundiera con ella.

Así que todos los días después del trabajo, para allá va, a arreglar esto o aquello. Desde el momento en que él toca a la puerta, ella sale, se monta en el auto y se va. Muchas noches ni regresa. A veces lo oigo caminar allá arriba como si estuviera haciendo algo más que arreglar la luz del dormitorio. Y me da lástima por ella. Empiezo a hacer planes en mi cabeza de conseguir un trabajo para devolverle el mes de depósito y mudarme yo inmediatamente después. Pero eso, por ahora, no es más que una fantasía. No pienso salir de esta casa hasta que no haya bajado de peso lo suficiente como para que la gente no me mire como un bicho raro.

Por eso es que voy al supermercado tarde, y allí es que me tropiezo con ella una noche, empujando el carrito cargado con sus dos bolsas de libros y una botella de vino, y en la parte donde se sientan los niños, un montón de cosas que yo siempre me he preguntado quién las come: corazón de alcachofas, palmitos, leche de coco, cosas así. Mi carrito se desborda de comestibles, y me avergüenzo porque me parece que todo el mundo me mira y piensa: Anjá, jmmm. Pero me parece que he adelgazado bastante, porque Yo se sorprende un poco al verme. Se me acerca con esos ojos penetrantes y me dice: «Ay, Marie, no entiendo cómo tú lo soportas y dejas que trate así a otra mujer».

Eso me toca el lado más flaco, pero me hago la fuerte. «Mira —le digo—, no tengo nada que ver con eso. Le dije que te dejara ir —veo amontonadas en mi carro todas las cosas que compro para él, su cerveza, sus cigarrillos, las pizzas congeladas que tanto le gustan cuando mira los juegos del domingo, y me dan ganas de tirarlas todas al piso—. No me hace caso. ¿Qué quieres que haga?

—Nada, supongo —me dice, sin reproche ni aspereza, más bien como alguien que estudia la situación y se da cuenta de que ha perdido—. Yo estoy atrapada también, hasta el próximo cheque... ¡pero en cuanto cobre me voy! Que me demande si quiere —añade.

Me inclino hacia ella, como si Clair se fuera a aparecer en cualquier momento, y le susurro: «No te va a demandar, así es que no te preocupes por eso». Le quiero dar esa pizca de tranquilidad. Claro que no le digo por qué no la puede demandar. Porque no declaramos el ingreso del alquiler en los impuestos.

Me mira por un segundo, sorprendida, me imagino, porque he dicho algo en contra de Clair, aunque sea a sus espaldas. Al marcharse, me dice: «Ay, Marie. Tú te mereces algo mejor, ¿sabes?».

Es como si hubiera escrito esas palabras en el aire, y ahora las veo en todas partes, en la etiqueta de cada botella y cada lata y cada caja en los anaqueles del supermercado. Camino a casa, siento el corazón más ligero que antes de aumentar las ochenta libras.

Mientras bajo las bolsas de la compra preguntándome dónde estará la camioneta de Clair, veo un zig zag vertiginoso en el cielo. Mi primera impresión es que son las palabras de Yo que se van a ver proyectadas en el cielo en luces brillantes, pero, por supuesto, un minuto más tarde se escucha un restallar de truenos, y comienza a llover.

Juro que ni me acordé de las goteras en el techo. Todo lo que me daba vueltas en la cabeza eran las pistas que había comenzado a olfatear de que Clair andaba detrás de un culo nuevo. Las duchas diarias, la colonia en el pelo, las desapariciones por las noches después que termina los arreglos en el apartamento de arriba. Estoy de pie en la cocina ensartando todos estos detalles con la aguja de las palabras de Yo. «Te mereces algo mejor, ¿sabes?» Lo que no sé es qué voy a hacer con esta nueva idea cuando termine de pensarla.

La casa está bien callada, sólo el sonido de mis hijas profundamente dormidas en su dormitorio, el refrigerador tosiendo de vez en cuando, y esa lluvia cayendo como si tratara de decirme algo que no alcanzo a entender. Cuando oigo el auto al frente, apago las luces y voy a la ventana que da a la calle. Es Yo que llega con sus bolsas de libros, cubriéndose de la lluvia mientras sube los escalones, luego regresa a recoger la bolsa de los comestibles. La oigo arriba, guardando la compra en los anaqueles, caminando, y de pronto, un grito. Dos segundos más tarde toca a mi puerta, no dice ni una palabra cuando la abro, pero me agarra por un brazo. «Es muy tarde —le digo—, ¿no puedes esperar a mañana?».

—Quiero que veas esto —y empieza a llorar a todo pulmón.

Me asusto porque pienso que a lo mejor ha envenenado a Clair, aunque se lo merece, y que me va a mostrar el cadáver en la ducha. Arriba, atravesamos la sala y el pasillo y al llegar al estudio, se hace a un lado para dejarme entrar primero. La lluvia ha caído por los agujeros y le ha mojado sus papeles y emborronado las cosas escritas con tinta y empapado todos sus libros.

—Ay, Jesús de mi alma —digo.

—Lo voy a matar —dice ella, cayendo de rodillas y recogiendo papeles que envuelve en toallas. Yo me arrodillo también, para ayudarla, las dos llorando, como tontas, porque en realidad, si lo piensas bien, el papel es sólo papel. Claro, aquello tiene más importancia para ella que para mí. Pero yo lloraría por otras cosas arruinadas mucho antes que por éstas.

Y se lo tengo que decir: «Yo, yo sabía que había goteras en el techo».

Tiene una pila de papeles en las manos, y los mira como esperando que le digan qué debe hacer conmigo.

—Lo siento —le digo, bajito. Luego le digo lo que he decidido—. Voy a dejar a Clair. Me voy a buscar un trabajo.

Ahora me mira fijamente, como tratando de decidir si tendré el valor de hacerlo. Y me asusto al ver que ella me cree.

—Te voy a devolver el mes de depósito —le prometo, pero no parece satisfecha con eso, así que le pregunto—. ¿Qué más puedo hacer?

Lo piensa un rato en lo que terminamos la tarea, y me empiezo a preocupar porque ella, además de ser extranjera, es de los llanos, y posiblemente me reclame más que el valor de los daños. «Okey —me dice, poniéndose en pie—. Quiero que vayamos abajo y me enseñes cuáles son las cosas de Clair».

—Un momento —le digo—. Tú te vas a ir de aquí y a mí me van a matar.

—No —me dice—, es él quien se va de aquí —se queda muy quieta y me echa una mirada cortante como para desatar lo que me tiene amarrada por dentro—. Marie, despierta. Habla con tu hija Dawn. Hay suficiente para meter a ese animal en la cárcel.

Me siento como si me hubieran parado de cabeza y me hubieran sacudido tan fuerte que el corazón se me saliera por la boca: «Tú no quieres decir que... ¡Santo Dios!» Y, por primera vez, el amor furioso que siento por Clair se convierte en pura rabia.

—Vamos —le digo—, y la llevo hasta mi dormitorio. Sacamos todas las cosas de Clair del armario y las gavetas, hacemos una pila en el piso, yo añado algunos de mis vestidos gigantescos que espero en Dios que nunca tenga que volver a usar. Lo metemos todo en bolsas plásticas de basura y las arrastramos hasta el porche. De vez en cuando siento mis fuerzas flaquear, y me pregunto cómo voy a continuar, pero todo lo que tengo que hacer es pasar por la habitación de las niñas y eso me llena el tanque de gasolina.

Cuando terminamos de apilar las pertenencias de Clair Beaudry sobre el césped delante de la casa, entramos y nos servimos una taza de café. Necesitamos hacer algo normal luego de la anormalidad de esta noche. Nos arropamos en colchas y como si fuera verano y, fuéramos a admirar las luciérnagas, nos sentamos en el porche.

Nos sentamos allí a esperar la camioneta y para contemplarle la cara a Clair Beaudry al ver sus pertenencias tiradas donde pertenecen. Más allá de la luz del porche, la lluvia lame sus botas, sus cinturones con los que les pegaba a las niñas, no sé, ni quiero saber por qué; sus herramientas, su botella de English Leather, y toda su ropa revuelta, trenzada como si alguien hubiese tratado de hacer una escalera con ellas para escaparse de una torre de cuentos de hadas. Me entristece el malgasto de algo que pudo haber sido mejor. Y me asusto, porque siento que he aterrizado en un lugar desconocido dentro de mí.

Miro a Yo, sentada con la cabeza baja, escuchando la lluvia como si ésta le pudiera recordar lo que estaba escrito en aquellas páginas arruinadas. Yo también me concentro en escuchar, pero lo único que oigo es el goteo, el chorreo, la percusión de la lluvia cayendo sobre las pertenencias de Clair.

El estudiante
Variación

A Lou Castelucci le había ido bien. Alto, buen mozo, con una cautivante sonrisa de atleta profesional cuyo equipo va directo al campeonato, Lou había ganado casi todos los partidos en que había jugado en su vida. En la escuela secundaria había sido el futbolista estrella, llevó al equipo de su pequeño pueblo al campeonato estatal por primera vez.

Gracias a sus proezas en la secundaria obtuvo una beca en una pequeña universidad de artes liberales, donde cada año, sucesivamente, su participación en el campo de deportes fue menos impresionante. Mas para ese entonces el futbol ya no era lo suyo. Ahora le llamaban la atención otras cosas. En su último año se interesó por la literatura y por una muchacha alta de preciosa melena rubia, Penny Ross.

No había logrado captar la atención de Penny, aunque había hecho todo lo posible por lograr un encuentro. Había tomado el curso de novela contempóranea con la esperanza de que Penny, quien se especializaba en literatura inglesa, también estuviera en el popular ciclo de conferencias. No estuvo, pero la clase resultó ser una de las favoritas de Lou. Ahora se arrepentía de haber seguido con tanta tenacidad su concentración en ciencias de computación. Envidiaba a los estudiantes de inglés que, con sus suéteres negros de cuello de tortuga, fumaban y discutían apasionadamente el significado de un libro. Se metían de lleno en la literatura, y hacían sentir a Lou, quien escuchaba sus conversaciones en el comedor o en los salones, que él no era un ser humano tan inteligente, tan sensible, tan vital como ellos.

En la primavera de su último año, Lou se matriculó en un taller de redacción. Si él pudiera escribir novelas como las que había leído, podría impresionar a Penny o a cualquiera. Pero no fue sólo por impresionarla que tomó aquel curso. Escribir era el nuevo deporte que quería aprender a jugar. En los libros de Updike o Mailer, el final de cada capítulo era como un *touchdown*. A veces, mientras leía, se sorprendía a sí mismo cerrando el puño, y martillando el aire como si dijera: «¡Dale, Mailer, dale!».

La profesora era alguien supuestamente conocida, pero Lou nunca la había escuchado mencionar. Era dominicana-americana-latina de Estados Unidos o lo que fuera, según había explicado en su primera clase. Su lindo color aceitunado lo hizo pensar en la miel embotellada. Lou nunca había conocido a un hispano que no llevara diez libras de cojines en los hombros y el pecho y un protector dental en la boca y un casco en la cabeza. El par de hispanos que jugaban en el equipo tenían una actitud que a Lou no le gustaba. Jesús, como si él hubiera obligado a los padres de ellos a recoger uvas o lo que fuera.

De cualquier modo, ese primer día la profesora fue muy simpática. Dijo que quería que le dijeran Yolanda o Yo o lo que quisiéramos, y habló acerca de la escritura como deporte que también se jugaba por diversión, no solamente para expresar cosas profundas. Al escuchar aquello, Lou se sintió mejor sentado en aquel círculo, sus enormes manos sudando sobre su copia del poema que Yolanda les había entregado a todos. Todos los estudiantes en el círculo tenían que decir lo que pensaban del poema. Las muchachas flacas y cerebrales encontraron cada cosa que a Lou le pareció que a él le habían dado un poema completamente diferente. Se le calentó la nuca y deseó haber tomado un curso de conferencias en vez de exponerse a esto.

Cuando le llegó su turno, Lou dijo que tal vez él no tenía mucha experiencia, pero que a él le parecía que el poema era mucho más simple de lo que habían dicho los demás. A Yolanda se le encendieron los ojos, y continuamente asentía con la cabeza como uno de esos perritos con resortes en el cuello. Ella le preguntó cómo es que él entendía tal o cual verso, y Lou hizo lo mejor que pudo. «Anjá, anjá, sí, sí», repetía ella, mirándolo con ojos centelleantes. Los literatos de la clase lo observaban como si fuera una autoridad en la materia. Todo el mundo, incluyendo a las cerebrales, comenzaron a asentir. Lou deseó haberse quitado su gorra de beisbol.

Escribió muchísimos cuentos en aquella clase. El primero se lo devolvió lleno de correcciones a lápiz, como para que él se pensara que eran sugerencias, pero él entendió la indirecta. Una nota al final decía: «¿Tú esperas que yo me crea esto?». Leyó el cuento de nuevo, que era sobre un espía atrapado en una zona de guerra, y estuvo de acuerdo con ella. Era una mierda. Algún episodio que había visto en la televisión. Pensó que podía darle otro giro si hacía que el espía se despertara al final y así quedaría en que todo había sido un sueño. En la nota ella decía que debía escribir sobre lo que conocía, así que su próximo cuento fue sobre un héroe del fútbol que se queda paralítico de la cintura para abajo en un accidente, y se suicida para liberar a su novia del compromiso de casarse con él. Esta vez la nota al final de la página decía: «Por favor, ven a verme».

En la conversación ella le explicó que lo que ella quiso decir era que escribiera cuentos de su propia vida. Él se empujó la gorra hacia atrás y se miró la palma de la mano como para asegurarse que tenía una línea de la vida. «Pero eso es algo personal», le dijo.

—Sí, sí —asintió ella con entusiasmo—, los cuentos *son* personales —por la manera en que lo dijo fue como si él fuera Hellen Keller y ella finalmente hubiera logrado hacerlo comprender que *agua* quería decir agua.

Las entrevistas en su oficinita eran un terremoto. Cada cosa que decía la relacionaba con algo que había leído. A cada rato se encaramaba en la silla para bajar uno que otro libro de los anaqueles. Le leía largos trozos de algo que alguien famoso había dicho que contradecía lo que él acababa de decir, y lo miraba como esperanzada. Finalmente él dijo que sí, que trataría de escribir como ella decía.

Más adelante un amigo le dijo a Lou que la profesora estaba bajo un contrato de siete años en «pista de permanencia». En realidad Lou no entendía cómo es que funcionaba aquel asunto de la permanencia. Lo único que se le ocurría era la pista de carreras donde lo llevó una vez su padrastro Harvey cuando era niño. Los caballos soliviantados salían disparados de las casillas en cuanto se levantaban las puertas, y daban todo de sí hasta la recta final. ¡Pero, Jesús, siete años! Con razón algunos de aquellos profesores eran un poco estrafalarios después de darle la vuelta a la pista tanto tiempo.

A Lou le costó mucho trabajo escribir el próximo relato sobre el abandono de su padre. En el cuento le dio un nombre diferente al niño y le cambió el color del pelo a rubio y le dio ojos azules. Contó que su Mamá se desmoronó y hubo que hospitalizarla, y que el tío Harvey comenzó a visitarlos. Claro, le cambió el nombre de Harvey a Henry. Un día, el niño traiciona a Henry contándoles a unos amigos que Henry no es su verdadero padre. La historia termina cuando el niño ve cómo se dibuja el dolor en la cara de Henry como una porcelana agrietada.

Ese día en clase, cuando le llegó el turno a su relato, Lou se sintió más mareado que una mujer preñada en una montaña rusa. Todo el mundo siempre esperaba que Yolanda diera su opinión y luego todos estaban de acuerdo con ella en que el cuento era buenísimo. Pero, por supuesto, inmediatamente después de los elogios venían las sugerencias. «Una cosita que me molestó», siempre empezaban, y todos destrozaban el cuento de Lou como si fuera presa para los perros. Pero por lo menos cuando Yolanda le devolvió el cuento, la nota final decía: «¡Este material sí que promete!»

Finalmente Lou le había cogido el ritmo a este juego de escribir cuentos, y estaba en una racha victoriosa. Escribió cuento tras cuento, y esta señora Yo lo trataba como si fuera un Hemingway sin pulir o algo así. Sus condiscípulos le devolvían sus cuentos sonrientes, comentando sin parar que si esta parte o aquélla era realmente formidable. En el último cuento que escribió para la clase, prácticamente se proyectó a sí mismo en la pantalla de la computadora como una radiografía de su pecho con una sombra oscura por su corazón dolido.

El relato era sobre el único partido que él recordaba haber perdido. Ocurrió cuando tenía doce años. Ese sábado por la tarde, Harvey estaba, como siempre, sentado detrás del banco de su equipo dándole ánimos. De repente, el padre de Lou se apareció, primera vez que Lou lo veía desde hacía siglos. Allá en las gradas, el padre se comportó chillón y vulgar. «¡Ése es mi hijo!», le gritaba a los concurrentes.

A medida que se involucraba más y más en lo de escribir, a Lou se le olvidaban sus miedos. Era el último cuarto, los equipos estaban empatados, y al suyo le tocó hacer el *touchdown* final. Pero mientras él corría hacia la pelota que caía en arco perfecto, no podía pensar claro, estaba preocupado por lo que podría pasar después del partido, ¿debía ir donde su padre o donde Harvey para que lo felicitaran? Perdió la concentración y de un toque envió la pelota a las manos de un jugador del equipo contrario. Los visitantes sacaron el último *touchdown*. Después, dentro del auto de Harvey gimió como un bebé. Mientras escribía el relato, Lou se dio cuenta por primera vez de que no había llorado por haber perdido el partido. Su padre se había marchado sin ni siquiera decirle adiós. Es más, en ese momento, Lou sintió un cosquilleo en los ojos.

Pero lo que le pareció más increíble fue que se podía escribir un cuento sobre perder y sentirse como un ganador. Y otra cosa que había aprendido escribiendo aquellos cuentos: tenía que exponerse más. Después de todo, se había arriesgado a tomar aquel curso y resultó ser una experiencia fabulosa. Decidió invitar a cenar a la muchacha, Penny, y si ella estaba saliendo con alguien, que se lo dijera y ya. También decidió aceptar el trabajo que le habían ofrecido, aunque no era con ninguna gran empresa que sus amigos conocieran. A él le cayeron muy bien los que lo entrevistaron, personas muy amables y sencillas, y además fabricaban avíos deportivos que consideraba de buena calidad.

En la entrevista sobre su portafolio final, Yolanda le dijo lo mucho que le gustaba su último cuento. Sí que estaba contenta de que hubiera tomado el curso. Intuyó que ella también había pasado momentos difíciles. Se había divorciado (más de una vez, le pareció a él) y estuvo dando traspiés por algún tiempo. Lo que la salvó fue que podía escribir libros, y seguía escribiendo y escribiendo, hasta que algunas cosas finalmente se calmaron dentro de ella.

—Wow —dijo. En realidad él deseaba preguntarle si ella estaba bien ahora. Algo que dijo le hizo pensar que se sentía sola—. Es decir, parece que usted ha escrito muchos libros —le dijo.

—No los suficientes —contestó ella, enredándose una mecha de pelo como si no estuviera lo suficientemente rizado—. El panel de evaluación de mi primer año dice que mis publicaciones no son de suficiente envergadura. Quieren que publique con una casa editorial de primera categoría —reviró los ojos al decir *de primera*, como si Lou entendiera.

—Pues yo pienso que usted es fabulosa —le dijo, cambiándose de posición en la silla. Ahora era él quien se sentía nervioso. Qué tal si ella piensa que, tú sabes, estaba tratando de enamorarla. Inmediatamente añadió—: Una maestra fabulosa.

Ella se rió. «Gracias —dijo—. De todos modos, me quedan seis años más para demostrar mi capacidad en las grandes ligas. La permanencia», sentenció con voz solemne como si diagnosticara una enfermedad mortífera.

—Wow —dijo Lou para animarla.

—Por el momento escribo cuentos —le explicó ella—. No he podido concentrarme en cosas más largas este año. Con todo lo que está ocurriendo... Yolanda suspiró, al borde de contarle más detalles.

Pero Lou puso fin a la conversación. Su viejo hábito de no meterse en asuntos que estaban más allá de su alcance era ya automático. Le estrechó la mano a Yolanda y le dio las gracias por todo. «Me tengo que ir», le dijo, como si aquella soleada tarde de primavera tuviera algo más importante que hacer que beber cerveza con sus amigos en el cementerio que queda detrás de los dormitorios.

Siguió pensando en ella toda la tarde, y durante una pausa en la cháchara con sus amigos, preguntó si alguno de ellos conocía a la tal Yo del departamento de inglés. Un sabelotodo que no le caía muy bien a Lou sabía el chisme. La García vivía en una casa destartalada que se quemó. Era soltera pero tenía un novio mariguanero que vivía en otro estado.

—¿Se va a casar con él o qué? —Lou quería saber.

—¿Quién te crees que soy? ¿Su consejero o qué? —los demás se rieron de la respuesta del sabelotodo. Él era un tipo que se empeñaba en que se rieran de sus chistes, así que no se le podía creer todo lo que decía. Continuó—: Alguien me dijo que ella tiene problemas... —se dibujó pequeños círculos con el dedo índice en la sien. Algunos de los otros estudiantes se rieron.

Lou salió en su defensa. «Ella no está loca, es muy buena gente.»

—Chico, no estoy diciendo que no sea «buena» gente —el amigo respondió, moviendo la pelvis como si eso hubiera sido lo que Lou quiso decir—. Te estoy diciendo lo que he oído, ¿okey?

El compañero de cuarto de Lou intervino: «Hablando de lo que se oye por ahí, ¿alguien sabe si el rumor sobre Ross es cierto?».

Lou no dejó que su rostro reflejara el menor interés. Sus amigos sabían que a él le gustaba Penny Ross. Sabían que Lou aún no la había invitado a salir, que le preocupaba no estar a la altura de ella, que no estaba seguro del estatus de sus relaciones con Philip Ballinger, el del cuello de tortuga negro, quien era codirector, junto con Penny, de la revista literaria.

El mismo tipo que sabía los chismes sobre Yolanda también tenía información sobre esto. El maldito chismoso debía escribir una columna de Señorito Corazón o algo así. Apuntó con el pulgar hacia el piso, «Ballinger y Ross se pelearon», dijo. «Ballinger metía mano con la Contessa.» Hizo elaboradas reverencias con el brazo como si saludara a un personaje de la realeza. La Contessa era una belleza italiana cuyo padre era dueño de una línea de salsas de espagueti y pastas. Tenía una cara preciosa con labios carnosos y usaba unas diademas muy elaboradas que parecían tiaras en su dramático cabello castaño. Se conoce que a Ballinger le daba por el cabello. Y la belleza. Pero, a diferencia de Penny Ross, la Contessa parecía ser inabordable. Nada más salía con los ricos y genios de la universidad, y los trataba con un aire de indiferencia, como si estuviera guardándose para algo mejor, y cualquier relación con aquellos americanitos era el equivalente a acostarse con su jardinero.

Luego, el compañero de cuarto de Lou lo aguijonea sobre Penny. «Ésta es tu oportunidad, Castelucci. Ya pronto nos largamos de aquí. Es ahora o hasta la quinta reunión de exalumnos, y para entonces ya estará casada y con hijos.»

Esa noche en el comedor, ellos estaban sentados en sus mesas habituales, cuando Penny Ross hizo acto de presencia con un grupo de amigas. «Dale», le dijo su amigo. Sin darse cuenta, Lou dejó su bandeja de comida sin tocar, se metió en fila, le quitó la bandeja a Penny de las manos, y le ofreció: «¿Te puedo invitar a una cena de verdad?». Ella le echó una mirada de evaluación como si no supiera qué hacer de aquella invitación.

Súbitamente vino a la mente de Lou algo que había oído decir a sus amigos después que habían visto a Penny marchando en no sé qué manifestación. Era feminista. Pensó en esa palabra con el mismo tono con que Yolanda pronunciaba *permanencia*. «¿Te conozco?», dijo ella finalmente.

—Ésta es una manera de llegar a conocerme —le dijo. Las manos le temblaban como si guiara un maldito carro con la correa del ventilador suelta.

En eso, el destino o algo debía haber estado de su parte, porque en ese momento entró la Contessa con Ballinger, y Lou pudo ver, por la contracción de los músculos de su cara, que Penny los había visto también. A él no es que no le gustara ser goma de repuesto, pero, qué diablos, cuando se te pincha una goma, el repuesto se vuelve la buena, ¿no? Y así fue. Penny se le enganchó del brazo y se sacudió con coquetería la melena. «Vamos a conocernos», le dijo. Y cuando pasaron por la mesa de sus amigos, Lou levantó la bandeja en alto como si fuera un trofeo por un partido que acababa de ganar.

Para la quinta reunión de exalumnos, Penny y Lou trajeron al bebé Louie, y un cargamento increíble. Cada vez que tenían que empacar para un viaje, a Lou casi le daba un paro cardiaco. Le parecía que la cantidad de equipaje que uno llevaba tendría que tener relación directa con el tamaño de la persona. La cuna portátil del muchachito, y el corralito y la caja de pañales desechables y la bolsa de ropa limpia y la cartera llena de matracas y animales de peluche con canciones de cuna en las entrañas, casi ocupaban el asiento trasero del auto y parte de la cajuela. Ya no decía nada, porque cada vez que lo hacía, Penny se echaba a llorar y lo acusaba de no amar a su propio hijo.

¡Como si alguien pudiera querer más a un hijo! Quizás él no estaría tan encariñado con aquel muchachito si las cosas con Penny anduvieran mejor. Los dos primeros años fueron como una película romántica. Ella le escondía mensajes de amor en su maletín, y cuando iba de viaje de negocios, se encontraba besitos de chocolate, y una vez bizcochitos a lo brazo gitano entre sus calzoncillos. Él había avanzado rápidamente en SportsAMER!, la compañía que lo reclutó inmediatamente después de su graduación. Con su buena apariencia —todavía iba al gimnasio y corría cinco millas diarias— y con su personalidad, persistencia y paciencia (las mismas tres pes que Lou trataba de inculcarles a sus vendedores), era el campeón de todos. Hacía poco que le habían dado un ascenso, de director regional de ventas del noreste a Vice Presidente de Mercadeo, con traslado a Dayton, Ohio.

Allí fue cuando empezaron los problemas con Penny. Él tenía que viajar constantemente para coordinar los mercados en el nivel nacional. Al principio Penny fue comprensiva, pero con cada solitario mes sin empleo en Dayton, se volvió uraña y peleona. Se cambió el nombre a Penny Ross Castelucci, aunque él le había comprado un juego de maletas muy bonito con las iniciales PC. Nada parecía complacerla, mucho menos salir embarazada.

Tenía unas náuseas horribles por las mañanas, y luego, un embarazo incomodísimo. Lou solicitó quedarse en las oficinas centrales hasta que naciera el bebé, pero fue imposible que lo liberaran de supervisar las cuentas nacionales. Es más, Lou estaba más ocupado que nunca. La mala economía había afectado fuertemente a la empresa. SportsAMER! simplemente ya no podía competir con sus rivales. Con un hijo en camino, una casa carísima y las mensualidades del automóvil, Lou no podía arriesgarse a perder su empleo. Pero dándole vueltas en la cabeza, estaba lo que más le aterrorizaba perder: su matrimonio con Penny.

Después de que salió encinta, dejó de interesarle casi todo. Se pasaba prácticamente todo el tiempo leyendo, como si el bebé fuera a ser un Einstein y hubiera que cargarle las células cerebrales con información. Muchas noches él llegaba y se encontraba la casa a oscuras, y a oscuras subía las escaleras hasta el dormitorio. Allí, en un círculo de luz de la lámpara de cabecera, estaba Penny leyendo: «Estoy contigo en un segundo, mi amor, déjame terminar este par de páginas.»

Pero continuaba leyendo, aun después de llegar al final del capítulo.

Penny estuvo con la cantaleta de ir a la reunión de exalumnos durante varios días. Serían las primeras vacaciones en más de dos años, vería a su Nueva Inglaterra nativa de nuevo, y tendrían la oportunidad de reanudar lazos con viejos amigos. Lou sintió un escalofrío. No le hubiera importado ir si, como antes, se sintiera en la cima del mundo, pero ahora no quería sentirse como un fracasado entre sus antiguos, hoy prósperos amigos. Por otro lado, aquélla pudiera ser una buena oportunidad para conectarse con algunos de sus excompañeros de clase, tirar el anzuelo y quién sabe, hasta pescar otro empleo. Y aunque no saliera posibilidad de empleo, la reunión le daría a Lou la oportunidad de vanagloriarse del pequeño Louie. Ninguno de sus amigos había tenido los cojones de casarse todavía, mucho menos de tener un hijo. En el peor de los casos, por lo menos él le había ganado la carrera a la paternidad.

El sábado por la tarde de aquel fin de semana de la reunión, Lou le dio una gira por su *alma mater* a Louie. Penny se había ido con sus amigas a jugar al tenis, y sus camaradas se habían ido a jugar al golf, un deporte que Lou fingía disfrutar sólo porque la línea de golf SportsAMER! se vendía muy bien. Él se excusó («¡Me toca hacer de niñero, compadres!»), y se fue a vagar por el recinto universitario hasta que llegó a la antigua librería, abierta para los exalumnos y repleta de suvenires: una mecedora con la insignia de la universidad, un tazón con la insignia de la universidad, banderines y hasta un juego de tacitas de café expreso muy *yuppie* con la insignia de la universidad. Le compró al pequeño Louie una camiseta con la insignia de la universidad que pasarían varios años antes de que le sirviera, y un baberito con la insignia de la universidad que podía ensuciar hoy mismo. Luego pasó a la sección de libros a comprarle un regalo a Penny, y allí, en un anaquel dedicado a los autores del profesorado estaba: *Salir del hoyo* de Yolanda García. ¡Así que ella todavía estaba aquí! Compró el libro, y una vez afuera, mientras Louie dormía sobre su colchita, debajo de un árbol donde Lou y sus camaradas se habían echado más de unas cuantas cervezas y echado el ojo a muchas estudiantes que pasaban por allí, comenzó a leer.

El libro era una compilación de cuentos. En una breve introducción ella repetía lo que Lou recordaba que le dijo en la última entrevista que tuvieron. Que aquellos relatos habían sido su salvavidas durante los tiempos difíciles. Cómo aquellos relatos eran, de un modo u otro, obsequios de su familia y sus amigos y sus estudiantes a través de los años. Que le gustaría darle las gracias a fulano y a mengano, etcétera, etcétera. Lou recorrió la lista de nombres con la esperanza de encontrar el suyo, pero no había ninguna mención del joven futbolista que había aprendido a correr riesgos en su clase. Obviamente, él no le había causado gran impresión a la profesora. ¿Y con qué motivo? ¿No había sido él quien le puso fin abruptamente a aquella última conversación cuando intuyó que ella necesitaba hablar con él? ¿Y qué hubiera dicho ella? Tal vez algo no muy diferente a lo que él le contaría ahora sobre su propia soledad y miedo a perder su matrimonio.

Hojeó el libro y leyó el primer párrafo de cada cuento a ver si alguno lo enganchaba. Era una compilación diversa en verdad. En algunos le pareció reconocer a uno que otro personaje o situación, probablemente porque ella había mencionado algunos de estos cuentos en clase. Y entonces llegó a un corto relato que comenzaba: «Aquella mañana el tío Marcos estaba tan nervioso que le echó jugo en vez de leche al cereal, me preparó los huevos hervidos aguados en vez de duros, y salió a buscar el periódico pero regresó con las manos vacías, y me preguntó: «¿Qué es lo que fui a buscar?». Era el día del Campeonato Estatal de las Pequeñas Ligas, y el tío Marcos me había estado entrenando desde el primer día en que, seis años atrás, llegó a mi vida para reemplazar a mi padre.

Los ojos de Lou quedaron atrapados en la letra de imprenta como un pez en un anzuelo. Aquél era *su* cuento, su cabrón cuento, hasta el mismo final con el muchacho sentado en el automóvil, la cara entre las manos, berreando. La única diferencia era que esta señora Yo-yo había transformado a los personajes en latinos, cambió el futbol por el beisbol, y claro, escribió el cuento mucho mejor de lo que Lou lo hubiera hecho.

Lou echó una ojeada al resto del libro, y leyó los cuentos que le parecían familiares. ¿Quizás ella se había apropiado de los relatos de otros estudiantes de la clase? Jesucristo, quizá le pudieran poner una demanda. Buscó su foto en la contraportada, pero no la encontró. Una corta nota biográfica mencionaba que Yolanda García había escrito numerosos trabajos de ficción, que enseñaba en aquella universidad, que vivía en una granja en Nueva Hampshire con sus gatos, Fidel y Jesús. Lou recordó la historia que le contó uno de sus compañeros cinco años atrás. Que Yolanda tenía problemas emocionales. Bueno, pues ahora parecía que estaba establecida, así que no tenía por qué sentirse obligado a protegerla. Le cruzó por la mente que ya debía estar en su última vuelta a la pista de la permanencia.

Estaba tan concentrado releyendo el cuento, que la voz de Penny lo hizo saltar del susto. «¡Luuuu, Luuuu!» Lo llamaba desde una ventana de la residencia donde se estaban hospedando, saludándolo con la mano y riéndose. Su lindo pelo colgaba como el de una damisela en los cuentos de hadas que dentro de unos años le leerían a Louie.

Ella lo esperaba a la puerta del dormitorio, y su cara se iluminó cuando vio a Lou y al bebé. «¡Mis dos nenes!», los saludó, tomando al bebé en sus brazos. Hacía tiempo que Lou no escuchaba esa viveza en su voz. Él le echó el brazo por los hombros. «¿La estás pasando bien, amorcito?»

Ella sonrió afectuosamente y, a fuerza de hábito, la vista se le fue hacia el libro. «¿Qué estás leyendo?», ladeó la cabeza para leer el título en el lomo. ¡Me acuerdo de ella! Debe estar muy bueno. ¡Te llamé cinco o seis veces y no me oíste!

Pensó decirle a Penny lo del plagio de su cuento en ese momento, pero al verla tan feliz besuqueando al bebé, se contuvo. Hace años, cuando ella era la codirectora de Musings junto a —¿cómo se llamaba aquel tipo?— Lou había enviado un par de sus cuentos sobre el tío Henry a la revista, incluyendo el que aparecía en el libro. Le había dado vergüenza ponerle su nombre, pero su compañero de cuarto los envío como si fueran suyos. Los directores devolvieron una nota diciendo que los cuentos no eran del todo aceptables. Que eran un tanto sentimentales. ¿Sentimentales? Lou buscó la palabra en el diccionario, para verificar el significado de sentimental. ¿Y qué tiene de malo lo sentimental? La carta de rechazo le había hecho más difícil para Lou invitar a Penny a salir con él.

Por ahora, se guardó el secreto. Sentía crecer el acercamiento entre ellos, y no quería confesarle aquel pequeño fracaso. En su lugar, mientras el bebé dormía, hicieron el amor juguetonamente, como en los viejos tiempos, en una de las pequeñas camas. De la habitación de abajo se escucharon unos golpetazos, la payasada de algún exalumno envidioso.

Durante la recepción del presidente, Lou buscó a Yolanda con la vista. Había llevado el libro en la bolsa de pañales de Louie para que ella se lo autografiara. No pensaba decirle nada sobre el cuento para ver si ella admitía el plagio. En ese caso no sabría cuál sería el próximo paso. Era como si él recordara escribir un cuento. Uno nunca sabía exactamente cómo iba a ser el final hasta que no lo escribieras de corazón.

El decano del departamento de inglés se acercó a Penny para conocer a su hijito. Como era sumamente pecoso, su piel lucía como una continuación de su chaqueta de paño asargado. «Y éste es mi esposo», dijo Penny, volteándose hacia Lou, de pie, cargando la bolsa de pañales, la sillita plástica, y el sonajero de Big Bird, sonriéndole al decano, quien no se acordaba de él. Luego que Penny y el decano se pusieron al día con el intercambio de noticias, Lou le preguntó por Yolanda García. «Este otoño se decide su permanencia —les dijo el decano—. Tenemos esperanza de que se la concedan —dijo confidencialmente—. Ha publicado un nuevo libro con Norton, y parece que ahora está contenta aquí».

—¿Y antes no lo estaba? —preguntó Lou. El pequeño crimen de Yolanda lo hacía sentirse íntimamente ligado a los secretos de su vida.

—Esto aquí es muy difícil para las profesoras jóvenes, un lugar tan remoto como éste, y con un viejo sistema de compadrazgo tan arraigado.

Penny asentía con la cabeza como si el decano estuviera hablando de ella. Es más, sonaba igual que Penny cuando se quejaba de vivir en Dayton, malgastando su tiempo. «Y ni hablar de que ser minoría en Nueva Hampshire no es ningúna fiesta... —el decano se encogió de hombros—. De todos modos, ella ha hecho muy buen trabajo. Dice que sus estudiantes la han salvado; está muy entusiasmada con sus clases».

A Lou le dieron ganas de decirle: «Déjeme decirle exactamente cuánto».

Penny y el decano lo miraron, como esperando que dijera algo.

—Yolanda García es una plagiaria —comenzaría. De pronto tuvo una visión de la primera vez que fue a su oficina. La vio parada sobre su escritorio, tratando de alcanzar un libro de un anaquel. Lo sorprendieron las piernas, flacas como las de una adolescente, y una blanca y tenue cicatriz justo debajo de una de sus rodillas. También se acordó de sus dedos, nerviosamente jalándose el pelo, las uñas comidas pero pintadas de rojo brillante. ¡Era tan de ella eso de pintarse las uñas de rojo para después comérselas! Y el lapiz labial, nunca lograba pintarse bien los labios, parecía que acabara de comer algo grasiento y rojo. De repente Lou se dio cuenta de que no iba a delatar a la Yolanda García que se le dibujaba en la mente. «Los detalles —siempre decía ella—, los malditos detalles te pueden romper el alma».

Así es que dijo: «Como uno de sus exalumnos, le puedo decir que ella fue una excelente profesora». Su voz de vicepresidente de mercadeo le añadió un énfasis especial al elogio. El decano alzó las cejas desteñidas.

—No sabía que habías tomado un curso con ella —dijo Penny, mirándolo con sorpresa—. ¿Tomaste una clase de redacción?

Lou asintió: «Mi clase favorita. Me hizo desear que ojalá me hubiera especializado en la lengua inglesa. Y más importante aún, ¡te hubiera conocido mucho antes!», Lou se rió, y el decano también. Todo le había salido muy bien a aquel estudiante estelar.

Al otro día, listos para el largo viaje de regreso, se despidieron de sus amigos. Una vez en la autopista, Lou miró a Penny que iba muy callada. Miraba por la ventana, en uno de sus estados pensativos que tan fácilmente se podían tornar sombríos. Le había hecho bien a ella compartir con sus amistades, pero ya se iba preparando para los días interminables y solitarios con el bebé, sin más compañía que una pila de libros. Pensó en lo que Yolanda había dicho de que sus estudiantes la habían salvado, y se preguntó qué podría hacer para hacer más feliz a Penny.

—¿Se durmió el bebé? —preguntó, con la esperanza de entretenerla con el único tema que siempre le era de interés.

Penny asintió con la cabeza. «Ese pequeñajo está rendido.»

Lou miró en el espejo retrovisor, y efectivamente, vio a Louie extenuado en el asiento de seguridad. «¿Qué te parece si leemos uno de los cuentos? Así no pensaremos en que nos tenemos que ir.»

—Te estás volviendo un lector —Penny sacó el libro de Yolanda del bolso que estaba junto al bebé y lo abrió en la página del índice—. Te voy a leer todos los títulos, y tú me dices cuál te gustaría oír.

Por supuesto, no le fue difícil decidir, y Penny comenzó a leer «Salir del hoyo». Su voz tensa se fue relajando según leía párrafo tras párrafo. Pasaba las páginas ávidamente, y a veces soltaba una risita ahogada. «Aquél fue el primer fracaso de mi vida, y no puedo decir qué me preparó para los que le siguieron.» Leyó las últimas oraciones: «Pero cada vez que los he tenido, me veo sentado en aquel automóvil, mirando hacia el diamante desierto, pensando: nunca me voy a sobreponer a esto. Y recuerdo al tío Marcos inclinado sobre mí, diciéndome: "No te preocupes, Miguelito, verás que pronto vas a salir del hoyo"».

Penny cerró el libro y le acarició la cubierta con la mano abierta. «Es un cuento encantador», dijo, sin ironía en la voz.

—¿De veras? —dijo él—. ¿No te pareció un poco sentimental?

Penny negó con la cabeza. «Es arriesgado, si eso es lo que quieres decir. Pero por eso me encantó. Había defendido el cuento como si fuera el pequeño Louie o algo parecido.»

El corazón le latía escandalosamente en el pecho, estaba seguro que ella lo oiría y lo mandaría a callar porque iba a despertar al bebé. Pero ella le agarró la mano y se la apretó. «Qué curioso. Ese cuento me recuerda...», comenzó a decir.

—¿Sí? —dijo él, sonriendo, a punto de decirle la verdad.

Mientras Lou la escuchaba, la voz de Penny se desplegó en el relato de un recuerdo de algo que perdió en su niñez. Y por la ventana, el paisaje se transformaba en una pista deportiva verde esmeralda. «Wow», decía él una y otra vez.

El pretendiente
Desenlace

Dexter Hays quiere ir a visitar a Yo en la República Dominicana este verano. Ella ha pasado a verlo un fin de semana camino a la isla, y él lleva dos días tratando, sin parar, de convencerla.

Pero ella dice que no. Él tiene que comprender que allá las mujeres no tienen amantes así, a la vista de todos. Allá, él tendría que comportarse. Deshacerse de sus cigarrillos de mariguana, comprarse un par de pantalones decentes. Y las tías tratarían de convertirlo. «Aquello es muy diferente, Dex. Quiero decir que allá la gente está chapada a la antigua.»

—*Baby, baby* —dice él, moviendo la cabeza, tan enamorado de esta ave de vistoso plumaje que ha entrado volando a la jaula de sus años maduros—. Te das cuenta de que la manera en que tú hablas de ese lugar es la misma en que mi Mamá le hablaba a mi hermanita de sus partes: «Atiéndeme, Mary Sue, no debes dejar que nadie te toque allí abajo». Imita a su madre haciendo su acento más sureño aún.

Dexter es alto y delgado con los dientes ligeramente salidos a pesar de todo lo que su padre pagó para arreglárselos. Su papá también pagó muchísimo dinero para enviar a Dexter de Fayetteville, Carolina del Norte, a la Universidad de Harvard, pero eso tampoco le salió, en menos de un año Dexter había abandonado sus estudios e ingresado no sólo a una comuna de *hippies,* sino a una comuna de *hippies* yanquis.

—Pobre Papi —dice Dexter, moviendo la cabeza—. Eso casi lo mata.

Yo se ríe, tomándole la cara entre las manos, arrullándolo en español, y él se cree que a pesar de lo que ella dice, en realidad quiere que él vaya a visitarla a Santo Domingo ese verano.

—Me voy a portar bien, te lo prometo —le dice. Él detesta la manera en que su pelo rubio, fino como el de un recién nacido, se le para de punta con electricidad. Se alisa el pelo con las manos, aplastándose las mechas. Pero ella aún parece dudosa—. ¿Qué es lo que pasa, *baby*? Es mi acento, ¿verdad? ¿Es que no soy tan buen mozo? Es que querías un Rhett Butler y te sacaste un Gomer Pyle, ¿eh?

—Ay, Dex, por favor. Tú sabes que si vas para allá, todo el mundo va a pensar que nos vamos a casar.

—Tal vez nos casaremos algún día —sugiere él. Nunca había estado tan entusiasmado con una mujer desde Winnie Sutherland, quien se sentaba delante de él en el quinto grado, con sus dos trenzas atadas con cintas azules, y él no pudo contenerse. Como un gesto de amor verdadero, le dio un jalón a aquellas cintas y las dos sogas castañas se desmadejaron. Winnie Sutherland terminó siendo su primera esposa—. Todavía eres como aquel niño que me jaló las trenzas —le dijo ella cuando le presentó el divorcio hace diez años. «¡Nunca vas a madurar!» Para Dexter Hays es motivo de orgullo ser todavía tan espabilado como cuando estaba en el quinto grado. ¿Quién quiere crecer y llegar a ser el segundo marido de Winnie Sutherland? Donald Qué-sé-yo-quién es un gordo fofo y blancuzco como masa de harina sin hornear. Pero Donald es un hombre rico, un contable con un ostentoso Mercedes plateado con ventanas oscuras, y, en su patio, una piscina en forma de cuerpo de guitarra, como el de Winnie.

Pero el momento de Dexter Hays se acerca. Lo huele en el aire. Esta Yo es la mujer de sus sueños, de eso está seguro. Alguien rebelde y atrevido como él, pero con la atracción adicional de ser latina. En las películas las mujeres latinas siempre aparecen con rosas enganchadas detrás de la oreja, con blusas campesinas de grandes escotes y con pequeños crucifijos que les cuelgan como mal de ojos sobre esos pechos jadeantes, ¡ay! Se conocieron en una manifestación de apoyo a Nicaragua o a Cuba —una de las dos—. A pesar de que Dexter no se mantiene al día con las noticias, le gusta ir a esas manifestaciones porque allí conoce gente simpática. *Exhippies* que nunca olvidaron, como otros, sus raíces de *flower children* para convertirse en ejecutivos de grandes empresas, piezas de engranaje en la rueda de la fortuna. La mayoría de los hombres de su misma edad le hace pensar que está malgastando su vida por ser un espíritu libre; los Donalds de aquí para allá amparados por la seguridad de sus autos alemanes con aire acondicionado. De todos modos, en esas manifestaciones, claro, siempre se encuentran muchas personas de los países en cuestión, y Dexter siempre ha tenido debilidad por las latinas. Y Yo llena sus requisitos étnicos a las mil maravillas.

Han tenido una relación de larga distancia: todos los fines de semana o él vuela a Nueva Hampshire, o ella a Washington D.C., donde vive él. Él está convencido de que se quiere casar con ella en un futuro no muy lejano. «Pues a lo mejor debíamos casarnos ya de una vez», insiste, tanteando la situación. «Resolvería el problema de tener que explicar quién soy a tu mami y a tu Papi.»

—¡Alto ahí! —exclama ella riendo—. Son cinco meses nada más, Dex —le recuerda—. Es decir, veinte fines de semana, lo que quiere decir que sólo nos hemos conocido cuarenta días.

—Y todavía hay quien dice que a las mujeres no se les dan las matemáticas —bromea Dexter—. Pero, oye, la verdad es que duele que te rechacen aunque trates de alejarte de esas cuestiones de ego masculino sobre las que Bly y sus camaradas siempre andan aullando en los bosques.

—No somos adolescentes —continúa Yo como si él fuera un adolescente que necesita un sermón—. Y no sé tú, amorcito, pero yo quiero estar bien segura la próxima vez.

—¡Pues, yo estoy seguro! —le dice, algo malhumorado. La ambivalencia es para las chicas norteñas cuyos padres las despachan al sofá del psiquiatra en vez de a campamentos ecuestres—. Somos perfectos el uno para el otro.

—Ay, Dex —lo arrulla ella, besándole los párpados.

Pero en esta ocasión no se va a dejar seducir y que ella le quite la idea de lo que él quiere.

—Vamos, Yo-*baby* —persiste él—. ¿Por qué no puedo ir a visitarte a Santo Domingo?

—Ya te lo dije. Es un mal momento para escándalos familiares. Mi tío es candidato a la presidencia otra vez.

—Pues trabajaré en su campaña, lo juro por Dios. Yo trabajé en la campaña de Jesse Jackson.

—Dex, lamento tener que decirte que no hay comparación posible.

Ella le ha dicho que aquello es una democracia, pero que esa palabra allá no significa lo mismo que aquí. Le ha dicho que su tío es muy buena gente, pero que está rodeado de consejeros y matones militares a quienes ella no les tiene la menor confianza. «¿Entiendes cómo es el asunto?»

Dexter revira los ojos. «Ni que fuera novio de Carolina Kennedy o algo por el estilo.»

Yo se ríe. «Más bien como uno de los hijos alocados de Bobby Kennedy.» Ella le ha contado que sus padres han renegado de ella y de sus hermanas varias veces por hacer lo que les ha venido en gana, que la familia guarda la distancia con ellas; aunque las quieren a más no poder todavía rezan y esperan que enderecen sus vidas. «El año pasado mis tías trataron de casarme con un viejo alcohólico dominicano. Lucía como de setenta. ¿Lo puedes creer? Hubiera terminado de enfermera. Pero me imagino que hubiera demostrado a todos que puedo ser una esposa sacrificada después de todo.»

—Pues entonces cásate conmigo y cuídame y así también puedes tener satisfacción sexual.

—¡Dex! —le da una bofetada juguetona. Cada vez que ella habla de que sus padres la niegan y de las tías con los rosarios enroscados en los dedos y los elegantes tíos postulados a la presidencia, a él le da la sensación de haber caído con la mafia o algo así. Le excita la intriga que parece reinar en la familia de Yo. Cada vez que ella lo visita, no puede contestar ni su propio teléfono porque el padre de Yo la puede llamar en cualquier momento. Se supone que ella esté en Washington haciendo investigaciones en la Biblioteca del Congreso y que se esté quedando con una amiga. «Es que yo simplemente no entiendo por qué una mujer adulta no puede hacer lo que quiera», piensa él.

—Yo hago lo que quiero —le riposta ella—. ¿Pero por qué se lo tengo que restregar en la cara? Papi tiene setenta y dos años, ¿cuál sería el propósito? Deja que se muera pensando que he recuperado mi virginidad después de cada divorcio.

A veces él se ríe, pero otras, como ahora, la confronta. «¿No se supone que eres feminista? ¿Cómo puedes dejar que tu padre te diga lo que puedes hacer con tu propio cuerpo?»

—Él no me dice lo que puedo hacer con mi cuerpo —le dice ella, enojada—. Pero no le tengo que decir lo que hago con él, ¿okey?

Y ahí es cuando ella lanza una perorata sobre las diferencias culturales, que, óiganlo bien, él nunca logrará entender. Una vez él trató de decirle que ser del Sur era como ser de otra cultura, pero terminaron en una acalorada discusión sobre la esclavitud, y él resultó ser el culpable de todo lo que han sufrido los negros. Hacía poco él había leído algo sobre los sueldos miserables que les pagaban a los trabajadores en las plantaciones de caña de azúcar en la República Dominicana. Pero decidió quedarse con la boca cerrada por el momento. Después de todo, su meta es obtener una invitación para visitarla allí.

Tal vez porque él está tan concentrado en convencerla, cuando suena el teléfono se le olvida y lo contesta. Yo se abalanza hacia el auricular, pero es muy tarde. Ya Dexter ha dicho: «Hola, ¿qué hubo?».

Una voz con un fuerte acento lo reta: «¿Y usted quién es?».

—Es la Pizzería Luigi, señor —dice él rápidamente—. Hoy tenemos una venta especial de pizzas con salchichón. ¿Lo puedo interesar en una grande?

—Oh —dice el padre con una vocecita calmada—. Perdóneme, número equivocado.

¡Perdóneme, número equivocado! Besos en los párpados y palabritas de cariño. A veces esta mujer es una feminista, a veces es la misma Inquisición. Hombre, ¿por qué te complicas la vida enamorándote de este pollito *spic* a los cuarentitantos? Pero, ¿cuándo en su vida ha hecho él lo más sencillo, como siempre le recordaba su padre?

Al cabo de varias semanas en la isla, Yo lo llama a media noche para quejarse. «No aguanto —dice—, mis tías me están volviendo loca. Quieren que vaya a confesarme.»

—¿Por qué? —pregunta él. Tiene una vaga idea de lo que hacen los católicos con los sacerdotes dentro de esas casillas de madera.

—Piensan que mi tío ganará las elecciones si todas nos reconciliamos con Dios.

—Pues ve, Yo-*baby*. Métete en ese roperito y pregúntale al cura si quiere hacer alguna otra cosita además de confesarte.

«¡Dexter!» Ella se oye verdaderamente irritada. Generalmente se ríe de sus chistes. Parece que aquel lugar la está afectando.

—Bueno, *baby*, pues entonces, regresa —le sugiere. Para Dexter el mundo es muy simple. Si la mierda te llega al cuello, no hagas ola. Por eso abandonó sus estudios universitarios. Todo el mundo aparentando ser tan inteligente. Aquel entra y sale de aulas con demasiada calefacción. ¿Pero qué otra opción existe además de no hacer ola?— Regresa a tu hogar, con tu viejito Dex, mi amor.

—¿Qué quieres decir con hogar? —le riposta. Su inglés ya ha adquirido un leve acento—. Mi hogar está aquí.

Huy, en eso sí que él no se va a meter. Ella no ha vivido en esa isla durante casi un cuarto de siglo. Trabaja aquí, hace el amor aquí, tiene sus amistades aquí, paga impuestos aquí, y probablemente se morirá aquí. A él le parece que ella sólo va a la isla a confesarse o a que renieguen de ella. Pero a pesar de todo, cada vez que habla de la R.D., se le humedecen los ojos como si estuviera tejiendo un abriguito o unos botines de estambre para la islita, como si ella misma la hubiera parido del vientre de su memoria.

Se acabó, él ha tomado una decisión: va para allá, quiéralo ella o no. «Es un país libre», le dice.

—No exactamente —le contesta ella, y luego añade—: No te atrevas, Dexter.

Pero esas cuatro palabras, como bien saben su madre y su padre, para Dexter son como darle la vuelta a la llave de ignición. Para el fin de semana ya ha comprado el boleto, pedido diez días de permiso en el hospital donde trabaja de enfermero, y acumulado suficiente mariguana en una caja de talco de bebé vacía que lleva en su botíquin para sobrellevar con tranquilidad la turbulencia de la familia de Yo. Cuando la llama para decirle que llegará al día siguiente, una afable voz masculina le contesta en perfecto inglés. «*Right oh*», le dice, como si Dexter hubiera llamado a una de las Antillas británicas en vez de a la R.D. Y se le ocurre que probablemente aquél es el tío postulado a la presidencia. «Buena suerte, señor», le dice antes de que Yolanda se ponga al teléfono.

—*Right oh* —le dice el tío de nuevo.

Dexter le informa a Yo de su inminente llegada. La oye tragar en seco, y rápidamente un «ah, no me digas», y un «gracias por avisarme», lo cual indica que el tío debe estar todavía en la habitación. En cuanto se queda sola se nota la diferencia: «Te voy a matar, Dexter Hays. Te lo juro».

Por un momento se pregunta si la debe tomar en serio. En las películas, cuando se les lleva la contraria, las latinas son capaces de cualquier cosa. Pero aquí él comete el mismo error que ella. Yo es más americana que el pastel de manzana. Bueno, digamos, más americana que un taco de Taco Bell. Ella dice que la prueba de fuego es si dices Oh o Ay cuando te martillas un dedo. En varias ocasiones en que ella ha tropezado camino al baño de noche en el apartamento de él, lo que ha gritado ha sido «¡mierda!». Él se pregunta qué será lo que eso prueba acerca de ella.

Pero Dexter sabe que Yo no lo va a hacer picadillo con un machete en el aeropuerto. «Tu tío es candidato presidencial, acuérdate. No vas a arruinar su carrera política cometiendo un asesinato en vísperas de las elecciones, ¿verdad?»

—¡¿Estás tratando de chantajearme?!

En su voz Dexter percibe el sonido de algo metálico que se afila y toma la retirada. «No *baby,* te estoy enamorando. Te extraño mucho. Hasta me corté el rabo de caballo. Me quité la piedra del nacimiento de la oreja. Y me cortaría hasta las bolas y llego disfrazado de amiga tuya si fuera la única solución.»

—En ese caso, ¿de qué me servirías? —le dice en una voz que lucha por mantenerse seria. Él la intuye meciéndose como una de esas palmas en un huracán de los que se ven en el canal meteorológico. Es cierto que a Yo nunca le faltan las palabras, pero Dexter es un campeón de la labia. La jefa de enfermeros en la sala de urgencias dice que Dexter inventó la cura con palabras antes que los psiquiatras se hicieran ricos con la idea—. Pasaré por sólo un amigo, okey. Iré a confesarme contigo. Haré lo que quieras, pero deja que mis ojos hambrientos se den un banquete con tu hermosa presencia.

—Vaya —suspira Yo. En el trasfondo Dexter escucha la explosión de cohetes, o quizá de balazos. Por un momento alucinante se pregunta si regresará vivo de aquel viaje—. Les voy a decir que eres un amigo periodista —dice Yo—. Y que vienes a cubrir las elecciones para tu periódico. Trae una grabadora.

—Es un *tape deck* —le recuerda Dexter, y antes de terminar de decirlo se quiere morder la lengua. Una simple excusa es todo lo que ella necesita para cancelar su participación estelar en el drama que prepara—. Pero puedo ir a comprar una grabadora portátil. Wall-Mart está abierto hasta las diez.

—Dexter, trae lo que sea, ¿okey? Todo lo que tienes que hacer es prenderla. Lo importante es que la cinta se mueva.

—Okey, okey —él asiente al resto de las condiciones que ella le impone. Pero cuando cuelga, siente un gran desasosiego y lo asalta la duda de si ha estado saliendo con una enajenada mental. A él nunca le ha gustado que Yo le mienta a su familia. Él siempre se le había plantado a sus padres, desde que estaba en la preparatoria, y luego cuando abandonó la universidad. Eso es lo que hay. Lo toman o lo dejan. Pero, bueno, al menos las mentiras de Yo son comprensibles, la buena hija tratando de evitarles sufrimientos a sus padres. No hay que ser un latino chapado a la antigua para entender eso. Miren a su hermana Mary Sue, que aparenta obedecer los dictados de su madre de que no la toquen allá abajo, cuando en realidad culipandea por todo Carrboro, donde ahora vive, una madre divorciada con tres niñitas preciosas que no —y nadie puede convencer a Dexter de lo contrario— que *no* se parecen en nada.

Pero esto es diferente. Las fábulas de Yo no son sólo para proteger los sentimientos de alguien ni su propio trasero. Es como si el mundo fuera un juguete y ella pudiera tomar la verdad y hacer con ella lo que quiere. Él comienza a dudar de todo lo que ella le ha dicho. ¿Será verdad que su tío es candidato presidencial? ¿Será latina, soltera y maestra en Nueva Hampshire? ¿O será una agente secreta del FBI con un marido y cinco hijos en Maryland? De repente el mundo le parece demasiado complicado, un mundo que no es sencillamente en blanco y negro, sino una cambiante interacción de sombras, tan diferente a las luces brillantes y los *rockets' red glare* de Dexter.

Dex es todo ojos cuando la limosina se desliza por la carretera de entrada y pasa la caseta de los guardias en el portón. A su lado, Yo levanta la mano sin pensar, devolviendo el saludo como un personaje en uno de esos desfiles de confetti de Estados Unidos. «Qué condenado calor, mi amor», le dice él echándole el brazo por los hombros, posesivamente.

—Dex —apunta con la barbilla hacia el chofer—. Acuérdate.

Él le guiña el ojo exageradamente mientras le quita el brazo de encima. En el espejo retrovisor, ve al chofer espiándolo. También le guiña el ojo al joven, quien responde con un leve movimiento de cabeza. Dex se pregunta si debe darle una propina para que se calle la boca. Se sentía como si se hubiera extraviado en un mundo de rufianes y aún no había descifrado las reglas del juego.

Pero ya Yo le ha explicado la logística del terreno: él se quedará en la cabaña de la piscina de la tía Flor. Yo estará al otro lado del jardín, en casa de la tía Carmen. «¿Y el jardín está bien alumbrado por la noche?», preguntó Dexter con aparente inocencia. Yo le echó una mirada de advertencia. Estaban todavía en el aeropuerto donde ella se había encontrado con un puñado de primas que casualmente llegaron en el mismo avión. «Te lo dije, que aquí casi todo el mundo está emparentado. Aquí estamos como en una vitrina.»

Se quedarán en la capital por una semana, en el recinto familiar; y después de las elecciones se irán al norte de la isla a pasar un fin de semana en la costa. Lucinda, una de las primas de la cual Dexter ha oído hablar mucho, le contó a Yo de un discreto balneario donde no va nadie de la vieja guardia. Está muy lejos y es *très funky*. Los dueños son una pareja francesa: el marido ofrece masajes, personales y no-personales; la esposa se quita el *brassière* del bikini en la piscina, y no sólo para acostarse boca abajo a tomar el sol. La mayoría de las dominicanas de crucifijo se espantaría ante tal espectáculo. Pero esas que Yo llama «las primas de pelo-y-uña» no son nada medrosas y parecen estar tramando una revolución feminista bajo una nube de rocío de laca para el cabello y sombra para los párpados. Entre ellas está Lucy la zorra, de quien Dexter dice ya estar medio enamorado sólo de oír los cuentos de Yo.

—¿Pero cómo vamos a llegar allí sin que nadie se entere? —pregunta Dex intrigado.

—Yo soy tu guía —ahora le toca a ella guiñar el ojo—. Tú eres un periodista que quiere observar cómo funciona la democracia en el interior del país —una extraña sonrisa le aflora en los labios, la sonrisa de alguien que verdaderamente disfruta sus mentiras.

De nuevo un extraño malestar invade a Dexter. ¿La familia no se da cuenta o es que son imbéciles? Se pregunta si un hombre que no se da cuenta de los inventos de su sobrina debería ser presidente. «¿Y tu familia se tragó ese cuento?»

—Claro que sí —Yo le da un revirón de ojos—. De todos modos, aquí todo es un gran cuento. Todas las tías saben que sus maridos tienen queridas pero se comportan como si no supieran nada. El presidente es ciego pero hace creer que puede ver. Cosas así. Es como una de esas novelas latinoamericanas que en Estados Unidos piensan que es realismo mágico, pero así es como son las cosas en realidad.

Y con esa pequeña introducción y un apretón de manos, llegan a una casa tipo estancia, grande y elegante, con puertas de corredera de celosía. Un par de sirvientas con uniformes color salmón con cuello blanco atisban desde la puerta de atrás y saludan a Yo con un movimiento de la mano. Enseguida una de las tías avanza hacia ellos por entre las orquídeas que crecen a ambos lados de la entrada cubierta. Lleva en la solapa un botón de campaña con la foto del tío buen mozo y detrás de ella una camada de sobrinos y sobrinas, todos luciendo los mismos botones. Uno de los chiquitines tiene el pecho lleno de ellos como si fueran medallas. Bienvenido —la tía sonríe afablemente—, ¡bienvenido a la tierra que más amó Colón, mister Hays!

Por un momento él duda si logrará llevar a cabo el plan. Una señora tan agradable con una sonrisa para iluminar el universo. Pero las palabras le salen de la boca sin el menor esfuerzo. «Por favor, dígame Dexter. Estoy muy contento de estar aquí. Soy un gran simpatizante. Y pienso que en nuestro país deben estar mejor informados sobre el avance de la democracia al sur de la frontera.»

Ha dicho demasiado. Todos se quedan un poco pasmados con su discursito. Se oyen las risitas de las sirvientas, y una de las niñas pelinegras, una réplica de Yo, le jala el brazo con impaciencia. Quizá ya todos sepan quién es él, y toda esta pretensión no sea más que una fórmula para que todos se sientan más cómodos. Lo mismo que estas elecciones democráticas que —según escuchó en el avión— serán patrulladas con tanques en las calles.

«Okey —piensa él—. Ya entiendo. Sigue la corriente. No trates de hacer el cuento realidad».

El jardín está bien iluminado por la noche, con linternas chinas a intervalos en el sendero de adoquines. Pero cada vez que echa a andar hacia la meca iluminada del dormitorio de Yo, Dexter tropieza con otro tío, que le da una palmada en la espalda, y le pregunta si tiene todo lo que desea. Es una pregunta extraña cuando él está a punto de obtener su deseo, pero, sí, le contesta cordialmente, todo está muy bien, muchísimas gracias.

Y noche tras noche, aquellos tíos o primos o quienquiera que sean, le dan la vuelta y lo dirigen hacia uno u otro patio techado, todos con enrejados de madera chorreando trinitarias y bares de caoba. Tal vez todos sean el mismo patio, tal vez no. Un patio se parece tanto al otro. El recinto es un laberinto de senderos y plantas, caricaturas de las que él conoce en Estados Unidos. Dexter nunca ha visto unos hibiscos tan grandes, cada flor del tamaño de un plato, y las encrespadas frondas de los helechos son tan gruesas como la trompa de un elefante. El tío o el primo o el sirviente le ofrecen un trago de ron o un Presidente para la buena suerte en la campaña, y Dexter termina medio borracho, que casi no encuentra el camino hacia su propia habitación, y tropieza con los crotos y tumba sobre sí una lluvia de hibiscos colosales.

A la mañana siguiente, durante el desayuno, ve en la cara de Yo la expresión de que él le había fallado. Como si de nuevo tomara la ficción demasiado en serio, haciéndose el periodista tanto de noche como de día.

—No es eso —le susurra él cuando están solos un momento—. Es como si tus tíos tuvieran radar. Siempre me cortan el camino.

Ella mueve la cabeza: «Ay, Dexter. Tienes que ser más listo que ellos». Pero no lo logra, aunque trate rutas diferentes siempre tropieza con una de las innumerables piscinitas que abundan por los patios, y se le empapan los pantalones nuevos. Cuando los perros comienzan a ladrar desenfrenadamente y varios serenos convergen en él, apuntando linternas en su cara, Dexter tiene una breve imagen de Winnie Sutherland, moviendo la cabeza en un no-te-lo-dije. Ella tiene razón. Él nunca va a poder sobrevivir en este mundo de jaibas. Mejor será que flote boca arriba y sople chorros de agua clorinada hacia las brumosas estrellas lejanas.

El día de las elecciones, Lucy la zorra, seguida de un rebaño de chiquillas, sorprende a Dexter fumando detrás de la cabaña. Ella las pastorea hacia la piscina, cada una lleva un minúsculo bikini, y el de Lucinda no es mucho más grande que los de las niñas, aunque ella lo cubre con modestia con un kimono corto. Con sus diáfanos pliegues sedosos, la bata se le antoja a Dexter más erótica que las brillantes tiritas de spandex que Lucinda lleva debajo. Una sirvienta, vestida de blanco y cargando una pila de toallas, lleva la retaguardia.

—Buenas, Dexter —Lucinda lo saluda. Está toda maquillada. Mirándola del cuello para arriba es difícil creer que de verdad va a nadar—. Portándote mal, ¿eh?, ¡fumándote un cigarrillo!

Rápidamente, Dex cambia la posición de los dedos y en vez del método pinza con índice y pulgar, agarra el pito de mariguana como si fuera un cigarrillo. Se pregunta si logrará embaucarla. Por lo que se dice de Lucinda ella conoce la diferencia.

—Eso es dañino para su salud —le dice una de las chiquillas mayores en un inglés con leve acento británico—. Mami dejó de fumar. ¿Verdad, mami?

Lucinda asiente con falsa seriedad. Es difícil creer que Lucinda la zorra deje de hacer nada que le dé placer.

—Huele feo —declara el minúsculo clono de Yolanda haciendo muecas. Habló en español, pero Dexter le entendió todo perfectamente. Será que su español de preparatoria se mantiene mejor de lo que pensaba o que esa fruncida naricita respingada es toda la traducción que necesita.

—Es un cigarrillo americano —le dice la sabelotodo mayor. Sabiamente, Dexter tira el cigarrillo al piso y lo aplasta con el pie mientras les sonríe a todas las niñas bonitas. Ellas lo miran de pies a cabeza como adultas, chequeándole las piernas flacas que le sobresalen de sus bermudas de segunda mano, y la bragueta, la cual él nota que está abierta. A pesar de que es un adulto con un estuche de afeitar lleno de mariguana y condones sin usar, se siente fuera de onda ante este rebaño de niñas sofisticadas.

—¿Y Yo dónde está? —pregunta Lucinda, mirando sobre el hombro de Dexter como si Yolanda estuviera escondida a sus espaldas.

—Oh, a ella le gusta escribir un par de horas por la mañana.

Lucinda da un revirón de ojos debajo de sus pestañas postizas. Dex advierte el parecido: una Yo hechicera, una versión condensada del *Reader's Digest* de una espinosa novela literaria.

—No quiero decir escribir de verdad, sabes. Ella lleva un diario. Eso es lo que quise decir.

—No me digas —suspira Lucy—. Bueno, pues, ven con nosotras entonces —media docena de los más dulces ojos achocolatados duplican, triplican, sextuplican la invitación.

Pero pasando revista al grupo, Dexter observa el semblante de sufrimiento de la joven sirvienta. Es algo que siempre lo afecta, un sentimiento de culpa sureño que sale a la superficie y le dan ganas de rescatar a las sirvientas de sus uniformes de colores en clave. «Por favor —dice, tratando de quitarle las toallas. La sirviente niega con la cabeza, apenada—: No, no señor».

Ésta lleva un uniforme totalmente blanco, lo cual significa que es una niñera. Una de las tías le explicó el sistema. La cocinera va de gris, aunque tiene una versión de gala con cuello y delantal blancos; la niñera va toda de blanco; las dos sirvientas de la despensa llevan uniformes color salmón con cuello blanco; el uniforme de la criada de la limpieza es todo negro, aunque también tiene una versión de gala con cuello blanco. «¿Va usted a poner esto en su artículo», le preguntó la tía.

Ayer mismo Dexter le regaló la grabadora al chofer. ¿Para qué continuar pretendiendo? El tío presidencial está de viaje casi siempre. Dexter duda que llegue a conocerlo, mucho menos a «entrevistarlo». Nadie en la familia parece molestarse de que el periodista no esté haciendo mucho periodismo. Qué se le va a hacer. De todos modos, Dexter le regaló su camisa hawaiana color azul pavo real y anaranjado al jardinero, quien se la llevó puesta al terminar su trabajo esa tarde. Una de las tías lo vio y dijo, «Ay, Dios mío, miren la camisa de chulo que lleva Florentino». Bueno, era obvio que Dexter nunca iba a encajar en aquella familia. Era como estar en el rodaje de una película donde los técnicos sufren de amnesia y piensan que aquello es la vida real.

Mientras tanto, las relaciones con Yo se van deteriorando. El cuento que él le hizo a Lucy de que Yo necesita tiempo por la mañana para escribir en su diario era sólo eso, un cuento. Por lo menos Dex está adquiriendo ese arte de salir con cuentos. Esta mañana tempranito Yo se coló en su cabaña. («¡Ves como sí se puede hacer!», se vanaglorió.) A él se le iluminaron los ojos. Un encuentro de pre-desayuno entre las sabanas, *¡yeah!*

Pero no, Yo había venido a discutir algo con él. Se suponía que partirían mañana hacia la costa, pero las cosas podían ir de tómbola por varios días después de las elecciones. Por qué no cancelar la visita al balneario y quedarse aquí durante el resto de la visita de Dex.

A Dexter se le cayó la cara. Todos esos largos días había fantaseado sobre la francesa del hotel cocinándose las tetitas en el sol tropical. Excepto que, por supuesto, la francesa tenía la cara de Yo, y las manos, y los pies, etcétera. «Pero, pensé que querías que pasáramos algún tiempo solos.» Dex detestaba lo quejumbrosa que le salió la voz.

—¿De qué hablas? ¡Si aquí nos pasamos el día juntos! —ella le daba vueltas y vueltas a una pulsera que llevaba en una de sus delgadas y bronceadas muñecas. Él quería besarle aquella muñeca. Quería demostrarle cuánto la había extrañado durante su mes de regreso al siglo XIX. ¿Por qué, si ella es tan buena cuentista, por qué no puede inventarse una mentirita sobre su necesidad de relaciones sexuales para combatir una enfermedad incurable? Si Dexter puede ser un periodista del *Washington Post,* ¿por qué no podía ser un médico del Centro para el Control de Enfermedades Contagiosas?

—Bueno, Dex, mira, te prometo que esta noche yo vendré aquí, ¿okey? —echó una mirada en derredor, como explorando el terreno para el subterfugio de esa noche. Pero Dexter no estaba satisfecho. Se había vuelto ambicioso en sus fantasías. Él quería uno de esos masajes personales—. También te doy uno esta noche —dijo Yo con una sonrisa—. Vamos, Dex, amorcito. Así podemos darle nuestro apoyo a mi tío después de las elecciones.

—Yo ni siquiera he visto a tu tío. Además, él tiene todo un ejército de tanques por ahí para apoyarlo.

Con eso la quijada de Yo cayó en picada y la cara se le encendió de indignación. «¡No puedo creer que hayas dicho eso!»

—Estoy bromeando —añadió él, alzando las manos para mostrar que no estaba armado.

Sus bromas no la divertían en lo absoluto, le informó ella. Estaba harta, vomitativamente harta («no existe tal palabra», él le arguyó), harta de tanta crítica a su familia. Ellos no eran perfectos, pero habían sido muy amables y muy hospitalarios y así es como él les pagaba.

—¡Pero si tú misma los criticas constantemente! —le respondió—. Y déjame recordarte —continuó— que ellos no me dieron la bienvenida a mí, sino a un reportero ficticio del *Post* —de pronto sus quejas le parecieron más profundas de lo que se había percatado. La irritación que había sentido al no poder decirles que era enfermero, al no poder usar su arete y las banditas de goma en la muñeca para el rabo de caballo, ahora le llegó muy adentro y recrudeció el rechazo todavía quemante de cuando Winnie Sutherland le informó que lo dejaba por Donald Masa-fofa porque él, Dex, era un fracasado, un tipo que nunca se encontraría a sí mismo—. Me transformé para complacerte a ti, a tu familia rififí, y tú no puedes sacar tres cabrones días para pasarlos conmigo.

—Por favor, no me digas palabrotas —dijo Yo con un repentino ataque de dignidad. Se paró altiva, como si se sacudiera el polvo de encima.

Iban directo a un serio encontronazo y él no quería tener una pelea seria en un país donde no conocía a nadie más que a ella. Ambos necesitaban calmarse. Un pitillo de mariguana seguramente les vendría muy bien en ese momento. Cometió el error de sugerírselo.

—¡Fantástico! Precisamente lo que necesita mi tío, drogas en su casa. ¿Dónde tienes el cerebro, Dex? —sacudió la cabeza con exasperación.

Y seguidamente él dijo lo inapropiado, pero esta vez lo hizo a propósito. «Es como si todavía no hubieras crecido ni te hubieras separado de tu familia.»

—¡Eso que has dicho es una gringada! ¿Por qué voy a querer desprenderme de mi familia? ¿Y para qué? ¿Para vivir como tú, separado y solo sin ninguna verdadera conexión con tu historia?

—¿Es eso lo que tienes tú, una *verdadera* conexión? ¿Qué me dices de todos tus cuentos y mentiras?

—¡Ay! —gritó, abofeteando el aire hacia él. Ahora estaba en la puerta, el temperamento fogoso, que también había visto en las latinas de las películas, desbordándosele por los ojos. Y súbitamente, al verla así, tan terca y malhumorada, se sintió inseguro del apartamento compartido con batik en las paredes, el colchón en el piso, la parejita de hija pelinegra e hijo a juego, las vacaciones familiares en Yosemite. «No debí haber venido —admitió—. Debí haberme quedado en casa».

Él no sabe si escuchó esto último, ya que ella había salido como un cohete de la cabaña. Esperó unos minutos con la esperanza de que regresara a pedirle disculpas por el cambio de planes, o por lo menos a porfiarle algo más. Finalmente, se escurrió por la puerta trasera. Y fue mientras calmaba su corazón herido fumándose un pito detrás de los arbustos, que lo sorprendieron Lucinda la zorra y su manada de Yolanditas.

—Bueno, ¿vienes con nosotras? —Lucinda mira sobre su hombro hacia Dexter, que todavía está tratando de persuadir a la niñera que le deje cargar las toallas.

—Seguro —dice él, y sigue la fila de adorables culitos. Pero hoy no los puede disfrutar. Siente que la jaula de su corazón se ha abierto de repente, dejando escapar para siempre el vistoso pájaro que pensó era suyo.

Esa noche Dexter se lanza una vez más al laberinto del recinto en busca de Yo. Gracias a Dios por las linternas del jardín, ya que las luces de las casas están apagadas, y que todos parecen dormir —si es que eso es posible—. De vez en cuando se sienten estallidos de cohetes o de pólvora o tal vez de truenos —es, después de todo, una noche oscura, sin un asomo de estrellas en el cielo borroso—. Dexter se asombra de cómo aquel lugar ha tejido redes a su alrededor, de que lo último que se le ocurre pensar es en el sonido de los truenos, lo cual sería lo más natural. Probablemente aquellos estallidos son un ensayo de revolución. Ya debe saberse el resultado de las elecciones. Aquella tarde, cuando trató de reservar un asiento de avión para el día siguiente, la joven en el teléfono le dijo: «Está confirmado, pero por favor llamar mañana a ver si el avión sale».

—¿A ver si el avión sale? —Dexter repitió a la joven del fuerte acento—. ¿Qué clase de confirmación es ésa, señorita mía?

Hubo un momento de silencio y luego un suspiro que se escapó para que él lo oyera. «Mañana se sabrá el resultado de las elecciones», le explicó la joven como si él fuera un niño que no lograra entender las cosas más elementales.

Esa tarde él había tratado de encontrarse con Yo a solas por un momento para decirle que se iba al día siguiente, pero el recinto estaba lleno de gente que había venido a desearle buena suerte a la familia. El tío todavía estaba de viaje, haciendo campaña en algún lugar, pero se le esperaba esa noche después de que cerraran las urnas electorales y antes de que los tanques comenzaran a rodar por las calles de la capital. Por toda la casa había grupos abigarrados de gente frente a pantallas de televisión tan enormes como las que había visto en algunos bares de Atlanta. Sirvientas con uniformes de todos los colores y rayas pasaban bandejas llenas de canapés de lo que parecía ser pan Wonder y queso Velveeta. «Delicioso», les aseguraba Dexter a las sirvientas para que no se ofendieran, cada vez que rehusaba uno de aquellos bocadillos. Se le ocurrió que, en cuanto a comida se refiere, lo que es una exquisitez en un país es pura bazofia en otro.

Mujeres bellísimas lo cogían del brazo y le preguntaban qué pensaba él de este país enloquecido, y él sonreía, consciente de que Yo no le quitaba los ojos de encima. «Gente muy agradable —decía—. Especialmente las damas».

Al rato, Lucinda y una pandilla de primos adultos salieron en una caravana de automóviles a tomarle el pulso a la ciudad. Y sin saber cómo, él cayó en aquella redada —aunque cuando desembarcaron en el Hotel Jaraguá, se dio cuenta de que Yo no estaba entre ellos—. Bebieron y bailaron, y más tarde, a petición de Lucinda, él sacó sus cigarrillos «americanos», una marca que a los primos de la R.D. no les era totalmente desconocida. Para cuando el grupo regresó a casa al filo de la medianoche, los cohetes o tiros habían comenzado. Dexter se quedó dormido inmediatamente pero lo despertó una andanada de algo muy cercano. Allí fue cuando de pronto se empeño en buscar a Yo. Por lo menos tenía que tener un *tête-à-tête* de despedida —y eso sería lo más que se acercaría a lo francés en aquella isla—. También le quería demostrar a Yo antes de irse que él podía ser más listo que los tíos y su sistema de radar.

—No hablar español —Dexter le contesta, temeroso de que la figura pueda desenfundar un revólver y dispararle a este intruso vagando por el recinto a media noche—. Soy Dexter Hays

—añade, con la esperanza de que ése sea uno de los tíos que se ha encontrado anteriormente y con los que ha tenido que compartir unas copas nocturnas.

«Dexter Hays... Dexter Hays.» El hombre revisa su Rolodex mental tratando de identificarlo. Le hace un gesto para que se acerque a la luz para ver si lo reconoce.

Una vez que se le acerca, Dexter reconoce la cara bien parecida de un hombre maduro, una cara ya famosa por la repetición en botones, periódicos, vallas, afiches, televisión. «Soy amigo de Yo», le explica y le extiende la mano al hombre.

—*Right oh* —dice el tío—. El periodista del *Post.* ¿Qué le parece un trago? Yo me estoy echando uno antes de que empiece el *pandemonium.*

Dexter queda impresionado de que el hombre use una palabra como *pandemonium* —como si tuviera un sentido irónico acerca de la campaña electoral en la que se encuentra involucrado—. Es como si, secretamente, detrás de la fachada de éxito y aplomo a lo Donald, dentro del elegante tío existiera una veta de libertad bohemia a lo Dexter. Y de repente, a punto de su partida, Dexter quiere que alguien sepa quién es él en realidad. «En realidad, señor, no soy periodista», le confiesa.

—¿Oh? —el tío lo mira con curiosidad y una sonrisa se le asoma en el rabo de los ojos. El cutis lo tiene tan liso que Dexter se pregunta si será que siempre tiene puesto el maquillaje para la televisión—. ¿Usted no será de la CIA o la USIA o el FBI o algo así?

—No, señor —Dexter le contesta, aumentando el acento sureño para parecer más ignorante y agradable—. Estoy aquí porque... bueno, porque soy el compañero de Yo —dice la palabra compañero en español—. Más bien, intento ser su compañero —agrega.

Bueno, allá va eso, piensa Dexter. Se toma el resto del ron de un tirón, preparándose para una bofetada o un reto a duelo o cualquier otra cosa que ellos acostumbren a hacer en tales circunstancias.

Pero el tío elegante se ríe. «Bueno, joven, parece que los dos vamos a necesitar suerte. ¡Ojalá que los dos ganemos!» El tío presidencial choca su vaso con el de Dexter, termina su trago, le echa un abrazo, indicándole con la cabeza el camino hacia la habitación de Yo donde todavía brillan las luces, y luego desaparece.

En la puerta de la habitación, Dexter escucha por un momento antes de llamar. Se oye una silla que se arrastra por el piso. «¿Sí?», responde una voz, una voz que todavía le tira los lazos del corazón.

Le da vuelta a la manilla y la puerta abre hacia una pequeña habitación llena de libreros, cuyos anaqueles no contienen libros, sino floreros, mujeres de cerámica con cestas en la cabeza, y otras chucherías. Hay un sofá que se ha convertido en cama, y una almohada recostada en uno de los brazos. A su lado, en el escritorio, Yo está sentada; una lámpara ilumina la libreta donde ha estado escribiendo.

Ella se sorprende de verlo allí, y por un breve instante, Dexter piensa que le va a decir: «Mi héroe, lograste evadir a los astutos tíos». Pero ella contrae la cara.

—¿Qué quieres? —le pregunta, observándolo detenidamente. Dexter se siente igual que en la piscina cuando el ejército de chiquillas le pasó revista.

Se sienta en un brazo del sofá, con los ojos bajos, y mira la libreta donde observa las curvas familiares de la caligrafía de Yo. «*Baby*, *baby* —le dice, besándole las manos—, ¿qué sucede?».

Las facciones se le relajan en esa expresión que precede a las lágrimas. «Yo pensé que mi familia te iba a encantar —ella dice con voz lacrimosa—. Pensé que ibas a ser feliz aquí».

Por un instante sentí la misma tentación de inventar cuentos que Yo debe sentir. Y decirle: «Por supuesto que puedo ser feliz aquí. Puedo encajar perfectamente con los tíos elegantes y las primas y los sirvientes que son más sofisticados que yo. Por ti me puedo transformar en un masa-fofa dominicano y dejar que el chofer guíe el Mercedes». Pero Dexter sabe que está demasiado viejo para una transformación profunda. «Me caen muy bien —le asegura—. Son interesantes y muy amables... Dios mío, hasta me recuerdan a mi familia con su legendaria hospitalidad sureña. Pero *honey baby*, yo me fui de casa hace unos veinte años. No quiero regresar».

—Pero tu familia —comienza ella a decir.

—Mi familia somos tú y yo —le da un beso en la frente. Le parece el lugar más apropiado para un beso en ese momento.

—Yo no puedo vivir así. No concibo mi vida sin el resto del clan que me recuerde quién soy.

—Lo sé —dice él asintiendo con tristeza. Es como si finalmente hubiera tocado en la puerta acertada. Cenicienta contesta, y la zapatilla le sirve, pero se encuentra en el cuento de hadas equivocado. Su príncipe se supone que despierte a una bella durmiente, no que le encaje el zapato a una princesa despierta.

—¿Qué vamos a hacer? —le pregunta ella. Tiene una expresión tan abierta y confiada como si creyera que él, Dexter Hays, pudiera inventarle un desenlace feliz a la historia.

—¿Qué tal uno de esos masajes personales? —bromea. Pero la expresión de tristeza en la cara de ella refleja su propia tristeza. Ninguno de los dos está de humor para masajes.

—Me pregunto —ella se pregunta en alta voz— si nos hubiéramos dado cuenta de todo esto, si tú hubieras venido.

Y así, en la última noche que pasarán juntos, se acuestan en el pequeño sofá y se quedan dormidos al son de los cohetes. Mucho más tarde, cuando la luz del día comienza a penetrar por las celosías, Dexter oye sonar el teléfono para anunciar que el tío presidencial también ha perdido la partida.

Tercera parte

Los invitados a la boda
Perspectiva

Le hubiera gustado decir: Amigos y familiares, estamos aquí reunidos para celebrar este enlace entre Douglas Manley y Yolanda García, lo que significa —como pueden ver— un encuentro de vidas fructuosas y de muchas historias, la unión de todos ustedes.

Pero a él no le gusta hacer derroche de elocuencia al aire libre. Una cosa es entonarse bajo los arcos interiores, en la vaga luminosidad de St. John y otra cosa es aquí afuera, en este caluroso día de mayo en medio de un prado junto a una finca de ovejas, bajo un groto de nogales que dejan caer sus abundantes bellotas (las ardillas estarán felices este año) sobre la turba de invitados.

Frente a él está su viejo amigo, Doug, a quien conoce y no conoce como sucede con la mayoría de las amistades, llenas de revelaciones y recelos. Lo conoce desde los tranquilos años de su primer matrimonio, los años aparentemente tranquilos, las reuniones del comité de construcción de la iglesia para discutir el arreglo del techo, el establecimiento del albergue para mujeres maltratadas en el sótano: ¡hombre, cómo tuvieron que luchar contra la vieja guardia para lograrlo! Lo ha visto crecer en magnitud, si es que ésa es la frase correcta para un hombre tímido que siempre está en la mejor disposición de ayudar en el quiosco de la comida en el bazar y de dar la segunda lectura, que es generalmente más rápida y más fácil que la primera, del Antiguo Testamento, lleno de nombres tan difíciles de pronunciar, pero que preferiría no tener que caminar hasta el altar a recibir un prendedor de Ángel de la Parroquia por sus contribuciones a la iglesia de St. John. Lo ha observado y ha visto descender sobre él un hastío, una ausencia de espíritu, sobre el cual ha querido hablarle a Doug, pero nunca lo ha hecho aun después de que los rumores se filtraron, a pesar de la vigilancia que él, como ministro, mantenía sobre ese modo de enterarse de las cosas. Ha rezado con él y por él cuando el mismo Doug vino con la noticia de promesas destruidas, el naufragio de su matrimonio, una casa construida sobre una roca movediza como la arena. Y luego los años duros, los años de batalla.

Le gustaría decir: «Doug, he aquí la promesa de renovación. He aquí tu compañera, el cordero en los arbustos que te salva de sacrificar tu felicidad».

Pero entonces, debe hacer casi ochenta grados de temperatura aun bajo la sombra de estos árboles. Más allá de Doug y Yolanda puede ver las montañas brumosas, indefinidas en el calor. Le conviene ser breve. Pero le gustaría decir algunas de estas cosas.

Junto a su padre, mordiéndose el labio, está la hija del primer matrimonio, ahora a la deriva entre familias, tratando de contener las lágrimas.

Le gustaría decir: «Corey, las cosas van a mejorar, te lo prometo. El dolor tiene fin, hay un punto inmóvil en el mundo que gira». Pero sabía que de hablarle a una adolescente en aquel tono santurrón, lo más que recibiría como respuesta sería un vete-al-carajo. Recuerda cuando derramó agua bendita sobre la frentecita arrugada, y los gritos encolerizados, las piernitas pataleando debajo de la batita de bautizo que era demasiado pretenciosa para aquel pedacito de persona, y también recuerda que, cuando él entonó su nombre, una súbita paz descendió sobre las minúsculas facciones de la niña, como si eso fuera todo lo que ella esperaba: un lugar en el mundo, el mismo que ahora le quitaban.

Realmente no sabe qué decirle a la joven.

Y al otro lado de Corey, como soportes en este momento de saber que no vivirá el cuento feliz que ella desea —su Mamá y su papá juntos, buscando huevos decorados en la buhardilla— están sus abuelos, los padres de Doug, con la misma, pero más cansada, versión de la cara de la nieta, la cara de Doug. Gente sencilla y tierna. Y siempre le viene a la mente aquella frase: «La sal de la tierra, bienaventurados los humildes, bienaventurados sean los de limpio corazón».

Aquí y allá divisa caras conocidas de más de veinte años en esta parroquia de Nueva Hampshire, amigos y familiares de Doug, a quienes ha conocido en las cenas de la iglesia y en cenas sociales junto a los lechos de los enfermos en hospitales y fosas en los cementerios. Él conoce sus crisis espirituales, sus buenas acciones y sus no-tan-buenas acciones. En sus trajes de colores pastel, chaquetas asargadas y vestidos de algodón; con su tranquila gracia, sus voces educadas, bien moduladas (después de todo, estamos en un pueblo universitario): éstos son los feligreses que él ha pastoreado. De ellos, y a ellos, podría —en su mayoría— hablar con sinceridad.

Y más allá, con destellos de colores vibrantes, voces altisonantes, y el tañido de, casi quiere decir arpa y tamboril, como las hijas de los hombres de *Genésis* seis, versículos uno al cuatro, que incitan, con ofrendas de carnes tiernas y golosinas, a bajar de los montes a hombres serios, llegan los parientes y amistades de Yolanda García.

Entre los de ella se siente mudo y descolorido. La tarde ha estado llena de peleas y reconciliaciones según se reúnen y mezclan en este prado, el padre y la madre que están enojados con una de las hijas, una hermana llorosa que se abraza a una tía anciana, dos amigas que se gritan: ay-Dios-míoqué-tal. Ha escuchado el susurro de palabras casi bíblicas: «negar, redimir, bendecir, morir en paz». Ya sabe por el chisme que le llegó antes de ponerse el hábito que cuelga en un gancho en la camioneta, antes de que la gente supiera que él era «el cura» (parece que todos los parientes son católicos), que uno de los ex de Yolanda está presente, y que va a leer un poema de Rumi, que la atractiva mujer de tez más oscura es la hija de la sirvienta, que la mejor amiga, la del ceñido leotardo negro y el perturbador corpiño de encaje, ha traído consigo a todo su grupo de terapia. Entre ellas hay dos lesbianas, una acompañada por dos bebitos, ¿cómo pasó eso? El mundo está lleno de sucesos y misterios. Que Dios los bendiga a todos, Dios los bendiga, es todo lo que puede decirles. Quizá eso los tranquilice, quizá con las palabras precisas él logre unirlos momentáneamente, como una congregación en una ladera de Nueva Hampshire un día caluroso a fines de un mes de mayo.

Y en medio de este clamoroso clan, este caleidoscopio de colores, divaga la novia, Yolanda García, vestida de túnica y pantalón gris. Se ve casi apagada entre tanto retintín y revuelo emocional, como si en su cabeza tratara de ensartar en el mismo hilo a todas aquellas gentes, como un edredón de retazos de vidas diferentes, una colección de perspectivas.

Ella se para por un segundo junto a la fuente de agua de manantial que los padres de Doug han instalado, y mira hacia él. Recuerda —¿cómo no se va a acordar?— que ella no quería una boda por la Iglesia. Que cuando él le preguntó, en una de las sesiones de consejos, antes de que él aceptara presidir la ceremonia, si ella creía en Nuestro Señor Jesucristo, ella lo miró largo y tendido, y contestó: sí y no.

Y ésa es la misma mirada que ahora, junto a una de perplejidad, tiene en los ojos, como si se preguntara si será capaz de llevar todo esto a cabo, la ceremonia y la vida a continuación. Aquella expresión lo reta y lo atrae. Así que, hombre de Dios, ¿qué me puedes decir? ¿Cuál es la clave?

Amigos y familiares (quisiera decir), nos encontramos aquí reunidos para desligarnos de quienes éramos y para celebrar quienes seremos. Ésta es nuestra misión en este vigesimonoveno día del mes de mayo de mil novecientos noventa y tres, nosotros, quienes hemos sido parte integral de las vidas y amores anteriores de Douglas Manley y Yolanda García, nos congregamos hoy aquí para forjar su nueva familia.

Si otra de las hermanas mojigatas viene a preguntarme cómo me siento, creo que voy a dar cuatro gritos. ¿Qué se supone que diga? ¿Que la estoy pasando de maravilla viéndolos a todos ustedes jugar a Señor Cara de Papa con mi vida?

Vamos a ponerle a Corey una nueva madre. Vamos a ponerle a Corey un nuevo cuadro de parientes. Vamos a ponerle a Corey una nueva familia feliz de la que ella pueda ser parte.

Y también está una de las tías viejas, que debe ser ciega, porque me habla en español. Sí, es cierto que he tomado un par de años de español en la secundaria y que he estado en Guatemala con mis padres *verdaderos,* pero no le voy a revelar que entiendo lo que me dice. Ella sigue habla que te habla, tratando de descifrar si soy una de las García o De la Torre. Hasta que me doy cuenta que piensa que soy una de sus sobrinietas y que vine de Santo Domingo para esta boda estúpida.

Please, por favor, si no para de echarme en la cara su mal aliento creo que me va a dar un ataque de histeria.

También está el *hippie* viejucón, que finalmente se acerca y me aparta. «¡Qué hubo! Tú debes de ser miss Corey, ¿verdad? —tiene un acento sureño que me suena falso. Asiento con la cabeza, con los brazos cruzados, con una actitud de ¿y qué?—: Soy Dexter Hays, a la orden». Y me besa la mano. Eso medio me parece una chulería. Me entrega un globo púrpura, de esos que tienen caritas sonrientes pintadas, e inmediatamente me lo amarra a la muñeca.

—¿Quieres ser mi pareja para esta boda? —me flirtea.

Quisiera decirle, mira, búscate algo que hacer, date un buen recorte de pelo, consíguete un empleo o algo. Pero sólo le digo: «Con permiso, tengo que encontrar a mi papá», y rápidamente doy la vuelta, bajando la cabeza, porque, mira, lo último que querría es hacer contacto visual con algún otro imbécil me pregunte cómo me va.

Coño, es mi día de suerte, mi año de suerte, mi vida de suerte. Me tropiezo con ella, y por un segundo, pienso: «Dios mío, ella se ve tan asustada como yo».

—¿Qué tal lo llevas, Corey? —me pregunta. Que no se atreva a echarme el brazo, aunque por un segundo parecía que lo iba a hacer.

—Estoy bien —le digo muy seria—. Estoy buscando a mi papá.

Y cataplán, allí se aparece él y le tira un brazo por encima a ella y el otro a mí. «¿Cómo están mis dos bellas damas?», dice él y casi me vomito. Trato de zafarme de su abrazo, pero me aguanta.

«¡Papá! —le digo—. ¡Suéltame!». Mejor que me suelte porque si no...

Me voy a parar en medio de este potrero y voy a dar cuatro gritos. Lo juro.

Éste es el grupo de mamis más lindo que he visto al norte de la línea Mason Dixon. Como que me llamo Dexter Hays. Llegué con un ramillete de globos púrpura con caritas sonrientes para la novia, pero, uno a uno, se los he ido regalando a las lindas damitas. Cuánta variedad de queridas queridísimas hay aquí reunidas: latinas esbeltas con ojos sabios y piel tostada; maduras y de cuerpo lleno; señoras bien parecidas —ay qué pérdida— que prefieren a otras señoras yanquis rubias de largas piernas, sin maquillaje en sus frescas caras *all-American*.

De ésas, la linda Corey-*girl*, pobrecita, se ve tan triste. Traté de entretenerla, pero no cabe duda que es una pesada. Mejor que Yo se deje crecer un pellejo grueso, algo que antes nunca logró injertar a su tan sensible yo. Lo va a necesitar. Pero, hey, ella siempre ha querido tener una familia, tíos y tías y cuñados y primas segundas y terceras y amistades que son familia, como ella dice, de cariño. Bueno, esta ladera está hirviendo con su sueño hecho realidad, lo cual siempre viene en oferta especial con un par de pesadillas de ñapa.

¿Quién soy yo en esta reunión, el geniecillo del sueño con una maleta llena de pesadillas? No señor. Hace cinco años que no veo a Yolanda

García, y posiblemente no la hubiera visto por el resto de mis días, de no ser que los Grateful Dead dan un concierto como a veinte millas de aquí. Durante los últimos cinco años hemos tenido contacto de vez en cuando, pero muy de cuando en cuando últimamente. Así es que la llamo, y ha cambiado el número de teléfono, y contesta el tal Doug, y estoy a punto de decir: «Es la Pizzeria Luigi. Tengo una pizza de salchichón para la familia Albatros, ¿puede decirme cómo llegar a su casa?». Pero pienso, qué diablos, yo la topé antes que tú, compadre, así que le digo: «Es un viejo amigo de Yo, ¿se encuentra ella?».

Y él me responde: «Lo siento, ella no puede venir al teléfono en este momento. ¿Puedo darle un recado?».

Estoy a punto de decirle que se vaya al carajo, pero enseguida añade: «Está escribiendo», y entonces entiendo que no está tratando de deshacerse de mí. Así que dejo mi nombre y teléfono, y un par de horas después, está Yo en la línea: «Ay, Dexter, qué gusto escuchar tu voz. ¿Qué es de tu vida?».

—¿Qué es de la tuya? —pregunto yo, porque detecto grandes cambios en la manera que su voz ahora se llena de confianza—. Se te oye muy contenta —a pesar de lo que dice mi padre, no soy tan grosero, *para variar*.

—Ay, soy tan, pero tan feliz, Dexter. Me siento tan dichosa.

Y mientras ella me cuenta cómo, al fin, encontró a esta maravilla de hombre (¿y qué fui yo, picadillo de hígado?), repito: «¡Qué bueno. No sabes cuánto me alegro!». Pero ya usted sabe, claro que uno quiere que su examante sea feliz, pero al mismo tiempo realmente no quieres oír el cuento. Me imagino que en el fondo de mi necio corazón prefiero pensar que a todas mis examantes todavía les quedan rescoldos de pasión por mí. Coño, me conformo con las cenizas, porque te digo y sostengo que el viejo Dex no ha tenido suerte en cuanto a mujeres se refiere. Mi papá dice que es mi cabrona culpa; que yo nunca he querido sentar cabeza. Y aunque jamás se lo diría, pienso que está en lo cierto.

Cuando ella termina de ponerme al día sobre su nueva vida, me pasa la pelota: «Pero me engañaste, Dex. Yo te pregunté primero. ¿Qué es de tu vida?».

Y le cuento por qué estoy llamando, porque voy a un concierto de los Grateful Dead cerca de allí a fines de mayo, y ella se echa a reír y me dice: «Dexter, mi amor, yo me caso ese sábado. ¿Por qué no vienes a la boda esa tarde antes del concierto? Va a ser en el campo, en un terreno que hemos comprado al lado de una finca de ovejas...».

Y ella continúa, haciendo derroche de lirismo, si se puede decir, y trato de escucharla y enrollar un pitillo de mariguana al mismo tiempo, porque dentro de mí hay algo en carne viva que necesito aliviar. Y así es, en cuanto lo enciendo y le doy unas cuantas jaladas, me llevo mucho mejor toda esa felicidad que le ha caído encima a Yo. Y tal vez es por eso que antes de despedirme, le prometo: «Claro que sí, *baby*, por los viejos tiempos. Ahí estaré para besar a la novia».

Besar a la novia ni qué ocho cuartos, si se le vuelve a acercar a Yo le voy a reventar todos esos ridículos globos que trae amarrados a una mano. (¿Qué está tratando de hacer, quitarle el escenario al novio?)

Lo primero que hace es acercarse a mí y decirme: «¡Usted debe ser el dichoso!». Y sí, lo soy, pero no quiero que me lo diga él. Así es que extiendo la mano y le digo: «Doug Manley, el esposo de Yo», aunque técnicamente debería decir, el casi-esposo de Yo. Pero quiero poner a este tipo en su sitio lo más rápido posible. Pero parece que no me lo va a permitir. Me extiende la mano y con una sonrisita fanfarrona que le ilumina la cara me dice: «Soy Dex, el ex de Yo».

Luego Yo se acerca a nosotros y él empieza con sus movimientos de cabeza a modo de Válgame Dios, la-verdad-es-que, y los jmmm-jmmms como si se hubiera quedado mudo al verla. Hay que reconocer que yo no soy un hombre que se altera fácilmente, pero aquello no me gusta para nada. Cuando se vuelve hacia mí, como si me pidiera permiso, dice: «¿Puedo besar a la novia?». Me encojo de hombros, indicándole: adelante. Pero luego, cuando veo que la besuquea cada vez que ella le pasa por el lado, me dan ganas de decirle: «Un momento, compadre, que no le he dado carta blanca».

Me alegro que estén todos los demás aquí. Por supuesto, Corey parece que se va a echar a llorar en cualquier momento, y no merece la pena tratar de incluirla porque te amenaza con vomitar, y si la dejas, amenaza con dar cuatro gritos, o quizá sea al revés. Ya ella me informó de su decisión. Va a vivir permanentemente con su Mamá y pasará algunos fines de semana con Yo y conmigo. Cuando le pregunto, bueno y cuántos son «algunos», me dice que va a dar cuatro gritos y a vomitarse al mismo tiempo si la obligo a contestar.

Los pecados del padre se repiten en los hijos —y las hijas—. Pero no te engañes, más tarde o más temprano recaen en ti. Luke y yo hemos hablado sobre esto. Muchas veces durante aquellos primeros años de soledad después del divorcio, yo pasaba por St. John y veía la luz en su oficina, tarde en la noche —tarde para un pueblo pequeño—, las diez de la noche, y estacionaba el auto y subía a verlo, y él dejaba a un lado el sermón que estuviera preparando —él disfruta de las buenas homilías— y me preguntaba: «¿Cómo te va?». Él sabía que estaba pasando mala noche, y que por eso había ido a verlo. A veces me mostraba ejemplos en la *Biblia* (Isaac y el cordero de la felicidad, la paloma con una ramita de esperanza en el pico), y a veces me hablaba de corazón. Ésas eran siempre las mejores conversaciones.

Y así fue como una vez me contó sobre un proyecto que, junto con otras iglesias, St. John llevaría a cabo en la República Dominicana, para construir casas en las aldeas más pobres. ¿Me interesaría ir?

Era en el verano, y se suponía que Corey vendría a estar conmigo ese mes. No lo tuve ni que pensar. Dije: «Claro que sí». En cuanto llegué a casa saqué mi Atlas, y me sorprendí: un nombre tan grande, tan ostentoso, la República Dominicana, para aquella islita en forma de amiba que tal pareciera se pudiera resbalar del cristal del microscopio.

Corey y yo volamos a la isla. Nos sentíamos algo preparados, ya que ella y su madre y yo habíamos estado en Guatemala durante unas largas vacaciones. Pero en la República Dominicana teníamos como base un pueblito en las montañas donde, alrededor de dieciséis hombres y diez mujeres de varias iglesias de Estados Unidos, vivíamos en tiendas de campaña. Al principio, los campesinos nos observaban como si estuvieran recelosos sobre qué les íbamos a pedir, especialmente porque éramos protestantes, a cambio de aquellas casas nuevas que eran como un regalo caído del cielo. Uno de nuestro grupo, que sabía bien el español, les explicó que no tenían que negar al Papa simplemente por aceptar los albergues que construíamos para ellos. Después de esa explicación los campesinos parecieron sentirse más tranquilos, aunque nos dijeron que antes de firmar ningún papel aceptando nuestra contribución (algo que el Buró de Rentas Internas y el Tío Sam nos exigían) ellos esperarían la llegada de una tal Yolanda García.

Y así fue como nos conocimos, en un pequeño y desamparado pueblucho donde Yo nos interrogó sobre nuestras intenciones y luego les aseguró a los campesinos que sí, que estaba bien, que podían firmar con equis sobre la raya. Me imagino que era que no sabían leer y les daba vergüenza confesarlo. Luego me enteré que, desde hacía varios años, ella venía a este pueblo todos los veranos y conocía a muchos de los campesinos. Las últimas dos semanas las había pasado en la capital porque su novio había venido de visita de Estados Unidos. Pueden adivinar quién era el tal novio: mister Dexter Hays.

Lo curioso fue que allá en la isla Yo y Corey se llevaron muy bien. Quizá porque en aquel entonces Corey no tenía la menor idea de que esta mujer se convertiría en parte de mi vida. Y eso lo tengo muy presente cuando las cosas se ponen duras. Una ramita de esperanza en el pico de la paloma.

Cuando terminamos la última de las casas, todo el pueblo se congregó a celebrar bajo un techo de palmas en el centro de aquella desolación que ellos llamaban pueblo. Unos viejos se aparecieron con los más primitivos instrumentos musicales. Uno era una lata con agujeros que rasgaban con un palo de metal y hacía sonidos raspantes. Otro era un acordeón que parecía haber recorrido toda Europa con una banda de gitanos. También tenían un tambor hecho de un tronco de árbol ahuecado, y unas maracas hechas de güiros con las semillas todavía adentro.

Aquellos hombres empezaron a tocar un merengue con tal ritmo que le ganaba a cualquier conjunto al norte o sur del Río Grande. Yo y Corey chasqueaban los dedos y movían las caderas al son de la música y de repente se lanzaron a bailar, ellas dos solas, bailando Corey como si lo hubiera hecho toda su vida. Al rato, cada una de ellas jaló por la mano a alguien del pueblo, y bailaron con ellos un rato. (Yo escogió a un hombre, Corey, por supuesto, a otra muchacha.) Luego de un par de vueltas, emparejaron a aquellos dos con otros dos campesinos, y ellas seleccionaron a otros dos, bailaron con ellos un rato, los emparejaron con otros, y pronto todo el pueblo estaba bailando y todos los voluntarios estaban bailando, derramándose fuera del techado por las calles del pueblito. Yo me quedé a un lado de observador, porque no importa cuán infeccioso sea el ritmo del merengue, yo soy el peor y más tímido bailarín del mundo. En cuanto Yo y Corey soltaron a sus respectivas parejas, miraron alrededor a ver quién quedaba sin bailar, y salvo los músicos, yo era el único, y traté de escabullirme detrás de la cisterna del pueblo.

—¡Oye! —me llamó Yo, y Corey me arrastró a la «pista» de baile, y los tres nos agarramos las manos, bailando merengue y riéndonos a carcajadas. Después de un coro enardecedor, los músicos se pusieron de pie y nos guiaron por las retorcidas calles del pueblo, todos bailando, como en procesión, bendiciendo las casas nuevas y nuestro esfuerzo colectivo para construirlas.

Por supuesto que aquello fue muy diferente a lo que ocurre aquí ahora. Mirando a lo largo y ancho de esta ladera, veo a cada uno en grupos separados —igual que las ovejas en los terrenos más allá— y observo la expresión en la cara de Corey y el ceño fruncido de Yolanda, y me asalta la duda, pero al mismo tiempo la esperanza, de que todos la pasen tan bien como la pasamos en Santo Domingo aquella vez.

Excepto por ese tipo, Dexter. A ése quisiera verlo levantado por el peso del manojo de globos que tiene atado a la muñeca, y luego tirado en algún sitio bien lejos de aquí. Quizás allá, en aquel pueblito de la República Dominicana, anjá, ahí mismo, justo encima de una de las casas que construimos.

Al principio me dije: de eso nada.

Pero luego lo pensé bien, y por qué no, tenía ganas de verlas a todas de nuevo. Las hermanas García. Con la excepción de Yo, que en junio del año pasado me visitó en la clínica, no había visto a ninguna de ellas en más de veinte años.

Pero era más que eso. Mamá había muerto el año pasado, y todavía estaba de luto. Ya sé que necesito una nueva perspectiva de la vida. Es algo que hay que hacer cuando se pierde a alguien que se ha ocultado en la verdad de la tumba, una madre, un padre, una tía o tío muy querido. La generación anterior. Y de repente, te das cuenta que eres la próxima en la fila hacia la tumba, y que el viento sopla fuerte de ese costado.

Me encontraba temblando y sola. Mamá era el último lazo que me ataba a la isla, y ahora que ya no está, encuentro que no hay motivo para regresar. Tengo un consultorio muy activo, y el poco tiempo libre que me queda, lo paso en las canchas de tenis. (He logrado mantener mi clasificación de 6.0.) ¿Para qué regresar? Los pocos parientes que me quedan en la isla son tan pobres y analfabetos, que la verdad es que no soporto verlos. Todos los meses sigo enviándoles un giro bancario. Al principio que empleé los servicios de una compañía de mensajeros no pudieron ni encontrar el sitio en el mapa, ni siquiera en los nuevos y detallados mapas en los que aparecen los centros turísticos de la costa marcados con sombrillitas de playa y rojos barquitos de vela.

La invitación no vino de sus padres, sino de la misma Yolanda. Y no era nada elegante. Era una de esas tarjetas que se compran en las tiendas de papelería y se escribe la información en las rayitas apropiadas. Venga a tal y más cual prado al lado de tal y más cual finca de ovejas el último fin de semana de mayo para una gran reunión e intercambio de promesas. Una dirección en Nueva Hampshire. (Tuve que parar en Waldens y comprar un Atlas para ver dónde era que quedaba Nueva Hampshire exactamente. Yo sabía que quedaba al norte de Nueva York, ¿pero cuán al norte? En mi opinión, cincuenta estados son demasiados para desenredar. Debían combinarlos en cinco o seis provincias. Eso lo simplificaría para nosotros, los pobres inmigrantes, que tenemos que memorizarlos para el examen de ciudadanía. Ésa fue la única sección del examen en la que no saqué 100 puntos.)

El problema era que yo sabía que, en esa boda, me iba a encontrar con otros parientes además de los García. Seguramente que habría unas cuantas de las tías y tíos de alcurnia, aunque no estaba segura si ellos todavía asistían a las bodas de las cuatro hermanas García. (Había habido siete bodas hasta ahora.) Para la vieja guardia de la R.D. yo siempre seré la hija de la sirvienta, no importa cuántos títulos cuelguen en mi pared, ni a cuántas recepcionistas haya que hablarles antes de conseguirme a mí.

Y había algo más: aquélla sería la primera vez que los vería cara a cara desde que, antes de morir, mi madre confesara que yo estaba atada a la familia De la Torre por mucho más que por lazos de empleo.

Volé a la ciudad más cercana que tuviera un aeropuerto, llamé a un taxi, y el encargado dijo que no podía ocupar un carro para llevarme tan lejos. «¿Por qué no llama a los Dwyer?, ellos tienen limosinas y hoy no hay bodas ni funerales en el pueblo.» Llamo al Servicio de Carros Dwyer, y me dice: «Cómo no, la llevaremos». Hora y media más tarde llego a un prado en una limosina negra de media cuadra de largo, con un chofer uniformado que me abre la puerta.

Y esto es lo interesante, lo verdaderamente interesante. Cada vez que los del clan García de la Torre vienen a presentarme a alguien, vacilan y dudan: «Ésta es Sarita López... la hija de... de una mujer... a quien... le teníamos mucho aprecio». Y pienso: «Vamos, díganlo. Es la hija de la sirvienta que nos limpiaba los inodoros y nos hacía las camas y nos calmaba las rabietas y nos secaba las lágrimas».

Y por favor, siga con la historia; ella, la hija, ha hecho algo de su vida. Sacó su título universitario, y ahora es propietaria de una de las clínicas de medicina deportiva más importantes del país. Es más, a veces llegan pacientes de la República Dominicana y tengo que sonreír porque reconozco el nombre. Algún «tío» por el lado de mi padre, con tendonitis en el codo o la canilla astillada. Alguien que me negaría si me le presentara como su sobrina, pero que en este país ha venido a mí para que le opere el cartílago en la rodilla.

De todos modos, yo sí que he llegado lejos, *baby,* como dice el anuncio de cigarrillos. Pero saben, yo renunciaría a todo, de veras, la clínica, el campeonato de tenis, si pudiera volver a tener a mi lado a aquella vieja tan trabajadora, tan morena, tan cansada.

—Extraño tanto a tu mami —me dice Yo. Me ha tirado el brazo por encima: como si hubiera estado esperando a alguien para hacerlo y me toca a mí recibir el gesto de un cariño más profundo que el que en realidad siente por mí—. Me hubiera gustado tanto que estuviera aquí con nosotros. Pero me alegro tanto que tú hayas venido, Sarita. Si no, hubiera sido como si faltara una de las hermanas García.

Es una de esas mentiras que el corazón siente que es verdad, pero la cabeza sabe que es un montón de mierda. Pero por el momento me permito creerlo. Y la verdad es que las cuatro hermanas García son lo más cercano que tengo a una familia, gente como yo: atrapadas entre dos culturas, pero con la diferencia de que yo también estoy atrapada entre dos clases sociales, por lo menos cuando visito la isla.

—Ay, Yolanda —le digo, sintiéndome algo conmovida también—. No me lo hubiera perdido por nada del mundo —pero cuando miro por encima de su hombro y veo un hato de tías de alcurnia y primas encopetadas, a las que mi madre les servía cafecitos en bandeja de plata, siento que se me desvanece la confianza en mí misma, como si todos esos títulos y todos esos pacientes no fueran más que un cuento que inventé sobre mí misma.

El novio se acerca, un hombre bien parecido con una cara dulce, tímida. Un hombre de campo, me dice Yo más tarde. Aparceros de Kansas que se quedaron y rasparon el fondo de aquel valle polvoriento. Gente pobre y sencilla, no muy diferente a mi familia de la isla. —Ay, Doug —le dice Yo—, ven para presentarte a la más joven de las hermanas García.

Y aquel hombre me toma las dos manos como si yo fuera una persona muy querida, y no tiene que decir una sola palabra para hacerme sentir que soy parte integral de aquel momento.

Dios santo, creo que reconozco a aquélla del traje color lavanda, con una especie de cuello Givenchy, sí, es la hija de Primitiva, la que parece una modelo y se hizo médico.

La manera en que esa muchacha superó a las hermanas García. Los caminos de Dios nadie los entiende.

Yo me acercaría para presentarme: «Soy Flor de la Torre. Tu madre trabajó para mí por muchos muchos años. Es más, fue de mi casa que ella salió para Nueva York cuando los García se mudaron para allá».

Yo la traté muy bien. Cuando se fue, le regalé un viejo abrigo de pieles que yo tenía para mis viajes de compras a Nueva York. Se fue en febrero y sabía lo que le esperaba cuando llegara.

En aquel entonces llevábamos la misma talla, ella era una mujer muy bien parecida, de piel canela, un poco más oscura que la de su hija, y el pelo negro azabache igual que los ojos. Había estado con nuestra familia desde siempre —nos la prestábamos cada vez que nacía otro bebé o alguien se enfermaba de catarro o dábamos una gran fiesta—. Primitiva era la mano derecha de todos.

Pero empezó con la cantaleta que se quería ir para Nueva York. Algunos en la familia pensaron que era una desagradecida, pero yo la entendía. Ésa sería una buena oportunidad para ella. Y, además, tenía que pensar en su hijita.

Finalmente le llegó la oportunidad de irse con los García, y Primitiva se alegró mucho.

Y para decirte la verdad, para aquel entonces yo también me alegré de verla marcharse.

Mi esposo Arturo siempre le echaba el ojo a todas las mujeres bonitas, más o menos como ese tipo rubio que anda por ahí, el del rabo de caballo (me parece que lo conozco de alguna parte...) que ha flirteado con todas las mujeres aquí, con esos ridículos globitos. Bueno, el caso es que los ojos de Arturo a menudo se le iban detrás de Primitiva, cuando ella estaba de pie junto a la mesa esperando servir el *coq au vin* o el pudín de pan o cuando se inclinaba a limpiar el estanque del patio o se encaramaba en una escalera a aceitar las celosías. Pero la cosa nunca pasó de ahí. Como él mismo decía, era un amante de todas las artes, incluyendo el arte de la madre natura, tal y como se veía representado en la cara o pechos, o, supongo, nalgas, de una mujer bella.

Pero bueno, después de tanto que hicimos por Primitiva, siempre la ayudamos lo mejor que pudimos —desde aquel abrigo de invierno hasta la matrícula de la niña en una escuela privada—, ¡te podrás imaginar lo que nos dolió cuando salió con aquel cuento descabellado de que mi marido era el padre de la niña!

Y te podrás imaginar lo que me dolió verla llegar hoy aquí en una limosina con chofer como para restregárnoslo en la cara. Yo hubiera pensado que Yolanda sería más sensible a los sentimientos de la familia —aunque pensándolo bien, quizás ella no sepa la historia. Nosotros tratamos de encubrirlo. Por un lado era un escándalo, y por otro, mi marido ya no estaba entre nosotros, que Dios lo tenga en la gloria, para explicar, como siempre lo hizo conmigo, que admirar la belleza no era lo mismo que disfrutarla.

Yo trato de ignorarla y sólo me concentro en el traje Givenchy —¿o es un Oscar de la Renta?— y los zapatos que le combinan tan bien. Pero la vista se me va hacia esos ojos tan familiares, esa curva de la quijada, la manera en que mueve los brazos al caminar, igualito que Arturo.

Puede ser una casualidad, claro. Además, para hacer una familia hace falta más que la cosa del hombre. Hay que entregarse en cuerpo y alma para forjar el eslabón que nada en el mundo puede romper. Fíjate en las hermanas García. ¿Crees tú que si no hubieran sido de la familia, yo las hubiera dejado acercarse a mis hijos?

Así es que, aunque tenga el hoyuelo en la barbilla de los De la Torre y los ojos garzos como la tatarabuela sueca, aun así, ella sigue siendo la hija de la sirvienta, y no tiene absolutamente nada, nada que ver con *mi* familia.

Estoy bastante sorprendida de ver a Dexter Hays aquí. Él también se sorprendió al verme. «Oye, Lucy, zorrita, tú. ¿Cómo te va?»

Quiero decirle: «Bien, bien, ¿traes uno de esos cigarrillos 'americanos'?». Él fumaba pitillos de mariguana sin parar cuando lo conocí hace cinco o seis años y Papi era candidato presidencial. Dex se alojó en el recinto de la familia cuando visitó a Yo, quien nos lo vendió como un reportero de la prensa norteamericana. Pues sí, el aire alrededor de la cabaña de la piscina donde Dex dormía estaba tan cargado con olor a mariguana que yo temía que el jardinero fuera a ponerse en órbita con sólo limpiarla. Finalmente, Dex se marchó enfadado, y más tarde Yo me dijo que habían terminado la relación.

Pues aquí está el Dexter, resucitado, y correteando de aquí para allá con los globos como si él fuera el novio que ha fumado demasiado y la ceremonia ni siquiera ha comenzado. Durante la última media hora, ha estado conversando con la hija de la sirvienta —mi prima, si se le da crédito al chisme—. Y con sólo mirarle la cara a la pobre tía Flor tendría que creer lo que dicen los campesinos: «Voz del pueblo, voz del cielo».

Por lo menos ninguno de mis ex está aquí. Yolanda sería capaz de invitar a Roe a leer un poema de e.e. cummings y a contarle a todo el mundo que verdaderamente de quien él estaba enamorado era de Yo. ¿Qué piensa ella que es una boda? ¿Un limonazo?

Jugábamos al limonazo todos los veranos cuando las hermanas García iban de vacaciones. Las primas nos reuníamos en el dormitorio, y cada una tenía que decir lo que nos gustaba y lo que no nos gustaba de cada persona. A veces el limonazo era mixto, con Mundín y los primos, pero no eran igual de... no los llamaría divertidos, pues en realidad nunca lo eran. Pero cuando los varones jugaban, el limonazo nunca funcionaba. Por ejemplo, Mundín decía algo como: «Okey, Yo, lo que menos me gusta de ti... no sé, deja ver, no me gusta... okey, ya lo tengo, tu culo tan grande».

«¡Pero Mundín, yo no tengo el culo grande!»

«¡Jajaja! ¡Con que te cogí!»

No olvidemos que todos estábamos en la temprana adolescencia, y ya saben lo que dicen, que los varones no maduran igual que las hembras. A los cuarenta y uno, Mundín parece que va para dieciséis.

El verano siguiente al que mis padres se enteraron, vía los diarios de Yo, que Roe era mi novio en el internado, y no me dejaron salir de la República, nos reunimos para un limonazo. Hacía tiempo que no hacíamos uno: para esa época ya teníamos como dieciocho años y nos considerábamos muy viejos para el jueguito, pero yo sugerí que hiciéramos un limonazo para recordar los viejos tiempos. Yolanda debe de haber tenido una corazonada, porque se echó para atrás y dijo que los limonazos eran crueles. Que aunque se suponía que dijéramos lo que nos gustaba y lo que nos disgustaba, siempre era la parte de lo que disgustaba en la que todo el mundo se concentraba.

Y yo dije: «Ay, chica, vamos. Haz creer que estás escribiendo en uno de tus diarios y despepítalo todo».

Me miró con una cara de interrogación. Parece que finalmente se dio cuenta de que yo sabía cómo fue que mis padres se enteraron de lo de Roe.

—Yo empiezo —dije—. Vamos a ver —miré a Yo directamente—. Sabes lo que odio de ti, Yo García, detesto que hayas sido una soplona bajo el disfraz de creatividad. Que usaste tu pluma para vengarte de mí. Que tus cuentos son un jodido pretexto para no vivir la vida a plenitud. Detesto...

—Un momento —interrumpió Sandi, la más bonita de las cuatro hermanas—. No seas cruel, Lucinda. Yo no tuvo la culpa de que Mami fisgara en su diario.

Pero no me pude contener, y seguí. Mencioné cuanta cosa no soportaba de ella y hasta inventé algunas otras. Lo que me sorprendió fue que —considerando su lengua de látigo— Yo me dejó hablar. Como si supiera que tenía que aceptar aquel castigo de mi parte. Y quería castigarla. Quería destruir nuestro parentesco. Si existiera tal cosa como el divorcio entre hermanos y parientes, eso es lo que hubiera querido, divorciarme de mi prima.

Al fin, cuando ya no tenía más nada que decir, rompí a llorar. Pero no eran lo que pudieran pensar, lágrimas de arrepentimiento, no. Eran lágrimas de furia poque sabía que a pesar de todo lo que le había dicho, no podía destruir el hecho de que fuéramos familia.

—Vamos —dijo Sandi—. Dénse un abrazo y hagan las paces.

Yo se me acercó, pero yo le dije: «¡Si me tocas, grito!».

Ella retrocedió. También estaba llorando. Y entonces dijo algo que me hizo perdonarla —en mi corazón—, aunque la tengo en suspenso hasta el día de hoy. «Recuerda, Lucinda, yo también estaba enamorada de Roe. Pero eso no quiere decir que yo quisiera hacerte daño. Es más, yo escribí todo aquello en mi diario para no llevar esa inquina en mi corazón.»

Todavía estaba demasiado furiosa para dejarle saber que se lo creía. En cambio, lo que hice fue echarle más sal a la herida: «Espero que estés consciente de que cambiaste mi vida para siempre».

—Lo sé —me dijo dejando escapar un enorme suspiro, como si una pesada carga le hubiera caído sobre los hombros.

Ahora me echa el brazo por los hombros, y esconde la nariz en mi pelo. Estas García son demasiado afectuosas. «Lucy, mi amor —dice bromeando—. ¿Estás lista para agarrar mi ramillete?». La semana anterior había anunciado que en octubre me casaría por cuarta vez. Por supuesto, este asunto del ramillete es un relajo, ya que Yo está vestida con unas piyamas muy poco atractivas, y no lleva nada de tradicional como un ramillete de flores.

—No creo que sea buena idea tirarnos los ramilletes una a la otra —le digo. En fin, pienso, hay que ver que las dos hemos tenido pésima suerte con los hombres.

Pero ella lo toma por otro lado, como si me refiriera a la vieja herida. Se lo veo en la cara, y tal vez sea por eso que me hace la pregunta una vez más: «Pero, Lucy, ahora eres feliz, ¿verdad? Quiero decir, todo te ha salido bien después de todo, ¿no?».

Le doy una larga mirada porque me he reservado esta confesión durante tantos años. Ni siquiera sé cómo decírselo. Miro a mi alrededor, aquella ladera llena de gente disparatada, una hijastra en pose de batalla, Dex a la caza de mujeres, una explosión, o tal vez una celebración, a punto de ocurrir, y pienso: ella va a necesitar toda la suerte del mundo.

Así que le digo: «Soy muy feliz, Yo. No cambiaría ni una sola cosa en mi vida, ni las buenas ni las malas».

Nos abrazamos, y es como si aquella antigua carga cayera de los hombros de Yo al decirme: «Gracias, prima, necesitaba oírte decírmelo».

Pero tantos abrazos y apretones me mortifican, así que trato de cambiar el tema. «Dime Yo, ¿qué animales son ésos?»

—Ovejas —me dice, pero tiene que añadir sus puyitas sabihondas—. ¡Qué amante de la naturaleza eres, Lucy-*cakes*! ¿Qué pensaste que eran? ¿Enormes conejos?

—Vas directo a un limonazo —le advierto.

—Lo sé —dice con una sonrisa nerviosa—. Me voy a casar.

No había visto a Yo tan nerviosa desde la vez que invitó a cenar a aquel novio post-divorcio, Tom. Había pasado por el fracaso de dos matrimonios y cinco años, más o menos, de celibato autoimpuesto, y estaba más temblorosa que una virgen en fin de semana de baile de graduación. Aquel verano vivíamos juntas, Yo y yo, y a algunos vecinos les intrigaba nuestra convivencia.

Yo tuve algunos novios maravillosos en aquellos tiempos, antes de que el sida nos volviera amantes cautelosos. Tuve un israelita, a un exsacerdote, y por supuesto, a mi querido Jerry, quien luego se casó con su terapeuta.

En aquella época todo el mundo estaba en terapia. Es más, Yolanda y yo nos conocimos en el grupo de terapia que organizó Brett Moore y que se llamaba «En busca de la musa». De lo que más me acuerdo de aquellas sesiones era la lucha entre Brett y yo por el alma de Yo: si se declaraba lesbiana o no. A mí no me afectaba que Yo fuera gay, si eso es lo que ella era. Pero me parecía que Brett le proyectaba sus propias preferencias a Yo, quien en realidad se encontraba a la deriva en aquel entonces. Y yo lo sabía, pues era su mejor amiga y ella me lo contaba todo: que quería entender qué propósito tenía su vida, sus dudas entre dedicarse al arte o a la acción política, y que ni siquiera sabía si lo suyo eran los hombres o las mujeres. Yolanda no era de las que le metía el diente a las grandes preguntas a pequeños mordiscos masticables. Siempre era: «Cuál es mi lugar en el universo», en vez de «dónde puedo estacionar el carro y que no me den una multa», o «dónde puedo conseguir un apartamento que incluya el costo de la electricidad».

Pero la Brett no sabe cuándo darse por vencida. Viene y me dice: «¿Quién es ese bomboncito que Yo tiene abrazada?». Brett tiene una mentalidad de Don Juan de taberna cuando no está en su oficina ejerciendo de terapeuta.

Le digo: «Brett, querida, ésa es la prima de Yo, Lucy-Linda, me la acaba de presentar».

—¿Y? —me dice desfachatada, quitándose el sombrero de vaquero. Éste tiene una cinta roja de adorno o en apoyo a la investigación sobre el sida, no sé—. ¿Nunca has oído hablar de los juegos de manos de los primos hermanos?

A estas alturas relajamos por costumbre. Mientras hablamos, oigo a un bebé llorando. «¿Cómo está Mimi?», le pregunto. Su compañera Mimi y ella se hicieron la inseminación artificial con esperma del mismo donante, así que, técnicamente, las dos bebitas son hermanas, pero en realidad no tienen un padre sino un donante y sus tías son en realidad la amante de su madre. Traten de explicarle eso a una de las viejas *grandes dames* dominicanas sentadas debajo de los nogales agitando el aire con sus abanicos pintados a mano.

Qué extraño ver tantas clases diferentes de parientes en esta ladera. Y eso es lo que quiero comentarle a Yo cuando se nos acerca, un poco alicaída.

—¿Abrumador? —le sugiere Brett, poniéndole las palabras en la boca.

Sin decir una palabra, Yo descansa su cabeza momentáneamente en mi hombro. Luego levanta la vista y suspira. «La verdad es que no era realista pensar que toda esta gente podía reunirse y pasarla bien toda junta.» Con su túnica hindú gris parecía, en vez de una novia, la seguidora de un gurú que acabara de fallar su examen de trascendencia.

—¿Qué quieres decir? —le pregunto, y miro a Brett como si las dos estuviéramos a cargo de esta paciente—. Todo marcha bien. No te preocupes por los invitados.

—¡Así es, ésta es tu boda! —añade Brett. Mimi se acerca y da su propio toque: dos bebés gritones—. Tengo que cambiarles los pañales —le dice con cansancio a Brett—. ¿Tienes las llaves del carro?

Las dos se alejan juntas, y una docena, o más, de pares de ojos dominicanos las siguen. Me quedo consolando a Yo.

—Lo que quiero decir es que —dice ella— tú pensarías que por un solo día, mi familia podría contenerse de armar una bronca sobre algo, que mis tías podrían tratar mejor a Sarita y dejar de mirar tanto a Brett y a Mimi, y Corey quizá pudiera echarse aunque sea una mínima sonrisita...

—Un momento, un momento —digo, haciendo la señal de pare—. Las cosas van mejor de lo que tú piensas —y es cierto, los colores pastel comienzan a aglutinarse alrededor de los colores brillantes, la tez morena con la tez blanca; los hijos de desconocidos se acercan a las tías quienes les agarran las barbillas y les miran el perfil de un lado y del otro, tratando de encontrarles algún parecido con alguien de la familia. ¿Y aquélla no es Corey corriéndole detrás a uno de los niños García? Finalmente, como si abandonara sus travesuras y aceptara el golpe de que la llama de un viejo amor se ha extinguido, Dexter Hays suelta los globos que le quedan hacia el cielo ofuscado de calor.

Un silencio desciende sobre nosotras como si fuera una señal.

Y Doug se nos acerca, con el rostro radiante cuando mira a Yo, quien le devuelve también una radiante sonrisa. «Luke quiere que reunamos a toda la gente», dice él.

Le doy a Yo una palmada en el fondillo como he hecho antes muchas veces por cosas menos importantes. Tengo nueve años más que ella, así que a veces soy como su Mamá, además de su mejor amiga. Aunque pronto también todo eso terminará. Y no crean que no me entristece saber que voy a entregar mi puesto de la mejor amiga de Yo García.

Se escuchan unos gritos que vienen de la esquina noreste del prado. Parece ser que han estallado algunas discusiones precisamente cuando la gente comenzaba a agruparse para la ceremonia.

Se pregunta si debe acercarse y tratar de hacer de árbitro o quedarse aquí y religificar (una frase que le oyó decir a un evangelista negro en la radio hace cosa de un mes, una frase que le gustaría usar sin que parezca una caricatura del inglés de los negros), quedarse aquí y religificar el sitio de la boda poniendo una piedra sobre la otra y erigir un altar provisional en aquella arboleda profana. Pero los gritos suben en intensidad. Tal vez su mera presencia logre calmar la erupción de fogosos temperamentos, o alisar los nervios que se han puesto de punta en estos calores tan intempestivos. Pero, sin duda la familia tropical de Yolanda —pues él supone que el problema surgió entre ellos— tiene que estar acostumbrada a comportarse con urbanidad en temperaturas mucho más cálidas que ésta.

Las tías son las primeras que se levantan de las sillas plegables. A pesar de lo entradas en carne y años que se ven, son asombrosamente ágiles en sus tacones de charol. Avanzan con rapidez sobre el pasto, uniéndose a la multitud creciente de invitados que han formado un círculo alrededor de quienes sean los que están peleando.

Busca a Doug con la vista para preguntarle cómo deben proceder, pero el novio no aparece. Ni tampoco la novia. El grupo de terapia —que improvisaba una sesión usando como sillas los fardos de heno que habían puesto los padres de Doug— se levanta al unísono y atraviesa el prado en masa. A medio camino, al escucharse un grito de mujer, el grupo se echa a correr. No puede dejar de observar la manera en que corren las mujeres de mediana edad, con sus cuerpos como pesados bultos que temen dejar caer y que sus contenidos se rieguen o se rompan.

Solamente los viejos, el padre de Yo y un profesor de algo ya jubilado, se quedan conversando en las sillas plegables, cerca de las lilas desvanecidas. «Yo siempre les cito a mis hijas estas líneas de Dante —dice el padre— «*There is a tide in the affairs of men...*», recita a tropezones en inglés».

—Me parece que eso lo dijo Shakespeare, mister García...

—Eso es de Dante —insiste el padre—. Yo sé decirlo en alemán, español, italiano, y chino —repite la cita en dos de los cuatro idiomas antes de que los gritos interrumpan su recital multilingüe—. Vamos a observar la marea —le dice el padre al profesor, y los dos suspiran al ponerse de pie. Y del brazo, atraviesan la pradera.

Él los sigue a corta distancia, su hábito blanco pegado a los pantalones, aunque no hay ni un murmullo de brisa. Los gritos han disminuido, y ahora puede escuchar la voz de Doug que dice:

«Cálmense, lo están empeorando. Por favor, todo el mundo, échense atrás».

Y como si el mismo Moisés hubiera hablado, se aparta el mar de ropa de algodón asargado y sedas vistosas. Y es ahí cuando logra ver lo que ha sucedido. A una oveja, con dos ovejitas balando a su lado, se le ha trabado la cabeza en la cerca de alambre que separa los dos terrenos. Seguramente que iba en busca de pastos más tiernos, y al acercársele uno de los invitados trató de echar atrás y se quedó aprisionada entre los alambres electrificados. Alrededor del cuello entre la lana blanca y sucia, tiene un collar de sangre. Cada vez que trata de zafarse, recibe otro corrientazo eléctrico.

Doug toca el alambre, pero retira la mano de un tirón. «¡Que alguien vaya y desconecte la pila! ¡Allí, en la esquina noroeste del prado!», ordena Doug. Todos miran a un lado y a otro tratando de descifrar cuál es el norte. Dexter, el tipo de los globos, sale corriendo colina abajo, la cola de su camisa teñida aleteándole detrás.

Le recuerda a los venados que ha atrapado con las luces del auto tarde en la noche por las carreteras montañosas que levantan la cola en señal de peligro antes de desaparecer.

—¿Qué hago? —grita Dexter, y Doug le responde—: ¡Apágala!

Doug vuelve a tocar el alambre, y agarra dos hebras. «¡Okey, todo el mundo, échense para atrás! Pero no pasa nada del primer jalón. La oveja suelta un lastimoso gemido casi humano.»

—¿Qué le pasa, Papi, qué le pasa? —Corey ha sido la única en desobedecer las órdenes de su padre. Se arrodilla al lado de la oveja, y le agarra la cabeza entre las manos para evitar que se ahorque.

—Eso, eso, mi niña —dice Doug—, aguántala bien.

Las tías en sus elegantes vestidos negros se compadecen de la mala suerte del pobre animal. Una de ellas se vira hacia la mujer de tez más morena que está a su lado y le pregunta en inglés con un fuerte acento: «¿La van a cocinar en barbacoa?».

Él quisiera decirle: éste es el cordero que el Señor ha enviado para que nos unamos en esta ladera. Ésta es la promesa que le hiciera a los hijos e hijas de Abraham.

De repente, con el segundo jalón, Doug logra separar los alambres y la oveja se libera de un salto. Detrás la siguen los dos corderitos balando. Las tías se echan a un lado temerosas de que los animales las vayan a morder. Una de las espectaculares primas dominicanas, de cuyo nombre no logra acordarse, se esconde detrás de Dexter, quien remolinea los brazos payaseando, como si protegiera a una damisela de una manada de monstruos.

Y ahora son los niños los que pierden el control. ¿Cómo pueden contener su alegría al verse reflejados en aquellos encabritados animalitos? Los persiguen por todo el prado, gritándoles que se detengan. A los padres les toma por lo menos diez minutos hacer la redada de los pequeños. Al final de la pradera, donde comienza el bosque, la oveja, exhausta, se detiene a recobrar el aliento.

—No se preocupen, ella encontrará el camino a casa —dice Doug.

—Ay, Papá, ¿pudiéramos tener uno de esos corderitos? —le suplica Corey.

El cansancio que ha visto ir y venir toda la tarde en el rostro de Doug desaparece como los globos que flotan sobre la pradera sin viento. «Si vienes a vivir aquí con nosotros, Corey, tendrás una finca llena de ellos al lado de casa —Doug la mira con la cabeza ladeada, y a pesar del gesto de disgusto que hace la jovencita, él la agarra y le da un beso en el tope de la cabeza—. Dame una sonrisa, mi corderina».

Si estuvieran en St. John, ahora sería el momento de señalarle al ujier que tocara la segunda campana. Pero en su lugar, levanta sus brazos arropados en la blanca túnica en un gesto —se da cuenta demasiado tarde— de teatralidad bíblica. «Familiares y amigos —dice—, tenemos que empezar la ceremonia».

—*Right oh* —dice uno de los tíos elegantes, echándole el brazo por los hombros a Doug.

Los dirige cuesta arriba hacia la desierta arboleda de nogales, tías y primas, sus propios feligreses, el grupo de terapia, las hermanas, los dos viejos, los padres de Doug... su rebaño, todos y cada uno de ellos.

Pero no, un momento. En la cima de la colina hay alguien, de pie junto a las sillas plegables y los fardos de heno, un ángel con una túnica plateada que ha sido enviado a los pobres pastores para decirles: «No teman. Eleven una canción de alabanza al Señor. Todos son Sus hijos».

Pero el ángel se acerca unos pasos, y el verbo se hace carne. ¡Yolanda García!

Y al verla mirando al grupo que va subiendo la colina, le parece que va a salir corriendo como la oveja y perderse en la espesura al otro lado de la carretera. Cierra los ojos por un instante y cuando los abre de nuevo, ella está en el mismo lugar, con la mano en alto dándoles la bienvenida, como si hubiera estado esperando toda su vida que todos se congregaran allí.

El sereno
Ambientación

El aviso llegó al conuco de José en manos de un muchacho enano montado en una mula en un día tan caluroso que José había decidido tomar la mañana, y al igual que la tarde, libre. «¿Qué dice aquí?», preguntó José, desdoblando la hoja que había sacado cuidadosamente del sobre luego de lavarse las manos.

El niño se encogió de hombros. «Don Felipe dijo que eran malas noticias, eso es lo único que sé.»

—¡Coño, muchacho! —exclamó, amagándolo. Pero en realidad era el alcalde Felipe quien se merecía un pescozón por mandarle loma arriba a un muchacho así, capaz de traerle mala suerte a la yuca.

José desdobló la carta de nuevo y entrecerró los ojos para concentrarse. Le parecía que si miraba al papel con mucha intensidad, el significado se le haría evidente. Pero todo lo que vio fueron las nítidas hileras de letras, y en el tope una insignia con la bandera.

Su mujer se asomó a la puerta del bohío y los miró con ojos entrecerrados.

—Tengo que ir al pueblo —dijo él con serenidad. Xiomara estaba en estado con el séptimo y no era bueno agitarla porque podía parir una monstruosidad como este enano. No que José quisiera o necesitara una boca más que alimentar con los otros siete muchachos, incluyendo al sobrino de Xiomara, a su madre y a su padre.

Llamó al hijo mayor para que le ensillara la mula. Al principio, el muchacho no se movió de debajo de la ceiba donde estaba tirado, apabullado por el calor. Pero en cuanto José hizo el amago de ponerse en pie, el muchacho se paró y corrió detrás del bohío donde la mula estaba pastando.

En el pueblo el día se le empeoró. Felipe le explicó que el mismo aviso se le había enviado a todos los campesinos que vivían en el lado sur del monte, en terrenos invadidos que pertenecían al Gobierno. Aquellos campos los iban a inundar cuando terminaran la represa que se estaba construyendo al norte. Había que evacuar a todos los habitantes antes del fin de año.

—¿Qué voy a hacer? —preguntó José con voz calmada. Cuando él era más joven, algunos de los hombres del pueblo lo llamaban pájaro porque hablaba con voz de mujer. Pero él sospecha que no era la voz lo que les molestaba. Las mujeres encontraban a José muy atractivo, él lo sabía desde que era un muchachón de doce años y doña Teolinda le pidió que le desabrochara el *brassière*. «Tengo diez bocas que alimentar. No puedo vivir de la nada.»

—Puede ser que haya un trabajo de cartero si Guerrero no se mejora. Pero... —Felipe miró a José fijamente como tratando de descifrarle algo. Quizá todavía no estuviera seguro si José había bajado del monte en busca de más noticias o si era porque no sabía leer el aviso—. Pero el trabajo de cartero necesita que te conozcas las letras.

—¿No hay otra cosa? —dijo José, a modo de respuesta.

—Oí decir —Felipe encogió los hombros en señal de que él no era responsable de los rumores que le llegaban— que la parienta de don Mundín estará otra vez en la casa grande todo el verano. Puede que necesite un jardinero, o un sereno.

—Necesito un trabajo que no sea na'má que pa'l verano —dijo José.

—Te entiendo —asintió Felipe—. Pero tú ve y habla con ella, pídele trabajo, y si ella queda satisfecha y le habla a don Mundín, a lo mejor te llevan pa' la capital a trabajar allá en el jardín.

Un latigazo de expectación, aun en medio de las malas noticias que acababa de recibir, le recorrió el cuerpo a José ante la posibilidad de un trabajo en la capital. Bajando del monte se le había metido en la mente de nuevo la idea de conseguir sus papeles e irse a trabajar a Estados Unidos. Los viejos de la finca al norte, la familia Silvestre, tenían dos hijos que llegaron a Miami en yolas, sin papeles, y consiguieron trabajo en factorías y restoranes, se casaron con puertorriqueñas y consiguieron los papeles. Todos los meses mandaban dinero a los viejos y con eso ellos compraron un generador eléctrico para la televisión, la radio, y hasta una estufa como las de la gente rica que vive al pie del monte.

—Vete y habla con la doña esa —le dijo Felipe—. Cuéntale tu problema. Tú sabes cómo son las mujeres.

—Sí —asintió José, aunque hacía mucho tiempo que no conocía a ninguna otra mujer que Xiomara. La vida de esclavo que llevaba no le dejaba tiempo ni dinero para tales distracciones. Mirándose las manos callosas —las uñas llenas de tierra, el dedo gordo deforme de cuando se le trabó en el trapiche de caña hace años— era difícil imaginarse haciendo otra cosa que trabajar la misma tierra que su abuelo y su padre trabajaron antes que él. ¿Qué otra habilidad tenía él? Por un momento recordó sus manos jóvenes, más suaves y limpias, todavía inexpertas, amasando los pálidos senos de doña Teolinda. «Sí —decía ella cuando él la tocaba donde ella le indicaba—, sí, así mismo».

En la casa grande le explicó a Sergio, el encargado, un hombre bajito y musculoso con la boca llena de empastes de oro, la razón de su visita. Su finca se la iban a reposeer a principios de año, y él iba a necesitar un trabajo para ese entonces. Pero si pudiera conseguir un empleo ahora, él podría recoger la última cosecha con la ayuda de sus tres hijos más mayorcitos...

—Yo no soy quien decide esas cosas —Sergio levantó una mano para detener la catarata de razones.

—¿Necesitan a alguien? —preguntó José con su vocecita que siempre tranquilizaba a hombres como Sergio o Felipe. Pensaban que, José se había dado cuenta, era un reconocimiento a su propia importancia—. ¿No habrá algo que yo pueda hacer?

Sergio se encogió de hombros. Él no sabía de nada que necesitara hacerse. José notó que el encargado lo miraba como si él, José, valiera menos como ser humano. No se había cambiado la ropa de trabajo, y los zapatos que había traído estaban todavía en la bolsa de papel donde también traía un plátano con queso frito envuelto en una hoja de plátano por si acaso le entraba hambre por el camino. Parecía que a Sergio se le hubiera olvidado que, tanto él como los Sandoval y los Montenegro, los López y los Varela, también habían bajado del monte al pueblo, dejando atrás conucos tan pobres como los de José.

Una mujer muy buena moza apareció en la puerta trasera, con un manojo de llaves en la mano. José la había visto de pasada varias veces en el pueblo, y como la mayoría de las mujeres, ella lo había mirado con admiración. Ahora lo saludó afablemente.

—Mi esposa está encargada de la casa —dijo Sergio a modo de presentación—. Y mi hermana es la que cocina. Porfirio, su marido, trabaja en el jardín. Como ves, no hay nada que hacer. Sergio levantó las manos y se encogió de hombros. Se volvió a su esposa y le explicó la situación de una manera que concluía: «José quiere un trabajo, pero no hay trabajo que darle».

—Que hable con la señora —dijo la mujer cuando su esposo terminó.

—¿Y molestarla cuando acaba de llegar? —dijo Sergio con voz malhumorada.

Hablaban de él como si no estuviera allí, así que, por respeto, José se alejó un poco. Levantó los ojos y miró la inmensidad de la casa. Arriba, en un balcón del segundo piso, había una señora mirándolos. Tenía la cara pintada como las mujeres de la televisión, una cara que mucha gente ve. «¿Qué hay?», dijo ella. Pero no le correspondía a él, a José, decir lo que había.

—¿Se le ofrece algo, doña? —preguntó Sergio. La cara le había cambiado: en lugar de la frialdad de encargado, ahora se veía lleno de atenciones y sonrisas.

—No, nada —la señora apuntó con el dedo—. Y él, ¿qué quiere?

Sergio le sacudió la mano, comunicándole así que no había nada de qué preocuparse. «Yo lo atiendo.»

—Quiero un trabajo —contestó José, ésa era su última oportunidad—. Tengo diez bocas que alimentar —a pesar de que habló bajito, la señora lo oyó todo, e inmediatamente dijo: «Bajo enseguida».

Y bajó, una señora más flaca que un fideo. Mal alimentada se pudiera decir, pero se veía alegre y vivaracha, como si tuviera el estómago lleno y una alacena llena de las cosas que más le gustaban. Ella lo examinó, pero no como la esposa de Sergio o las otras mujeres del pueblo, no con el interés con que una mujer mira a un hombre, sino como si le estuviera tomando una fotografía con los ojos.

—¿Y usted qué sabe hacer? —le preguntó.

Sin querer, a José se le escaparon los ojos hacia los pequeños senos de la señora. Era seguro que nunca había amamantado a un niño, con lo chiquitos y altos que los tenía para una mujer que se veía algo madura. Cuando se dio cuenta de que estaba mirando donde no le correspondía, bajó la vista. Sintió los ojos de ella seguir su propia mirada hasta sus pies descalzos. Y quizá fue eso, más que nada, lo que a ella le ganó el corazón: porque cuando él dijo que podía hacer lo que ella mandara, ella dijo: «Vamos a encontrarle algo que hacer, ¿verdad Sergio?».

—Usté e'que sabe —concedió Sergio.

Esa misma noche José comenzó en su nuevo trabajo de sereno en la casa grande, se comió el plátano que Xiomara le había preparado y un plato de arroz con habichuelas que le dejó María, la esposa de Sergio. A la mañana siguiente se apareció en su bohío con los ojos cargados de sueño, pero con el corazón ligero con la buena nueva de que una doña en la casa grande le había dado trabajo. Le iban a pagar más dinero en una semana de lo que había ganado en un mes en aquella maldita tierra.

Aquella fue la primera vez que José maldijo la tierra que su padre y su abuelo cultivaron antes que él. Xiomara se persignó, y cubrió su vientre con las manos para proteger al niño del mal de ojos.

Desde el principio, la doña intrigaba a José. Se suponía que era parienta de don Mundín, pero cuál era el parentesco, nadie sabía con seguridad. Se decía que ella venía los veranos a trabajar en privado, pero nadie había visto cuál era la cosa privada que ella hacía más que sentarse a una mesa en el último piso a contemplar los montes.

Pronto José se enteró de toda la historia, pues el resto de los empleados de la casa estuvieron más que dispuestos a contársela. Ellos la conocían desde que empezó a venir aquí hace ocho años. Ella era tan buena gente y tan amable que hasta María, que había dejado de trabajar en la casa cuando su hijo se le ahogó en la piscina, volvía a su trabajo cuando venía la señora. Hace poco que la doña se había casado con un americano, pero como todo el mundo sabe, los americanos no saben satisfacer a sus mujeres. La prueba estaba en que ella nunca iba a tener hijos —por lo menos eso fue lo que ella misma le contó a María, quien se lo contó a Sergio, quien tenía la costumbre de sentarse con el sereno y darle un informe de los acontecimientos del día antes de irse a la casa por las noches—. Ahora que la señora había demostrado simpatía por José, la actitud de Sergio hacia el campesino había cambiado bastante.

—¿A que no sabes por qué ella no puede tener hijos?

—Tá muy vieja —dijo José, aunque él calculaba que a ella todavía le quedaban seis o siete años antes del cambio de vida.

Sergio negó con la cabeza, dándose importancia, con los ojos cerrados de placer de saber la respuesta. «El marido está capao, se lo hizo a propósito hace años.»

—O, qué tú dice —los dos sacudieron la cabeza con incredulidad.

—Como un novillo —añadió José. Le dolió de sólo pensarlo—. ¿Le cortan la cosa o... cómo es que hacen eso?

Sergio le dio un manotazo en el brazo a José y casi se cae de la silla de la risa. José sonrió para no aguarle la fiesta al encargado, pero la verdad es que a él no le divertía para nada pensar en el sufrimiento de otro hombre.

Seguro que es por eso que la doña vino al monte sola este verano: a recuperarse de la congoja de un marido al que le falta lo más importante. Pero lo que él no entendía es por qué ella dejó que se hiciera eso. Según María, el marido ya estaba capado cuando la doña lo conoció. ¿Entonces por qué se casó con él?, se preguntaba José. Pero la doña no le había explicado eso a María, aunque parecía que le había contado la mayoría de sus asuntos privados como si fuera su amiga y no su sirvienta.

Durante varios días, José no se pudo quitar al marido castrado de la cabeza. Él no se lo había contado a Xiomara porque tenía miedo del efecto que pudiera tener en el hijo que llevaba en el vientre —y él sabía que iba a ser un varón por la manera en que estaba asentado abajo, en la cuna de sus caderas, muy diferente a las hembras, que se colocan más arriba—. Es mejor tener un varón enano con todo intacto que uno que parece normal pero le falta la hombría. Trató de quitarse aquello de la cabeza porque le ofendía pensar que un hombre podía llegar a tal cosa.

Pero cuando la doña bajó al patio una noche, en busca de compañía, el marido mutilado fue lo primero que le vino a la mente a José. Ella le pidió que por favor se sentara y terminara de comer, y luego, aunque dijo que se iba, ella también se sentó en el banco de piedra y empezó a interrogarlo. «¿Qué es ese olor en el aire? Parece venir de aquella mata allá. ¿Sabe cómo se llama?»

Bajo los focos del patio que Sergio le había dicho que mantuviera encendidos toda la noche, José divisó la pequeña enredadera. «Nosotros le decimos la mata que huele fuerte por la noche, doña», le contestó, porque el otro nombre que tenía no se podía decir delante de una señora tan fina.

—¡Doña! —ella le apuntó con el dedo juguetonamente—. José, les he dicho a todos que no me llamen doña. ¿Por qué no me pueden decir Yolanda?

Él se quedó callado, sin saber qué decir. Ya lo había corregido varias veces, pero el nombre pelao no le parecía respetuoso. Finalmente, recordó lo que Sergio siempre decía cuando la doña le pedía cosas raras. «Usté es la que sabe.»

—¡Si alguien me vuelve a decir que yo soy la que sé, voy a dar gritos! —lo amenazó, haciendo un puño con la mano. Los brazaletes de plata tintinearon como monedas en el bolsillo. Por un instante le preocupó que la señora se fuera a poner histérica, pero su cara sólo fingía estar enojada como las caras en la televisión de los viejos. Y entonces, tan súbitamente como le había refunfuñado, le disparó una deslumbrante sonrisa. «Quizás está media tocá, con esos cambios tan rápidos de emoción.» «A ver, repite, Yolanda.»

—Yolanda —repitió con su vocecita.

—Más alto —le ordenó. Cada vez lo decía un poquito más alto, porque era su costumbre no alzar mucho la voz. Ella se rió como si fuera un truco que él disfrutara en hacerlo. José se dio cuenta que le gustaba hacer reír a la doña, como si le estuviera dando placer, aunque era un placer diferente al que le había dado a doña Teolinda años atrás. Pero lo cierto es que no se acordaba si doña Teolinda alguna vez le pidió que la llamara por su nombre de pila igual que esta señora.

Todas las noches bajaba y se sentaba con él, y hablaba durante horas, preguntándole sobre esto o aquello. Ahora a él le parecía que uno podía tener una opinión sobre cualquier cosa en esta tierra del Señor y aun fuera de ella. Cuando miras las estrellas, ¿ves formas o ves estrellas? ¿Crees en Dios y quién tú crees que es Dios? ¿Qué tú harías si tuvieras un millón de dólares? ¿Crees, y dime la verdad, en la igualdad entre los hombres y las mujeres? ¿Crees tú que lo que el país necesita es la democracia —y a duras penas le explicó qué cosa quería decir eso— o una versión del socialismo como lo que hay en Cuba? Le tuvo que explicar eso también.

Por las mañanas, mientras subía al monte en mula, la cabeza le daba vueltas con las tantas cosas que había pensado la noche anterior. Tanto pensar era como una droga, te afectaba de una manera en que ya tú no eras tú. O tal vez éste es quien él era realmente, se preguntaba. En la puerta del bohío, Xiomara lo saludó, se veía más barrigona que nunca. O quizás ahora que estaba acostumbrado a mirar a una mujer flaca, su mujer le parecía distorsionada.

—¿Cómo te está tratando la doña? —le preguntó Xiomara una mañana.

—Me hace sentir como un hombre —le contestó sin pensar. Pero en cuanto pronunció esas palabras, vio dibujado en las facciones de su mujer, el relámpago de los celos—. Ay, coño, no es eso, mujer —frunció el ceño con incredulidad—. Es que ella me pide mi opinión y discutimos cosas.

Pero en los días que siguieron, cada vez que se preparaba para bajar del monte, se dio cuenta de que tomaba especial cuidado en ponerse una camisa limpia, en pasarse los dedos húmedos por el pelo y luego aplastárselo, darle brillo a su único par de zapatos, los que al llegar al portón, se ponía al desmontarse de la mula para llegar completamente vestido en caso de que la doña todavía estuviera paseando por el jardín. Quizá los celos de Xiomara no fueran tan injustificados después de todo. Era como penetrar y conocer a una mujer desde el otro extremo, por dentro de su cabeza en vez de entre sus piernas. Y la verdad es que él, José, sabía más sobre lo que la doña pensaba de muchas cosas que lo que Xiomara pensaba sobre unas pocas cosas —pero, por otro lado, él y su mujer no tenían la costumbre de perder tiempo hablando—. Excepto cuando hacían el amor. Entonces él sí que le susurraba al oído las palabritas que a Xiomara le gustaba oír y que la hacían abrirse para él. Con esta señora, todo lo que tenía que hacer era decir su nombre, pura y simplemente, Yolanda, y ella le devolvía una sonrisa tibiecita.

Pero le seguía molestando que el marido estuviera capado. Ella nunca habló de eso, y observándola de cerca, no notaba que estuviera particularmente hosca o que lo mirara con ojos de necesitada, como una mujer insatisfecha. Pero ella mimaba mucho a las hijas de Elena y le corría atrás al más chiquito de Sergio con una pistola de agua, como si ella misma fuera una niña. Así era que se le notaba el hambre, decidió José. Estaba hambrienta de un hijo que su marido no podía darle.

Una noche después de escucharla hablar largo y tendido sobre las hijas de Elena, él le espetó la pregunta que hacía tiempo quería hacerle: «Usté que es tan buena con los niños, ¿no quisiera tener el suyo propio?».

En lugar de su acostumbrada sonrisa de placer cuando él le preguntaba algo de lo que ella podía hablar, puso una cara muy seria: «¿Por qué? —le preguntó, y antes de que él pudiera contestarle, continuó—: ¿Sabes de alguien?».

Él no estaba muy seguro de lo que ella quería decirle. «Alguien que... le dé uno», vaciló. ¿Qué diría don Mundín si se enterara de que una de sus parientas andaba metida detrás de las matas con uno de sus trabajadores?

—Sí —ella asintió—. Hace tiempo que quiero adoptar un niño. Pero a mi esposo no lo chifla la idea. Pero estoy segura de que si yo encuentro un niño que necesita un hogar, mi esposo cambiaría de parecer.

José asintió, dándose cuenta por fin. Ella quería un niño para criarlo, así como Xiomara estaba criando al hijo de su difunto hermano, como Consuelo cargó con la metida de pata de su hija Ruth. Qué suerte para ese niño, que lo críe esta señora y su marido, que suerte vivir allá en la tierra de los dólares, con todas las comodidades y ropa bonita y una mente ágil y despierta como la de esta señora. Ahora José se daba cuenta por qué la doña venía todos los veranos. «Entonces, usté viene a buscar un niño.»

—No, no —negó con la cabeza, sonriendo de nuevo como si hubiera pasado la nube que le había alargado y entristecido la cara—. Estoy trabajando en un nuevo libro; escribiendo, tú sabes.

Él asintió, aunque no, él no sabía. Pero no se lo quiso decir. Igual que para ella no tener hijos y un marido que no le daba placer pudiera ser una vergüenza, para él era el no conocer las letras.

—Pero si encontrara a un niño... —Ella cerró los ojos y respiró hondo, igualito que una señora que vio en la televisión oliendo unas sábanas—. Un niño que necesite un hogar...

Habló antes de que ella hubiera terminado, antes de que él mismo se diera cuenta de lo que estaba prometiendo. «Yo sé de uno», dijo con su vocecita.

Ella extendió la mano y le tocó el brazo. «Ay, José, ¿de verdad?» Ahora lo miraba con una necesidad desnuda, como si ya no fuera la dueña de la casa, sino una mujer, como cualquier otra que quería algo de él.

—Cualquier hombre se sentiría orgulloso de complacer a una mujer como usté —dijo tanteándola a ver si ella decía algo de su necesidad de que un hombre la satisficiera. Cuando se quedó callada, él entendió que se había topado con una raya que ella no estaba dispuesta a cruzar—. No quiero faltarle el respeto —añadió. Y para hacerla hablar de nuevo, le preguntó sobre el trabajo que estaba haciendo. ¿Qué era exactamente lo que escribía?

Como si le hubiera sacado el tapón a una botella, las palabras le salieron a borbotones de la boca. Ella era escritora de novelas, cuentos, ensayos, y lo que más le gustaba, poemas. ¿Sabía él lo que eran? Negó con la cabeza. De pronto, en uno de esos cambios de emoción, ella se puso de pie y le recitó algo que dijo era un poema y que se sabía desde que era niña. Tenía la misma expresión que cuando hablaba de las hijas de Elena o de los dos varones de Sergio. «Es muy bonito», dijo él. Le sorprendió verla virar la cara, sonrosada, como si fuera ella y no el poema lo que él había celebrado.

Hablaron un rato más sobre el trabajo de ella. Pero antes de retirarse, mencionó de nuevo el otro asunto. «José, déjame saber sobre eso del niño.»

—Voy a ver lo que puedo hacer —le contestó, evadiéndole los ojos. No quería que ella notara la preocupación que le había entrado en la cabeza: él le había prometido un niño, pero, claro, no podía regalar a su hijo sin consultar con Xiomara.

José nunca había visto a Xiomara tan furiosa como cuando le hizo la sugerencia a la mañana siguiente.

—¡Azaroso! ¡Hijo de la gran puta! ¡Tú te crees que un hijo es algo que se puede vender y comprar!... —le tiró el cubo de comida para los cerdos y no lo dejó entrar al bohío, hasta que finalmente, muerto de cansancio, mandó al hijo mayor a que le llevara la hamaca que luego colgó entre dos samanes cerca del río.

Pero aunque estaba cómodo y había una brisa que venía del río, no podía dormir. Ahora sí que se había metido en tremendo lío. A su mujer le dio un enfogonamiento tan grande que seguramente iba a marcar de tal manera a ese niño que aunque lograra convencer a Xiomara, la señora no lo iba a querer. Y qué menso era de pasársele la idea, de pensar que podía convencer a Xiomara. Era evidente que las mujeres eran peores que las gallinas con sus pollitos. Aquello no tenía sentido, de verdad, porque si Xiomara lo pensara bien —aquellas últimas semanas de interrogatorios habían enseñado a José a sentarse y pensar las cosas—, se daría cuenta de que aquello era la oportunidad de una vida que no se le presentaba a todo el mundo. Su hijo pudiera crecer con todos los privilegios y comodidades de los ricos. Su hijo pudiera recibir una buena educación y ayudar a sus padres y hermanos.

Pero había algo que José no le podía explicar a Xiomara. A él, José, le gustaría darle a esta señora el placer que su esposo no le ha podido dar: reemplazar su infecundidad poniéndole en los brazos un hijo de su propia sangre.

A través del tejido de la hamaca vio que había llegado un visitante. Xiomara salió, con una mano en la frente, y le indicó al enano en la mula donde José descansaba cerca del río. Nada más ver al enano acercarse por el sendero se sintió incómoda. ¿Y ahora qué mala noticia traerá del pueblo?

Pero era un mensaje de la doña. «Dice que te olvides de lo que te dijo. Que no hay trato. Que se acabó.» Y se encogió de hombros para indicar —antes de que le dieran una pescozada— que él no sabía lo que la doña quiso decir con eso.

José se incorporó en la hamaca. Se había salvado del apuro, pero en lugar de alivio, sintió una gran desilusión. Ya se había imaginado a su hijo en un tremendo carro, subiendo el monte hacia la finca que les había comprado a sus hermanos.

—¿Y ella te mandó pa'eso? —preguntó José al muchacho, quien hinchó de orgullo su raquítico pecho. Su cabeza era demasiado grande para sus hombros tan estrechos. Pero al mirarlo, José no sintió el disgusto de siempre. Su propio hijo pudiera salirle así. Será mejor que se acostumbre a tener frente a sus ojos cosas desproporcionadas.

—Pepito —le dijo— después de que el muchacho le dijera su nombre—. Pepito, te quiero preguntar algo: ¿qué tú harías con un millón de dólares?

El muchacho se quedó trabado con la pregunta. Se sentó en su mula, se rascó la cabeza y miró a su alrededor como buscando un indicio. Pero José no tenía que pensar mucho sobre lo que él haría con tanto dinero. Tirado allí, mirando las verdes filas de yuca, se había dado cuenta de lo desesperada que era su situación: él y Xiomara y la cría de hijos no tenían adónde ir cuando se marcharan de estas tierras que su padre y su abuelo habían cultivado antes que él. Ya se veían venir las montañas de agua que iba a soltar la represa. Para el año que viene esta misma tierra que ahora tenía bajo los pies estaría bajo el agua. Y el niño en el vientre de Xiomara no sabría para nada lo que habían perdido y voltearía su carita sonriendo al escuchar la voz de su madre, quienquiera que ella fuese.

Esa noche cuando él llegó, la doña no salió a saludarlo, como de costumbre. José miraba y aguardaba; tenía curiosidad de saber qué habría causado el súbito cambio de idea que no pudo esperar hasta la noche para conversarlo. Cuando Sergio, camino a casa, se detuvo a fumar un cigarrillo con él, José le mencionó que no había visto a la doña revoloteando por el jardín.

—La doña no anda bien hoy —dijo Sergio. Se pasó la tarde llamando al marido. Sergio se había enterado del cuento por Miguel, el operador de la oficina de Codetel. Tuvieron una pelea por teléfono. La doña le alzó la voz y lloró—. Quizá el marido está cansado de la separación —sugirió Sergio—. Pero tú sabes cómo son las mujeres cuando te les atraviesas.

—Sí —asintió José. Después de que el enano se marchó, José había vuelto al rancho a decirle a Xiomara que la doña había enviado un recado que ya no quería el niño. Aquello puso a Xiomara más furiosa todavía. ¿Pero qué se creen él y esa doña? ¿Que el dinero puede comprar lo único que los pobres pueden tener gratis, sus propios hijos?

Más tarde, cuando Sergio y los demás se marcharon, José le dio la vuelta a la casa, estirando el cuello para mirar por las ventanas, con la esperanza de atisbar a la señora. Arriba, en la torre, la luz todavía estaba encendida. Finalmente, cuando parecía que ya ella no iba a bajar, entró a la casa y subió las escaleras, llamándola, «doña», para dar un toque de formalidad a su entrada a la residencia sin permiso.

Ella apareció al tope de la escalera, y bajó la vista hasta él, parado en el descanso. «¿Qué hay, José? —le preguntó igual que el primer día. Pero esta noche se veía mucho más vieja, más cansada, más triste—. ¿Recibiste mi mensaje?».

José asintió. «No había apuro.»

—Es que no quería que se lo fueras a decir a alguien y después tener que desilusionarlos —Traía un lápiz en la mano, y el pelo amarrado en un moño como si estuviera concentrada en un trabajo tan importante, que no podía dejar que ni un mechón de pelo sobre la cara la distrajera. Así mismo se amarraba el pelo Xiomara antes de parir o al quitarle la cáscara al arroz—. Espero que no haya sido una molestia.

—No, no fue ninguna molestia —le mintió. Durante los próximos días tendría que dormir en la hamaca. Pero poco a poco Xiomara lo dejaría entrar de nuevo. En un mes, la señora se iría, y para fin de año los guardias vendrían a sacarlo de su conuco. Sí, se avecinan un montón de molestias, le quiso decir. Pero, ¿qué podría hacer ella sobre la inundación de problemas? Su marido se oponía a sus planes. Ni ella misma podía conseguir lo que quería.

Cuando se volteó para bajar las escaleras, la señora lo llamó. «Sube acá un momento —le dijo, encajándose el lápiz en el moño. Mirándola de frente parecía que se le había clavado en el cráneo—. Quiero que veas en lo que yo trabajo».

La pequeña habitación de la torre tenía unas ventanas enormes por los cuatro costados. Si hubiera sido de día, José podría haber mirado al costado sur hasta ver el llano en el monte donde, entre los campos arados, estaba su propio bohío. La mesa debajo de las ventanas estaba llena de libros, más de los que jamás viera de una sentada. Una lámpara iluminaba el papel donde escribía la señora.

—Todos mis libros son en inglés, si no te regalaría uno.

Le dijo sin tapujos lo que le había avergonzado decirle hasta ahora. «No los podría leer, doña. No me conozco las letras.»

Ella lo miró con una expresión de dolor en el rostro. La misma expresión que vio en el rostro de Xiomara cuando le dijo que la doña no tenía hijos. «¿Quieres decir que no sabes leer?»

Bajó la cabeza y se miró los gastados mocasines rojos. ¿Cómo se le había ocurrido pensar que aquellos zapatos lo harían sentirse como un hombre importante?

—Siéntate —le dijo, quitándole papeles de encima a una silla—. Vamos a empezar con tu nombre: José.

Todas las noches él subía a la torre o ella bajaba al jardín con su libreta de papel amarillo. Primero, ella escribió todas las letras, para que él empezara a identificarlas en los letreros del pueblo o en las cajas o latas del colmado. Entonces las deletreaba una por una, y le dejaba papeles para que él estudiara el resto de la noche y al día siguiente. Pero aunque él trataba de grabarse aquellos símbolos en el cerebro, para mediados de agosto, cuando ella tenía que partir, él no había adelantado mucho. Todavía no podía leer el aviso que tenía guardado bajo el tejado del bohío. No podía entender el letrero que pusieron delante a la oficina de correos que anunciaba —le dijeron— la muerte de Guerrero. Y cuando le trajo a la doña un puñado de tierra de su conuco para que se la llevara a Estados Unidos como recuerdo de su país, tampoco pudo leer el papel que ella le entregó.

—Es un poema que te escribí —le explicó—. También está mi dirección. Escríbeme cuando lo puedas leer.

Después que ella se marchó, sintió la tentación de llevarle el papel a Paquita, la escribana del pueblo, o enseñárselo a la sabia María, pero no quería compartir con nadie aquellas palabras que la señora le había dado. Aunque no las entendiera, eran suyas solamente. Y guardó el poema junto con el aviso en el techo de su bohío. Cuando nació su hija, le puso Yolanda, porque ese nombre, y el suyo, fueron los únicos que aprendió a escribir de memoria.

El tercer marido
Caracterización

La primera semana después del regreso, Doug tiene que mentalizarse. Ha pasado antes, así que él sabe que ella volverá a acostumbrarse —aunque muy lentamente— a la vida de Nueva Hampshire.

Por supuesto, no se lo puede decir. O se le caerán los palitos: una expresión de la isla que ella le enseñó. O lo acusará de que él no quiere escuchar su dolor: una expresión que ella aprendió de los psicoterapeutas norteamericanos.

Ay, Señor mío. Eso es lo que dicen en Kansas, de donde proviene él.

Desde el momento en que entran por la puerta, ella tiene que cambiar las aguas santas antes de abrir las maletas para estar tranquila. No le pregunten por qué. En varias ventanas hay platillos llenos de agua; de nuevo, no le pregunten por qué. Hace dos años ella ni sabía qué cosa era agua santa, y él todavía no sabe lo que es, porque a ella no se le puede preguntar directamente sobre ese asunto.

—Eso no es cierto —diría ella—. Me puedes preguntar, pero tú me lo preguntas para reírte de mí.

—No me voy a reír de ti —le promete—. Sólo tengo curiosidad.

Pero ni aun así se lo quiere decir.

La primera vez que se encontró uno de aquellos platillos, él pensó que la taza de café se le había quedado en el borde de la ventana. Lo cogió y lo enjuagó, y al rato entra ella como un rayo al dormitorio con el platillo en la mano, echando chispas por los ojos.

—¡¿Tú fregaste esto?!

Él estaba leyendo en la cama, se había retirado temprano, que es como a él le gusta hacer insinuaciones sexuales ya que las mujeres se alteran mucho si piensan que sólo deseas copular. Y allí está ella, actuando como si él fuera un dios de la antigüedad griega que se acaba de comer a uno de los hijos.

—Pues, sí —dice él, incorporándose lentamente, temiendo haberle hecho algo que no debía a aquel platillo—. No es más que un platillo que se quedó al borde de la ventana —indica en dirección a la ventana más al oriente, la que abre hacia el esplendor de las montañas. Es la primera ventana en recibir la luz del amanecer.

—Por favor, por favor —me dice casi llorando—, no toques mis cosas.

—Pero si nunca lo hago —le dice, mirando hacia la mesita de tocador con la bandejita para las prendas y media docena de fotografías de su turulata familia.

—No me refiero a mis pertenencias —dice moviendo la cabeza. Y ahí es cuando él recibe su primera lección sobre cómo debe haber agua para los espíritus en la casa nueva y como él no debe tocar las «cositas» que ella deja por ahí. Y si alguna vez se encuentra algo enterrado, por favor que no lo desentierre.

—¡Quieres decir un cadáver! —se le salen los ojos, imitando a un muchachito que debe haber visto hace más de cuarenta años en *Our gang*. Claro que no quiere decir un cadáver. Ella habla de resguardos, vestigios de trabajitos, ensalmos para el mal de ojo, cosas así.

No es que ella sea aprendiz de bruja ni *hippie* rezagada. Si se compara su abolengo con el suyo, es él quien debería abanicarla con una hoja de palmera o transportar piedras para su pirámide. Aquellas supersticiones —mejor que no las llame así— son parte de su herencia isleña, aunque hasta el día de hoy nunca ha escuchado a ninguna de las aristocráticas tías mencionar el mal de ojos o los espíritus.

Así es que cada vez que regresan de la isla, todos aquellos avíos espiritistas tienen que ser renganchados. También sin falta extrañará a la familia y al terruño, y luego, finalmente, él no logra entender qué es lo que pone fin a la nostalgia: ella rondará por el jardín preguntadole cómo se llama este yerbajo, y por qué les pones jaulas a los tomates, y ay, Cuco, ven a ver qué mariposa tan y tan linda.

Pero en esta ocasión su reintegración es bastante apacible. No hace mucho aspaviento sobre las aguas santas, ni enciende tantas velas frente a la vistosa Virgencita, y hasta las quejas son más suaves, como por ejemplo, desearía que en Nueva Hampshire se consiguieran mejores mangos. Parece que se le ha olvidado lo del bebé que quería adoptar —así como así, lo llama para decirle: «¿Puedo llevar un bebé cuando regrese?»—. «No, gracias», le dijo él por teléfono, y se había preparado para escuchar durante meses y meses la cantaleta de lo mucho que ella anhelaba un hijo. Pero parece estar contenta de estar en casa, y continuamente tararea *«Home on the range»* y dice gracias, gracias, caminando por toda la casa, visitando cada habitación. Es más, es él quien le recuerda que las semillas de mango que trajo de contrabando hay que ponerlas en agua enseguida, y que la bolsita de tierra que un campesino le regaló para la buena suerte debe vaciarla en el jardín, que el platillo con agua santa en la habitación de su hija está vacío y hay que volverlo a llenar.

Ella, de pie en el descanso de la escalera, le sonríe. «¿Y tú cómo sabes que eso es agua santa?»

Lo que sí sabe es que cualquier cosa que él diga ella lo va a disfrutar. Cuco, le dice cuando está de buen humor. Un cariñito de la isla que quiere decir fantasma. «Porque se parece al agua santa que casi me cuesta el divorcio.»

—Oigan qué exageración. Y yo que pensaba que los latinos éramos los únicos exagerados —ella se dirige a un público latino imaginario que se hubiese mudado a la casa junto con ella, como una gran familia de antaño.

—Entonces, ¿qué es eso que hay en el cuarto de Corey?

—Agua dulce. Es buena para las hijastras —dice ella, cabalgando escalera arriba.

—Ay, Señor mío —piensa él—, si Corey se entera de que Yo le está poniendo brujerías en su habitación... Ella vendrá más pronto de lo que

Yo se imagina, así que mejor será que saque ese platillo de ahí.

Yo está de pie frente a la puerta del dormitorio, obstruyéndole el paso. Quizá ahora sea el momento de decírselo.

—Hey, *big boy* —le hace una imitación de segunda mano de Mae West. La mayoría de las imitaciones de estrellas de cine de cierta época que hace Yo son imitaciones de las imitaciones de Doug, ya que él fue quien se crió con la televisión en este país. «*Come up and see me sometime.*»

Corey se le va de la mente. Ha sido un verano muy largo y solitario.

Más tarde, arrullándose tendidos en la cama, lo que más extrañó durante el verano, él le dice que Corey viene a quedarse con ellos por dos semanas antes de seguir a casa de su madre.

Siente que ella se contrae a su lado. «Estaba muy entusiasmada cuando llamó —Doug va a tratar de vendérsela por todo lo alto—. Yo creo que ella está cambiando».

—¿Cómo así? —su voz ya no es juguetona. Corey ha rehusado quedarse con su padre desde que se casó con Yo hace dos años, aunque insiste en tener su propia habitación en la casa nueva. Ella dice que Yo le cae bien, pero que le es difícil aceptar que su padre esté con otra persona. Yo detesta que se refieran a ella como otra persona. «Tengo nombre», le dice a Doug cuando están solos, y repite la retahíla de nombres: Yolanda María Teresa García de la Torre. Pero a Corey le dice: «Comprendo cómo te sientes».

—¿Cómo así? —insiste ella—. ¿Cómo es que está cambiando?

—Bueno, pues, decidió ir a España a pasar el verano, ¿no?

—¿Y eso qué tiene que ver?

Ella está sentada en la cama a su lado. Cualquier cosa que él diga ahora será inapropiada, de eso está seguro.

—Pues tú eres española y....

—¡Yo no soy española! Soy de la República Dominicana. En España posiblemente piensen que soy una... salvaje —tiene la cara de salvaje. La expresión dramática, exagerada. A veces no es tan bonita.

—Basta de exageraciones, Yo —le dice él y de repente, salta de la cama. Más tarde ella le dirá que lo ha perdonado precisamente porque fue un gesto tan espontáneo e inesperado de su parte. Él agarra el platillo con agua de amanecer y se lo derrama sobre la cabeza.

Aquí viene Corey. Acaba de cumplir los dieciséis, y pretende lucir como una sofisticada viajera internacional con su boina y su chaleco. *Oh lá lá.* «Eso es francés, papá», le dice a Doug, con la cabeza en alto. Pero en cuanto se alejan del grupo de estudiantes y padres, él le nota el temor en los ojos. Le da un pinchazo de aguja en el corazón ver que todavía lo tiene. Sabe que para ella ha sido un salto al vacío el haberse ido tan lejos de casa, y ahora, al regreso, tantear el terreno de la casa de su padre.

Recuerda a la niñita nerviosa que se despertaba con pesadillas a medianoche. Eso fue antes de que empezaran los problemas matrimoniales, así que no se podía decir —como más tarde concluyeron algunos terapeutas— que la niña estaba absorbiendo las tensiones. Pero Yo ofreció otra explicación: tal vez Corey tenga una veta de clarividente y pueda ver el futuro, a su padre con otra persona.

En el largo recorrido del aeropuerto a la casa, se ponen al día. El verano fue tremendo. Su madre y el padre y la hermana y el hermano españoles la hicieron sentirse parte de la familia. «No es como en este país —le informó Corey—. Allá la gente básicamente se queda con sus familias originales». Se crea un silencio agudo. Pasan por un área de bosque donde las hojas ya se empiezan a colorear —y es solamente finales de agosto. «Es un país católico en su mayoría, por eso es», concluye Corey, convirtiendo lo que hubiera sido una puya hace seis meses en una lección de cultura. Él se siente conmovido con el gentil esfuerzo.

Ya han conversado sobre todos los posibles temas familares; él la ha puesto al día sobre cada miembro de su familia, y ella habla de la visita de su Mamá y su padrastro a España para verla, pero no le ha preguntado por Yo. «Nosotros acabamos de regresar de la R.D., ¿sabes? —Corey asiente con la cabeza—. Claro, te lo dije por teléfono. Yo estuvo allá casi todo el verano, escribiendo. Deja ver, que más —dice él—, estamos muy contentos de que te quedes con nosotros este par de semanas. Tú y Yo podrán chacharear en español —la imagen es tan descabellada que casi le saca las lágrimas, revelando una esperanza naciente. Según Yo los españoles y los dominicanos ni siquieran hablan el mismo idioma.

—Yo dice que siempre los primeros días de regreso son los más difíciles. Porque no estás ni aquí ni allá —mira hacia Corey, quien no ha dicho ni una palabra. No puede ser que al cabo de dos años, él todavía no pueda ni siquiera mencionar el nombre de Yo sin que Corey saque el hocico. Ella mira por la ventanilla, forcejeando con algo en la cara. Cuando se vuelve hacia Doug, lo que fuera ha sido reemplazado con una sonrisa tentativa—. No lo llamaría difícil —dice—. Es que al regresar uno nota cosas que antes se te escapaban, ¿sabes?

Él está de acuerdo con ella, le dice. Y le alegra que Yo no esté allí, porque si no él sería una rosca humana, diciendo: sí, eso es lo más difícil de los primeros días, pero, oh, ¿no es maravilloso cómo las cosas se ven de una manera diferente?

Para la tercera cena que comparten juntos, Doug está harto de oír cuentos sobre España y la R.D. Vamos a hablar de China, tiene ganas de decir. Vamos a imaginarnos los soleados viñedos de la Anatolia central.

—Hoy pasó algo extrañísimo —dice Corey, e inmediatamente Doug y Yo son todo oídos, agradecidos siempre que Corey decide participar en la conversación—. Entró una llamada a cobro revertido. Era de un hombre de la R.D., José, ¿es un campesino o algo así? —mira a Yo, quien exclama—: ¡José!

—Dice que tiene muchos problemas —Corey continúa—. Perdió su empleo y lo echaron de sus tierras o algo así. Dejó un número. Dice que va a estar ahí mañana por la tarde, que lo llames.

—¡Tu español debe ser muy bueno si entendiste todo eso! —dice Doug, porque no sabe qué otra cosa decir—. ¿Quién es ese tal José y qué hace llamando a cobrar para contar sus problemas? ¿Tú sabes quién es ese tipo? —le pregunta a Yo.

—El sereno de la casa de Mundín. Donde me pasé todo el verano escribiendo. En el pueblo donde estuvieron tú y tu papá —añade para beneficio de Corey.

—Bueno, después que acabó de contarme sus problemas y lo que te tenía que decir y adónde llamarlo y todo eso... (da ese revirón de ojos que Doug conoce tan bien, un signo de impaciencia que ella aprendió de su madre) me preguntó que quién soy yo, y como no me acuerdo cómo se dice hijastra... ¿cómo se dice? —dirigiéndose de repente a Yo.

Yo lo piensa por un momento, y luego sacude la cabeza. «Sabes, no creo haberlo escuchado jamás. Allá la gente en general no se divorcia, así es que ese vocabulario de familias fusionadas no lo conozco.»

—Como en España —añade Doug.

—Bueno, de todos modos, no sabía cómo decir hijastra en español, así que le digo que soy tu hija... —lo dice sin tropezar. Surge un rayo de luz en la cabeza de Doug. Y de pronto se imagina a todos ellos dándose las buenas noches como en *The Waltons*.

—Y me empieza a preguntar si soy casada y qué edad tengo y lo amable que soy por conversar con él y que tengo un buen corazón y que por mi voz adivina que soy muy bonita...

Yo y Doug mueven las cabezas con incredulidad.

—Y finalmente, ¡me pregunta de sopetón si quiero casarme con él y traerlo para Estados Unidos!

—¡Qué tipo ése! —dice Doug. Mira que proponerle matrimonio a mi hija en una llamada por cobrar.

También Yo está sorprendida, sorprendida en varios niveles, le dice a Doug más tarde. La primera sorpresa es que ese hombre se atreviera a llamarla para pedirle algo tan grande. La segunda y tercera, que el mismo José, que al parecer estuvo medio enamorado de ella, ahora trate de seducir a su hijastra por teléfono.

—Le dije que yo era muy joven para casarme, y entonces él me preguntó la edad, y le digo que dieciséis, y me dice que esa edad es suficiente —Corey se ríe.

—Ese hombre no tiene vergüenza —dice Doug.

—¡Pero me sonó muy, muy agradable! —Corey le echa una mirada de virtuosidad a Doug. Ella está en esa edad cuando las necesidades y las penas ajenas son como gatitos. Mejor que se quede callado o le pondrá el sello de granjero mezquino listo a ahogar la camada de gatitos en un saco. Él mira hacia Yo con la esperanza de que se ponga de su lado, que diga que José es un canalla, pero de eso nada.

—Es un *buen* hombre. Estará desesperado. Es tan pobre —Yo hace el cuento de la visita que hizo al conuco de José monte arriba. Los niños flacos y desnudos, la triste choza, la mujer descalza y preñada que no quiso salir a saludarla. Ella y Corey tienen los ojos húmedos de lástima—. Por eso es que la gente quiere salir de allí.

—Igual que mi mujercita —dice Doug tratando de bromear. Las dos mujeres le echan una mirada capaz de prenderle fuego a un bosque.

Yo le explica a Corey sobre el negocio de los matrimonios falsos. Tú le pagas a un ciudadano norteamericano para que se case contigo, él te solicita y así obtienes los papeles de residencia. Una vez aquí, te divorcias. Hay gente que paga hasta tres mil dólares para casarse con documentos.

—Pero si son tan pobres que tienen que irse de allí, ¿de dónde sacan los tres mil dolares? —Corey quiere saber.

—Corey, mi niña —le dice Doug—, ésa es una excelente pregunta —puede ver que se le sonrojan las mejillas, y después de pensarlo un momento, se da cuenta que ella no se ruboriza por su elogio. Se siente desconcertada, porque piensa que se está burlando de ella—. Es una pregunta muy inteligente —subraya—, de veras.

—¿Te ofreció dinero, verdad? —pregunta Yo.

No. Corey niega con la cabeza, lentamente al principio, y luego con más vigor. «No mencionó nada de dinero, sólo dijo que le gustaría casarse con una muchacha tan agradable y que habla un español tan bonito.»

«Ay, Señor mío», piensa Doug, pero esta vez se queda callado.

Al día siguiente a la hora de la cena hay un informe de los pedazos de pan —como Doug ha empezado a llamar a Yo y Corey por ser tan compasivas—. Uno de los pedazos de pan llamó al número que dejó José, que es el número —Doug lo reconoció— de la oficina de Codetel en el pueblo donde Yo pasó el verano. José no estaba.

—El hombre de Codetel dice que José estuvo allí ayer —le explica Yo a Doug. Justo detrás de Yo, se ven, a través de las amplias ventanas, las montañas que comienzan a colorearse de otoño. Pero el cielo todavía tiene ese azul subido de tarde veraniega que lo hace querer levantar los brazos de esa manera cursi de los cristianos evangélicos—. Pero oye esto, el hombre de Codetel dice que José salió para la capital esta mañana, y que dijo que se iba para Estados Unidos.

—¡¿Tú crees que se va a aparecer aquí?! —pregunta Corey con entusiasmo juvenil. Claro, si un tipo extraño se presenta a la puerta, Doug sabe a quién le tocará contestar y mandarlo a paseo.

Durante la cena siguiente, Corey rinde otro informe sobre los últimos acontecimientos. Esta tarde entró una llamada de la capital. Era José. De nuevo Corey habló con él, ya que no había nadie más en casa. «Va para Nueva York. Quiere saber qué debe hacer cuando llegue.»

—¿Qué sueldo le pagaste este verano? —Doug le preguntó a Yo—. Un boleto de avión cuesta un montón.

—¿Le habrá pedido dinero prestado a Mundín? —Yo también está intrigada—. Pero necesitará un pasaporte, y papeles, y ni siquiera sabe leer.

—¿De verdad? —dice Corey, y en sus ojos Doug nota un destello de desilusión. Parece que ella se ha creado una fantasía de un español galante que recita poemas de Lorca y tiene el pelo negro, abrillantinado, peinado hacia atrás como un modelo en una de esas revistas de adolescente que tanto le gustan.

—Pues, bueno, le dije que cuando llegue a Nueva York, que nos llame por cobrar, y ya veremos lo que se hace.

A Doug se le cae la quijada. «¡¿Le dijiste qué?!» Inmediatamente se da cuenta de que se ha equivocado. Es absolutamente necesario que su hija mantenga su dignidad frente a Yo, y él la ha hecho sentirse como una imbécil frente a su madrastra. La joven sale corriendo de la habitación con lágrimas en los ojos.

—Ay, Doug, ¿por qué hiciste eso? —ahora es Yo quien parece que él la hubiera herido. Y sale pisándole los talones a Corey, y un poco más tarde cuando él se escurre de puntillas hasta el descanso de la escalera, las oye hablando en esas voces arrulladoras que usan las mujeres detrás de puertas cerradas. Bueno, menos mal, piensa bajando las escaleras. Tiene ganas de llamar al tipo ese, el tal José y decirle, seguro, aparézcase en mi casa, arme un escándalo, y logrará unirnos como una familia disfuncional. ¿Dónde aprendió ese vocabulario? Todos aquellos años de terapia matrimonial, seguramente.

Dos llamadas los dos últimos días y Doug le prohíbe a Corey que acepte llamadas por cobrar de la R.D. Ella ofrece pagar hasta el último centavo de las malditas llamadas y por los retenedores dentales y por el programa de verano y hasta por haber nacido, ¡¿okey?! Se gritan, alzan la voz. Porque, por supuesto, una cosa lleva a la otra y pronto Corey ha abierto la caja de Pandora del matrimonio fracasado. Diariamente hay papelones, las puertas están adoloridas de tantos tirones. Yo le confiesa a Doug que por primera vez se siente como si ella fuera la de una familia almidonada y reprimida.

Yo tiene una teoría sobre lo que está ocurriendo. Son víctimas de una hechicería. Y también sabe de dónde viene. ¡El puñado de tierra que le dio José! Con razón no quiso regarlo en el lugar acostumbrado, y finalmente se lo dio a Doug para que lo echara en su jardín. Y por eso la brujería ha caído mayormente sobre él. Y la única protección que pudo haber tenido, ella le recuerda, era el agua santa en la habitación de Corey, la que él hizo que Yolanda quitara para evitar problemas con su hija.

Cuando ella termina de explicarlo todo de una manera tan racional, tan detallada, a Doug no le queda más remedio que preguntar: «¿Y ahora qué hago?», como si momentáneamente, él creyera que lo del hechizo fuera verdad.

Ellos estarán ligados a José mientras esos granos de tierra estén aquí, así es que hay que llevárselos de la propiedad. Después podrán actuar con generosidad o buen juicio, como quieran, pero no será por manipulación espiritista. «¡Pero es que vacié la bolsita! —explica Doug—. No puedo recogerla grano a grano. No puedo distinguir el uno del otro».

—Mira, vamos a excavar un círculo grande, ponemos toda la tierra en una bolsa y la tiramos por la montañas.

—Okey, okey —asiente él. No le va a confesar que ha arado el jardín. Que esos granitos de tierra están por todas partes soltando brujerías, que tienen a Corey medio histérica casi todo el tiempo, que asustan a Yo, y que a él lo están volviendo loco.

Se parecen a Bonnie y Clyde planificando su fuga, cómo van a deshacerse de la tierra. Sería muy fácil llevar la bolsa de basura por la cuneta de la carreta y tirarla ahí mismo, pero no, ella la quiere a una distancia prudente de la casa. Y se ponen de acuerdo: cuando lleven a Corey a casa de su Mamá el próximo sábado, llevarán la bolsa con ellos.

—¿Quieres decir que la vamos a vaciar en su casa? —y a Doug le viene la imagen de su exesposa que mira por la ventana y lo ve vaciando lo que ella piensa que es una bolsa de basura en su patio. Tiene que sonreír a su pesar.

Y por los ojos de Yo también pasa una mirada traviesa. «Mejor que no.» Se ríe. En una de las montañas que tienen que cruzar para llegar a la carretera interestatal, hay un parquecito con un par de bancos, y una placa a Robert Frost. Allí es que van a vaciar la tierra.

—¿Antes o después de dejar a Corey?

Va a estar muy oscuro cuando regresen. No será tan fácil deshacerse de la bolsa. «Ya veremos», dice Yo. Doug se da cuenta que la tienta la idea de incluir a Corey, ya que las dos la han estado pasando muy bien.

Ya verán, supone él, qué ocurre en los tres próximos días. Sabe muy bien que las llamadas no han cesado, pero que Corey ahora se lo informa a Yo, y no a Doug. Ella se mantiene alejada de él, lo trata como si estuvieran en una comedia de televisión y ella actuara el papel de la niña. Alegre y amable, pero si él trata de abrazarla, o echarle el brazo por los hombros, ella se le evade. Pero él se ha dado por vencido. Yo lo acusa de estar distraído y no aprovechar estos momentos valiosos con Corey.

—No es culpa mía que tu amigo me haya echado una brujería —dice Doug, medio en broma.

Yo lo mira como si él estuviera a millas de distancia, y no está segura de que lo escucha correctamente. «Nadie te ha echado ninguna brujería», le dice. Ella ha cambiado de parecer en cuanto a la tierra. El pobre José no haría cosa semejante. Corey ha logrado atar la historia completa en las últimas llamadas. José perdió su empleo de sereno. Está desesperado y se ha ido a la capital con la esperanza de encontrar a alguien que apadrine su viaje a Estados Unidos. Yo le tiene lástima al pobre hombre. Quizá puedan hacer algo por él.

—¡Quieres decir casarlo con Corey!

—Ay, Doug, por qué a veces eres tan cabeciduro a propósito —dice Yo con voz lacrimosa. Ahora es ella quien huye escaleras arriba, en busca de un momento de tranquilidad, que es lo que la terapeuta le dijo debía hacer para darle a entender al marido que no quiere hablarle. En vez de la rosca humana, él se ha vuelto un bobalicón atravesado en el camino de los demás.

Solo en la planta baja, Doug se acerca a la ventana. Es sólo un cuadro negro, está demasiado oscuro para ver el jardín, lo cual le gusta hacer en momentos como éste. Las hileras de surcos pardos lo tranquilizan, igual que las parcelas de cultivo que ve desde los aviones. Pero ahora lo que ve es su propio reflejo, un hombre más joven, ángulos definidos y sombras dramáticas en el rostro. Es él mucho antes de que nada hubiera ocurrido, Corey es una recién nacida en sus brazos, su esposa le hace morisquetas, él ha cultivado su primer jardín. El momento es perfecto, sería una locura o una hechicería permitir que nada destruyera su felicidad.

Escucha pasos que bajan la escalera y luego se detienen en la puerta. Se da vueltas y se encuentra a Corey sorprendida. «Pensé que te habías acostado», le dice en tono acusador.

—No, Yo fue la que se acostó —dice queriendo decir mucho más. Pero ¿cómo puede pedirle a su propia hija que lo perdone por el imperdonable pecado de dejar de amar a su madre? Espera un momento, pero viendo que ella quiere que él se vaya para servirse un refresco (satisfacer tan pequeña necesidad en su presencia es para ella, de cierta manera, bajar la guardia) sale de la habitación—. Buenas noches, Corey —le dice en español desde la escalera. Luego de un largo silencio, recibe un «...*night*» refunfuñón. Al diablo con *The Waltons*.

El sábado, cuando Yo y Corey han ido a comprar los ingredientes para una paella, que resulta ser un plato que se come tanto en España como en la R.D., suena el teléfono. Se oye una voz distorsionada, oficial, extranjera al otro lado de la línea. Es una operadora que le pregunta a Doug si acepta los cargos.

Al principio Doug siente la tentación de decir: ¡No! De decirle a ese payaso que no llame más a mi casa y que no me cause más problemas. Pero la curiosidad puede más que él. «Claro —dice—. Quiero decir, okey, sí.»

—Mire usted —empieza, pero todo lo que escucha es su propio eco, mire usted. Se detiene, y en ese silencio, un hombre habla, y pregunta por doña Yolanda o por la señorita Corey.

—No está —dice Doug en español, pero cuando quiere decir quién es, no se acuerda cómo se dice esposo. Pero se acuerda de la palabra padre—. Soy el padre de Corey.

El hombre dice algo con rapidez y agradecimiento, pero Doug no entiende. Es hora de poner los puntos sobre las íes. «Corey no matrimonio. Y además —añade—, estas llamadas son muy *expensivas*. No llamar, ¿correcto?».

Hay un largo silencio. Y después, como si le sacaran el aire a una llanta, Doug escucha, «Sí, sí, sí, sí...».

—No puedo salvar mundo —añade Doug—, sintiéndose culpable al decirlo. Cuando niño soñaba con salvar al mundo como el Llanero Solitario. Ahora ni siquiera quiere aceptar los cargos de una llamada de socorro.

—Por favor —dice, y porque le parece que suena indeciso, añade—: Policía —para darle un toque de vigor a lo que está diciendo. Como esperaba, José cuelga.

De vuelta en el jardín donde fertiliza y recorta y siembra y organiza todo para las primeras heladas, escucha un sonido terrible, una mezcla de gritos humanos y trompetas de ángeles que descienden el día del juicio final a separar las almas buenas de las malas como si fuera ropa para el lavado. Mira hacia arriba y ve una chapucera formación en V de gansos que se dirigen hacia el sur para invernar. Y a ellos, ya que no hay nadie más alrededor, les pide excusas.

Una paz maravillosa pero al mismo tiempo castigadora ha anidado en la casa. Corey vuelve a ser la hija que antes se sentaba sobre sus rodillas a preguntarle por qué las estrellas no se caían del cielo como las gotas de agua o los copos de nieve. Yo está de muy buen ánimo. Corey se ve tan bonita y hace sentir mejor a Yolanda de no tener una hija propia. Corey ha madurado tanto... Y que no se le ocurra a Doug sugerir que todavía necesita madurar mucho más.

—Está cambiando, como dijiste —dice Yo, sonriéndole cariñosamente.

No hay más llamadas telefónicas. Los pedazos de pan parecen haberse puesto más duros que las piedras —ni una palabra sobre José. Igual que no se ha escuchado una palabra más sobre el bebé de la isla. A veces Doug considera que esos entusiasmos de Yo son inspiraciones momentáneas que ella termina por eliminar del bosquejo de su vida.

—Me pregunto por qué no ha llamado más —Doug se atreve a tocar el tema durante la última cena que tendrán juntos. La culpabilidad que siente lo hace hablar como ese tipo con el elefante al cuello—. Quizá consiguió quedarse en su conuco, ¿qué creen?

Corey se encoge de hombros. Ahora tiene otras preocupaciones; las clases comienzan el lunes, al día siguiente de su llegada a casa de su madre. Sus amigas saben que está de regreso y la han estado llamando. Quién sabe si José ha estado tratando de llamar y el teléfono ha estado ocupado.

—Apuesto a que Mundín le dio el trabajo otra vez —Yo había llamado a su primo para explicarle el aprieto de José—. De todos modos, qué más podemos hacer por él desde tan lejos.

—¿Qué quieres hacer con la tierra? —le pregunta a Yo esa noche. El problema de energías negativas en la casa parece haberse resuelto por sí solo. Normalmente, hubiera aprovechado la ocasión para indicarle a ella que todo ese asunto de espíritus y brujerías no era más que un montón de embelecos dominicanos—: Ves, las cosas se resuelven por sí solas en su momento. Pero ya no se siente virtuoso—. Qué sabe él de la magia que enlaza y desgarra a la gente. Bien pudieran ser espíritus.

Yo dice que sería mejor dejar la tierra donde está.

Pero ya él la ha empacado como ella le dijo. ¿Está segura de que no va a querer que la vuelva a excavar de nuevo cuando suceda algo desagradable?

—Parece que tú quieres sacar esa tierra de aquí.

A decir verdad, él quiere sacar esa tierra de allí, aunque sabe muy bien que la tierra de José está mezclada por todo el jardín. Pero aquella bolsa negra de plástico se ha convertido en la personificación de todos sus problemas durante las dos últimas semanas, toda la furia contenida de su hija, toda la soledad del verano sin Yo, toda su ira contra el país que continuamente la reclama y se la quita, lo cual es la razón, al fin lo reconoce y sin la ayuda de un terapeuta, muchas gracias, de su enojo con las intrusas llamadas de José.

Le dice que si a ella no le importa, a él le parece que la tierra se queda allí... Pero al día siguiente pone la bolsa en la cajuela del carro y la tira al depósito de basura que está detrás del hospital. Allí mismo, hace unos años, encontraron a un recién nacido, berreando, envuelto en una de esas toallas de papel de estraza que hay en los baños públicos. Lograron seguir la pista hasta la madre, que resultó ser una jovencita tan aterrorizada de que sus padres descubrieran que no era virgen que optó por ser asesina.

Pero el bebé sobrevivió, recuerda Doug, de pie cerca del basurero. A veces los abuelos llevan al bebé a su oficina, y el niñito es un amanecer de sonrisas y cooperación. Doug lo ha examinado con los ojos y las manos y sus instrumentos, y nunca le ha encontrado ni una cicatriz de su horrible llegada a este planeta.

Y eso es lo que anhela allí parado junto al depósito que parece provocar algo en él: una oración, un deseo, un adiós. Tal vez a Corey, después de todo, no le queden cicatrices. Por favor, Corey, felicidad.

Camino a casa de la madre de Corey hacen sus planes. Ella vendrá a visitarlos durante las vacaciones de otoño. Pasará el Día de Acción de Gracias con su Mamá, ya que ellos tres piensan pasar la Navidad en la República Dominicana.

—¡Será fantástico después de haber visitado España! —dice Corey recostándose en el espaldar del asiento delantero. Así es como Doug la recuerda durante los viajes en automóvil cuando era niña. Se paraba encima del asiento trasero y se recostaba hacia el frente para participar en todo lo que ocurría en el delantero.

—Vas a conocer a toda mi familia loca —le dice Yo—. A lo mejor Mundín me presta otra vez su casa en la montaña.

—Conoceré a José —agrega Corey. Entre todos tejen un cuento, el cuento del viaje de Navidad a la isla.

—Me gustaría conocer a José —dice Doug, y las dos mujeres lo miran no muy seguras de que no se está burlando.

—¿De veras, papá? —pregunta Corey, inclinándose más hacia adelante. Si se volviera hacia ella en ese momento, probablemente le pudiera plantar un beso en la mejilla.

—Seguro que sí. He estado pensando que quizá deberíamos comprar un terreno por allá. Quizá José podría cultivarlo para nosotros. Con un sueldo —agrega—, un buen sueldo.

Los pedazos de pan están felices. Les encanta el final que él ha dado al cuento.

Durante todo el otoño, cada vez que el teléfono suena, Doug da un salto. Muchas veces es Corey preguntando cómo están, o para informarles sobre el traje de dos piezas que consiguió en rebaja y un increíble vestido veraniego que la hace lucir delgadísima. Las aguas santas de Yo se han esfumado, si así se puede decir, quién sabe. Los platillos están vacíos en sus ventanas y un día Doug encuentra que desaparecieron por completo. «Ya la casa está bien protegida», le explica Yo cuando él le pregunta sobre los platillos. Parece raro, pero los echa de menos.

Cuando llegan las heladas, el jardín luce un abrigo de plata, que ya para el mediodía el sol ha derretido. Las hojas caen desordenadamente, un hermoso reguero que deja las colinas desnudas y esqueléticas y aterradoras. La tierra se endurece, y el paisaje se arrecia para el invierno, todo pardo y gris, un puño cerrado. El jardín es lo que Doug más echa de menos en esta época; no es hasta febrero cuando empieza a planificar el nuevo jardín, organizando las semillas, hojeando los catálogos de jardinería. En el otoño es ver la televisión y cocinar y cuestionarse hacia qué rumbo va su vida. Este año sueña una especie de viaje mental, como si tuviera otra vida simultánea que ocurriera a larga distancia.

Se encuentra en una isla, en una finca en un monte, en un terreno cerca de un río caudaloso. Están plantando yucas en hileras. Ayuda a un hombre cuya cara no ve, o quizás es el hombre quien lo ayuda a él. Cuando Yo le ofrece un plato de sopa a la hora de la cena, ya la esquina suroeste está casi terminada. «¿Dónde estás?», le pregunta ella.

Él no es como a los que se les ocurren maneras elegantes de decir las cosas, pero se sorprende a sí mismo cuando le contesta: «Dondequiera que tú estés».

El acosador
Entonación

Lo único que tengo que hacer es mirar tus ojos en la portada del libro y me remonto a tiempos atrás

al come-y-vete al lado de la carretera en el oeste de mass donde llevas un uniforme verde guisante y una redecilla en el pelo y estás cocinando hamburguesas y perros calientes a la parrilla y friendo papas en un cesto de metal y yo me toco ya que puedo verte los *panties* negros a través de la tela verde guisante

y después salgo y miro hacia arriba y veo que las estrellas se cambian de lugar y conectando los puntos dibujan tu nombre el cual todavía no conozco —yolanda garcía— el nombre completo hasta con el acento sobre la i

lo cual no me digas que no es una señal

y es por eso que no me sorprendo al ver tu cara que me mira desde la página del *Sun Times* con un anuncio de que vas a estar en una librería de michigan avenue esta noche a las ocho y vas a hacer lecturas de tu nuevo libro que todavía no he visto aunque tengo en mi posesión todos los otros que has publicado

Llamo a la librería y digo, quiero ir a la lectura de esta noche, hace falta un boleto, a qué hora debo llegar y cuánto tiempo durará y hay un lugar de estacionamiento cerca; hago todas estas preguntas de relleno antes de hacer la que más me interesa

sería posible comunicarme con la señorita garcía ya que soy un amigo y estoy seguro de que a ella le gustaría verme

—hay un momento de vacilación al otro lado

—un resuello que me es familiar pues provoco esta reacción en las mujeres

de cierta edad e inteligencia y apariencia lo que en esta ocasión no puedo verificar porque no puedo ver a esta empleada pero adivino que es de baja estatura trigueña con la nariz respingada de aspecto muy mono que trata de disfrazar con lápiz de ceja y ropas sueltas y negras

así que no me sorprende oírla recitar el esperado lo siento pero no está permitido divulgar esa información pero esta noche después de la lectura tendrá la oportunidad de hablar con la autora

y yo le digo, por supuesto que no debe divulgar esa información ya que usted no me conoce de nada y yo pudiera ser un ex o un asesino o un ex asesino (jajajá) pero ella no se ríe sólo me escucha con concentración como tratando de detectar algún sonido en el trasfondo que más tarde se lo podría describir a la policía y así lograrían determinar de dónde estoy llamando

Que bajen por la michigan y por la larga avenida de los años hacia el miedo y la soledad el dolor en el tren hacia elgin al edificio de ladrillos de dos pisos El Puente sobre Aguas Turbulentas, dice el letrero ellos le enseñan sus emblemas a mark quien los lleva al segundo piso

hasta mi habitación donde tocan a la puerta y el bien parecido dice con permiso pero estamos buscando a un tal walt whitman, sin pestañear, sin pensar, pero ese nombre ya lo ocupó un famoso poeta del siglo XIX

pero en realidad digo, anjá, walt whitman ése es el nombre que ha usado durante los últimos cinco años y antes de ése fue billy yeats y antes de ése fueron george herbet, gerry hopkins, wally stevens

(como si tú me fueras a prestar atención de yo ser uno de tus héroes resurrectos)

y yo digo, entren por favor, y ellos entran a la vida del muchacho con el problema de que derrama todo a quien a los cinco años lo llevan corriendo al hospital inconsciente debido a una golpiza con una manguera de goma

porque, dice ella, este muchacho está descontrolado le doy la caja de cereal y el tazón y él sigue echando hasta que la caja se queda vacía y hay hojuelas de maíz por todo el piso lo mismo hace con la leche hasta que corre y se derrama por el borde y baja por los costados de la mesa medio galón perdido lo mismo hace con el talco la caja completa de ammens salpicada sobre su cuerpo y todo lo que le rodea y él sabe lo que hace y lo hace para molestarme y por eso es que tengo que pegarle porque usted tiene que entender que él no está bien de la cabeza desde el día que nació es el vivo retrato de su padre quien nunca le ha visto la cara a su hijo salvo si alguna vez por una extraña coincidencia vio a un lindo niño trigueño en la calle o en el autobús o en la escalera eléctrica y pensó caramba ese niño se parece a mí

ella le cuenta todo esto a los médicos y ellos lo escriben en sus expedientes y me llevan a un lugar donde ella no se me puede acercar por unos cuantos años

hasta que soy un niño sin el problema de regar en el primer fin de semana que paso con mi madre

y le hago a su gato a sus minifaldas a sus *panties* a su maquillaje lo mismo que ella me ha hecho a mí

pecado del que me arrepiento pecado que he confesado una y otra vez a los empleados y subempleados estatales a los consejeros a los terapeutas a las trabajadoras sociales los policías el capellán la intercesora a los psiquiatras y hasta a mark todos ellos orejas a sueldo pero no a la persona que quiero que me escuche

y sí, tiene un rostro humano
sí, tiene un rostro humano

Salgo de la casa le digo a mark me voy a mi trabajo a devolver libros a los estantes en la universidad de Chicago y sí señor estaré de regreso a las nueve en punto o quizás antes del toque de queda

mi funda de las compras llena de tus libros que he descuartizado y reensamblado y ahora ninguna de las páginas es como tú la escribiste, las oraciones recortadas y pegadas en cuentos diferentes y la lista de tus agradecimientos en la parte de atrás mezclada con los pentámetros yámbicos y tus ojos saltan de los márgenes blancos, cada palabra violada hasta que

todo suena como la cabeza hueca que eres, que escribes tanta jerigonza y pretendes que es verdad

y para la merienda un paquete de galletas lorna doone ah sí lorna doones y la escuela correccional y el pasillo de catres y las visitas a medianoche del supervisor de la voz gruesa y las manos grandes con los paquetes de lorna doones

y una barra de queso monterey jack para rosemarie luz de mis ojos quien siempre traía una cada vez que su papá la sacaba a pasear

y mi cuchillo de caza que se dobla, tan lindo como un juguete de niño, todo en mi bolsa

Sigo buscando el lugar donde te alojas

doy vueltas y vueltas frente a la vitrina de cristal donde la monísima trigueña de la librería (ahora la puedo ver) pasa su varita mágica sobre los libros que un cliente ha apilado sobre el mostrador

paso por tres cafeterías de capuccino dos tiendas de bagels una tienda de tarjetas un pequeño café que se llama cachet y cuento cinco boutiques de ropa dos zapaterías una charcutería con rosarios de salchichas en rebaja colgados en la ventana y cuatro garajes de estacionamiento que la jovencita me dijo por teléfono que encontraría

un viento cortante sopla desde el lago

un copo de nieve y otro copo de nieve no hay dos iguales dice la gente

vuelan más y más lejos

y tengo suerte de que me encuentro el enorme hotel westin donde posiblemente te alojes a doce cuadras de la x que indica el lugar

Todo es mucho más fácil de lo que pienso

voy directo a la recepción del hotel y digo, soy un reportero del *Sun Times* y vengo a entrevistar a la escritora yolanda garcía

un hispano negro, *spic and spade* (jajajá) con un letrerito en el pecho que dice que es mister martínez como si yo no me diera cuenta con sólo mirarle la tez oscura y el bigote finito sobre los labios gruesos

sin pestañear teclea en la computadora y ¡bingo! al momento está en el teléfono diciéndote que el reportero del *Sun Times* está allí

y oigo tu vocecita sorprendida que dice ¿quién?

y el tipo de la recepción me da el teléfono, encogiéndose de hombros, ella quiere hablar con usted

acotejo mi voz para decir ay-tan-amablemente, siento molestarla, señora garcía, pero mi secretaria concertó esta entrevista con su editor y siento mucho que no le hayan avisado y espero que usted pueda hacer un tiempo para esta entrevista ya que tenemos planificado un extenso artículo para la edición del domingo con fotos a colores que pensamos va a vender muchas muchas copias de sus maravillosos libros

wow dices, impresionada, pero fíjese, nadie me dijo nada, es más, la publicista me dejó la tarde libre a propósito para estar con mi hermana que está aquí de visita y vino de rockford para verme

a no ser que, y tapas el auricular con la mano y tu voz se oye distorsionada y regresas y me dices que si no me importa hacer la entrevista con mi hermana presente en la habitación

y ahora es mi turno de vacilar y preguntarme si podré llevar a cabo mis planes y claro que sí siento que la adrenalina se me desboca de sólo pensar que habrá dos de ustedes

no hay problema, digo, y me das el número de la habitación

Primero pienso que es una broma y que te diste cuenta de quién soy, no es posible que estés alojada en la habitación número 911, el número de pedir auxilio, el número que marcaste aquella noche que me senté frente a tu puerta, al tope de la escalera, sabiendo que no tenías otra manera de salir porque la escalera de incendio no la construyeron hasta después del fuego que declararon fue premeditado y trataron de cargármelo a mí

sentado allí llorando y suplicándote que me dejaras entrar

y tú gritabas al otro lado de la puerta, vete, vete, no me molestes más, no quiero tener nada que ver contigo, me aterrorizas con tus cartas dementes y me persigues por todas partes y registras mi basura y escoges alguna que otra cosa y te apareces a mi puerta con tus locuras de que soy tu otro yo, tu alma gemela, tu *doppelganger*, no lo soy, no lo soy, no lo soy, me oyes, lo juro, billy o george o gerry o como te llames, si no te marchas en este instante voy a llamar a la policía por mucho que odie echarle los cerdos a alguien, voy a llamar al 911 y se te va a llenar el cuarto de agua pues apuesto que tienes un expediente policial que te persigue de quién sabe dónde

y yo te rogaba por favor abre la puerta déjame entrar por cinco minutos puedes medirlos y me echas cuando se acabe el tiempo pero te necesito, te necesito, necesito que me escuches que te cuente todo lo que me ha pasado

y una señora gorda con la cara amoratada sale del apartamento de abajo y me dice, déjala tranquila no ves que no quiere hablar contigo

y te oí hablar por teléfono diciendo hay un hombre ahí afuera que no me deja salir de mi apartamento, me persigue hace más de quince años

y no, señor policía, no

y yo podía escuchar los pensamientos en tu cabeza pensando «yo sé lo que ustedes piensan que si te violan es que incitaste al violador que si te asaltan es que debes haber provocado al asaltante si te acechan es que debes tener mucho enganche pero no nunca me he acostado con él, nunca he hablado con él más que cinco minutos aquella noche hace quince años cuando entró al restaurante donde trabajaba y me dijo que no tenía dinero que tenía hambre y yo le preparé un ángel a caballo que es un perro caliente abierto a lo largo con queso derretido adentro y luego envuelto en una tira de tocineta y yo no sé quién le puso ese nombre o por qué un ángel con alas no necesita caballo pero ven aun este detalle de lo que él comió y con cuyo nombre yo no tuve nada que ver que él percibió como una señal, y la única vez que yo recuerde que le hablé por más de cinco minutos además de ese primer encuentro fue en un bar y el que era mi esposo y yo teníamos una pelea y este loco se me sentó al lado y yo le escuché decir de cómo una fuerza poderosa lo había enviado a mí

y otras locuras como ésa, y confieso, okey, confieso que yo dejé a aquel loco hablar y hablar para que mi esposo viera que otra persona se podía enamorar locamente de mí

pero nunca jamás me aproveché de su locura, lo juro»

y podía escuchar tu voz en el teléfono diciendo no lo oye señor policía sí ése es él golpeando la puerta y dando gritos que lo deje entrar

por favor, ay, por favor, envíe a alguien al 20 de high street una casa grande gris de dos pisos con un porche que se está cayendo ustedes estuvieron aquí antes cuando el hombre que vive en el primer piso perdió los estribos cuando se encontró toda su ropa apilada en el patio pero yo vivo en el apartamento del segundo piso el de la escalera estrecha que llega hasta mi puerta y ahí es donde él está desde hace una hora y no puedo salir pero por favor quédese en la línea conmigo hasta que la patrulla llegue aquí estoy petrificada de miedo porque ahora él está tirando su cuerpo contra la puerta y ¿qué pasa si la echa abajo y me agarra?

Salgo del elevador en el octavo piso ya que puede ser que me estés esperando en la puerta del elevador y no quiero que salgas corriendo por el pasillo y tú y tu hermana se encierren bajo llave

una joven tal vez vietnamita tal vez coreana con su vagón de limpieza estacionado en el pasillo junto a una puerta abierta me saluda con un leve movimiento de cabeza y vuelve a entrar a la habitación donde hay un televisor con una telenovela a toda voz

de cuarto en cuarto ella observa al mundo girar y despedazarse

una muchacha muy bonita con el pelo largo estirado hacia atrás en un rabo de caballo negro que me dan ganas de coger todas las botellas de champú y echarlas en una bañera y abrir el agua a todo meter y sumergirme en la fragante agua enjabonada y que ella me dé un masaje fuerte y en caso de salirse de mi bolsa el cuchillo de caza y ella diera un salto alarmada yo le diría no tengas miedo ya que el mal es siempre una opción y tú sabes qué es lo que lo descarrila y qué lo aquieta y qué lo destruye

adivina

y quizás ella no sepa mucho inglés porque me mira de un modo extraño cuando sale de la habitación y me ve ahí parado estudiando los jaboncitos y las toallas y las libretas de mensajes telefónicos; y los bolígrafos; quizás ella no entienda mi inglés

pero aun así en su propia lengua extraña ella sabe la respuesta ella sabe qué contienen las tinieblas que trajo consigo a este país de los mataderos de vietnam o de el salvador o corea o de dondequiera que sea que ella dejó una aldea ardiendo, los hombres suplicando ay por favor en el nombre de dios alá jesucristo buda coca-cola los gritos los alaridos de niños desnudos corriendo despavoridos con gusanos que les salen de las nalgas

ella sabe que aun aquí a cientos de miles de millas de distancia el mal echará abajo su puerta y le penetrará en la cabeza y allí hará su hogar excepto si ella se lo cuenta a alguien que ama o pudiera amar todo lo que le ha pasado

pero ahora ella me mira con sonrisa dudosa de recobrar-el-aliento-no-estoy-muy-segura y tomo uno de los bolígrafos y escribo el número de El Puente sobre Aguas Turbulentas y le digo, cuando quieras hablar

pero ella retrocede dentro de la habitación, meneando la cabeza, diciendo, no english, mister, y una mirada de susto en los ojos que no puedo penetrar así que me dirijo hacia la puerta de salida y subo un piso más hacia ti

Toco a la puerta y tú la abres y antes de que yo diga hola soy el reportero del *Sun Times* veo en tus ojos la misma cara aterrorizada de la muchacha vietnamita y tratas de cerrarme la puerta en la cara, pero ya estoy adentro

paso el cerrojo y te agarro por el cuello y le grito a tu hermana que ha dado un salto hacia el teléfono

si lo tocas la mato

tu hermana levanta la cabeza y dice no, no, no, no, mire, no voy a llamar a nadie pero por favor no le haga daño llévese el dinero y el anillo de bodas y este pendiente que mi esposo me regaló por nuestro duodécimo aniversario que debe valer muchísimo dinero porque él todavía lo está pagando

te libero de mi abrazo y tú te tocas el cuello y toses dándome la espalda y te doy un empujoncito y te digo muy suavemente por qué no te sientas en la cama junto a tu hermana

y tú haces lo que te digo las dos lado a lado con las manos agarradas sobre el cubrecamas floreado que combina con las cortinas los dos cuadros la alfombra lavanda una habitación no tan diferente a las que he conocido en instituciones que he conocido donde cualquiera puede vivir brevemente un negociante un poeta una mujer que será operada de cáncer luego que se sepa el resultado de las pruebas una mujer que le ha dado una golpiza a su hijo una mujer que espera a su amante

una mujer que calma a su hermana que llora diciendo okey okey no te preocupes, de veras yo lo conozco a él de hace tiempo, no nos va a hacer daño

pero tu voz tiembla al decir la última oración como si no estuvieras tan segura

Tienes la cara avejentada, más delgada, marcada por líneas cuando antes era lisa como la luna jalando y jalando las mareas de mi profunda necesidad de ti

y ahora tienes el pelo corto con rizos desordenados y salpicado de gris en lugar de la gruesa soga de tu trenza que yo traté de cortarte con un par de tijeras después de la primera orden de la temporada en restricción después del incendio después de la temporada en brookhaven

y tus manos huesudas y preocupadas y tus hombros estrechos y sin alas

me siento defraudado de tenerte frente a mí pero no teniéndote frente a mí como hubiera querido tenerte frente a mí una mujer ajada una compañera del alma transformada en un ser humano

Me siento frente a ti en la otra cama abejareina

me quito el abrigo, saco tus libros de mi bolsa las dos me observan con mucha atención las lorna doones, el monterey jack, y por supuesto el cuchillo

el que se abre cuando aprieto el ojo blanco y las dos dan un salto

y esta vez tu hermana no llora

pero hace unos sonidos de animal aterrorizado quejiditos y sollocitos

corto una tajada para cada una y se las ofrezco en la punta del cuchillo

y tú tomas la tuya con mano temblorosa y la sostienes como si fuera veneno contagio la bomba atómica

hasta que digo, no lo van a desperdiciar, verdad, éste es mi cuerpo ésta es mi sangre (jajajá) y lentamente con pequeños mordiscos te comes mi ofrenda

He esperado mucho tiempo por este momento, comienzo, mucho tiempo dibujando los números en el aire con el cuchillo, veinticinco años diez años desde que te vi por última vez o no te vi al otro lado de la puerta entonces quince años antes de eso

lo cual suma un cuarto de siglo sufriendo por culpa de una puta después de un cuarto de siglo sufriendo por culpa de la otra puta que me mandó a encerrar por derramar el cereal

que es casi igual que llamar a la policía porque un tipo trata de hablar contigo pues me agarraron al bajar las escaleras me llevaron a la comisaría me tomaron las huellas digitales me interrogaron y me dejaron ir pero me estaban vigilando y cuando una semana más tarde la jodida casa donde vivías se quemó tú les debes haber dicho que pensabas que yo lo hice porque me arrastraron a la comisaría y para ese entonces ya tenían otra mugre sobre mí y me despacharon para brookhaven porque traté de cortarte aquella trenza que tenías antes, te acuerdas

párate y déjame enseñarle a tu hermana lo larga que era aquella cabrona trenza

y tú te pones de pie me das la espalda y yo presiono el lado sin filo de mi cuchillo justo encima de tu lindo culo

y tu hermana da un resuello

y yo digo, no dirías tú que te llegaba hasta aquí más o menos

y tú dices, sintiendo el cuchillo contra tu carne, tú dices, sí, hasta ahí mismo más o menos

Después muy lentamente te vuelves hacia mí con las manos extendidas pequeñas, como estrellas suplicantes

sólo quiero decir que lo siento mucho que no fue mi intención causarte daño yo quiero explicarte por qué

y yo grito cállate puta cállate no me vengas con ay lo siento tus cabrones ay-si-yo-hubiera-sabido-entonces-lo-que-sé-ahora

pero con una voz suave una dulce voz de rosemarie una voz difícil de resistir tú dices, ay, por favor

Por favor no me hagas callar porque me siento muy mal

porque al verte aquí sé que vas a pensar que te estoy mintiendo, que te estoy diciendo todo esto para salirme de este aprieto pero al verte aquí veo que tú tenías razón cuando decías que eras mi alma gemela mi otro yo mi *doppelganger* y aquellas otras cosas que me llamabas

pero ves es que decías esas cosas de una manera que me asustaba que me hacía escaparme que no digo que fuera tu culpa no lo tomes a mal

es que el estilo de la persona y el tono de voz pueden cambiar mucho las cosas

supongamos que tú hubieras venido a mí sin esa mirada de necesidad sin desesperación sin esa voz fantasmal de thorazine

diciendo tú eres mi alma gemela mi vida tu nombre permanece junto a las estrellas

yo te hubiera escuchado te hubiera ayudado hasta me hubiera enamorado de ti porque mi esposo sí estoy casada con un hombre fuerte que debe estar a punto de volver del instituto de arte él me dice cosas muy parecidas

y me alimenta el alma y el corazón me rebosa cuando él me dice esas cosas con su voz calmada segura

pero créeme tú no eres la primera cuya tonalidad y estilo han chocado con el mío porque he estado casada dos veces antes una con un *hippie* y la otra con un británico y aunque los dos tenían buenas intenciones y me amaban con todo el corazón y yo los amaba con todo el corazón

sus estilos eran como echar sal en la herida más abierta

y tal vez ésta sea una débil excusa aunque no te culpo porque estoy segura que no importa cuál sea tu estilo o tono de voz tienes un buen corazón y puedo atestiguar que nunca me has puesto la mano encima nunca has tratado de lastimarme excepto aquella vez en que me jalaste la trenza para cortarla y no estoy diciendo que aquello estuvo mal porque de qué otra manera se puede cortar una trenza si no es jalándola y mi hermana y yo estamos convencidas que tú has venido aquí a compartir con nosotras tus galletas y tu queso y a que yo te autografiara los libros que es algo que aprecio enormemente

porque a decir verdad una de las razones por las que yo te tenía tanto miedo era porque tú confrontabas abierta y valientemente sí lo puedo ver ahora mismo valientemente y abiertamente una parte de ti oscura y aterradora que yo también tenía miedo de confrontar excepto por escrito

y es por eso que yo escribo libros como mi manera de darte sí de darte a ti mi manera de decir, llévate esto que quizá te ayude por un tiempo a combatir el terror a sanar la herida a alejar un poco la confusión

¡cállate!, te grito, te dije carajo que te callaras, y vuelo de la cama y pongo el cuchillo en tu garganta y digo te crees que no lo voy a hacer puta y la hermana suplicándote por favor por favor por favor y finalmente tú te callas y yo me siento y me corto un pedazo de monterey y lo devoro y no sé si sea que el sabor de este queso me sabe al que rosemarie me daba pero empiezo a mecerme y siento el miedo y el dolor y las lágrimas de antes

Y recolectando mi voz

para decir finalmente después de tantos años

lo que hubiera dicho

pero cada vez que trataba de hablar contigo y a dondequiera que te seguía cerrabas la puerta te escapabas dejabas que tu novio me vapuleara llamabas a la policía tus maridos llamaban a la policía tú te metías los dedos en los oídos y gritabas vete estás loco y me das miedo

no querías escucharme aunque hace unos meses te oí en la jodida radio hablando sobre la importancia de los cuentos y que después de casa comida y ropa

con los cuentos es que nos salvaguardamos los unos a los otros y un montón más de mierda

—y tiro uno de tus libros contra la ventana pero por supuesto el cristal de los hoteles es duro y grueso a prueba de suicidios y el libro aterriza sobre la alfombra y otro libro y le arranco las páginas a un tercero y abro el cuarto para enseñarte lo que he hecho

las páginas todas cortadas y violadas

—y gritas ¡ay dios mío! y ahí es que empiezas a llorar abrazándote a ti misma sollozando

lo que me provoca ganas de vomitar llorar tirarme a la calle volar por la ventana ya que de qué sirve cuando golpean al niño golpean al gato queman la aldea destruyen los libros el mechón de pelo negro en mi puño y todavía me duele

así que digo, digo

—para para te juro por dios que no te voy a hacer daño como te doy mi palabra de honor lo cual no he hecho nunca antes

—y mira como prueba de buena fe voy a guardar el cuchillo voy a recoger los libros te voy a dejar las lorna doones renuncio a mi magia bruta

—pero antes de irme quiero que hagas algo por mí quiero que te sientes allí callada sí así mismo sin llorar calmada que escuches con atención lo que te he tratado de decir durante años pero no me has dejado

y miras a tu hermana con una mirada de incredulidad

respiras profundamente

me miras con una mirada que penetra hasta atrás hasta el mismo principio

okey, dices, okey, te escucho

El padre
Conclusión

De todas mis hijas, siempre me he sentido más apegado a Yo. Mi esposa dice que es porque nos parecemos mucho, y se golpea la cabeza con los nudillos al decirlo. Pero ésa no es la razón por la cual me siento tan apegado a Yo, no.

Ella me mira, y yo sé que puede remontarse a cuando yo era niño en pantalones cortos que alzaba la mano en aquella escuela de troncos de palma. «¿De qué color es el pelo de Dios? Si a una suma se le resta su sombra y se multiplica por su reflejo, ¿qué te da?» El maestro, que se llamaba Profesor Cristiano Iluminado, hacía preguntas descabelladas. Poco después de yo pasar la secundaria, se llevaron al profesor loco al manicomio a comer mangú y a dormir en cama de paja y contemplar las matemáticas de las estrellas. Pero, éste es el propósito de mi anécdota, yo era el único en aquel salón de clases que levantaba la mano para contestar aquellas preguntas imposibles.

Y Yo puede ver esa mano en lo alto cuando me mira a los ojos. Es una bendición —y a veces una maldición— tener una hija que comprende los secretos de mi corazón. Es una mujer adulta que ya se está preparando. En estos días cuando me mira a los ojos ella ve la fosa recién cavada en el cementerio cerca del pueblo donde nací, y el relámpago del río entre los árboles.

Me escribe una o dos cartas a la semana. A veces incluye alguna vieja fotografía en blanco y negro con borde orlado como si todos los recuerdos se merecieran un mantelito de encaje en el cual reposar. Un joven buen mozo sentado con una joven en una banqueta atiborrada en un bar hace sesenta años. En uno de esos papelitos adhesivos de notas, que fueron inventados para ella, porque siempre ha de tener que dar su opinión de todo, escribe: «¿Dónde fue tomada esa foto? ¿Quién es la muchacha que está a tu lado? ¿Estabas enamorado de verdad?». ¡Ella va directo al fondo del corazón de aquel joven!

La mayoría de las cosas que me pregunta yo se las contesto. Filtro el pasado por el tamiz del juicio de mi cabeza y, si no hay peligro, le doy la copa llena de mi vida para que beba de ella. Alguna cosita se queda atrapada en esa fina red, y entonces no la incluyo o no doy muchos detalles. Pero llena la carta siguiente de interrogaciones: «Papi, tú dices que te tuviste que escapar de la isla porque estabas involucrado en una revolución en 1939, pero no encuentro referencia a eso en ningún libro. Me dices que estuviste en un hospital que era una cabaña de troncos en el Lago Abitibi de los Montes Laurentinos, pero en el mapa veo que ese lago no queda nada cerca de los Montes Laurentinos. ¿Son lapsos de la memoria o es que te inventaste todo el cuento? y si es así, ¿por qué?».

Y de nuevo paso las memorias por el tamiz para explicárselas. Hasta que llega la carta siguiente, y le explico un poco más, y al cabo del tiempo, pierdo el control de la calidad. Y sin darme cuenta le he hecho el cuento completo que no quería que ni ella ni nadie supiera.

¿Es así en realidad?, me pregunto. ¿Es que no quiero que me conozcan antes de pasar a mejor vida? Y quizás Yo percibe ese deseo secreto, más fuerte que todos los demás secretos de mi corazón, y es por eso que ella continúa haciéndome preguntas.

De repente las cartas no llegan. Primero pienso que está muy ocupada con sus novelas y sus clases y el nuevo esposo que es un hombre muy agradable. Pero pasan dos, tres semanas y no llegan cartas con las preguntas imposibles que tanto me gustan. Le pregunto a mi esposa, que ya le ha vuelto a dirigir la palabra a Yo tras perdonarla por su última novela, le pregunto qué sabe de nuestra Yoyo. Siempre es mi esposa la que llama a las muchachas, aunque sea sólo para preguntarles si ya lograron cerrar la ventana atascada y por cuánto tiempo revuelven el arroz con leche. A veces mi esposa me pone al teléfono cuando ella ha terminado de hablar. «Bueno, ya tu Mamá te lo contó todo, así que nada más te digo adiós.» Pero con Yo, ya que nos carteamos tanto, siempre digo que no con la cabeza cuando mi esposa me ofrece el teléfono.

—Doug dice que está triste —me dice mi esposa—. Parece que fue a una conferencia que hubo en su universidad y un crítico famoso dijo que los de la generación de Yo que no han tenido hijos se han suicidado genéticamente.

—¿Para qué va a una conferencia así? —le pregunto. A veces pienso que mis hijas jamás usan sus cerebros para deducir qué es lo mejor para ellas, sino sólo para ser sabihondas.

—Papi, ella no sabía lo que el hombre iba a decir. De todos modos, Doug dice que está deprimida. Quizás el bebé de Sandi fue lo que incitó todo eso. Le ha estado diciendo a Doug que la *Biblia* dice que las mujeres sin hijos tienen una maldición.

—Eso es una exageración —muevo la cabeza, que es lo menos peligroso que se puede hacer siempre que alguien trate de probar algo con la *Biblia*. Pero me pongo a pensar que si yo fuera mujer quizá me sentiría igual. Que si tuviera todo el equipo y no lo usara, me daría tristeza, porque sería como malgastar una parte de mí mismo.

Le escribo y le digo: «Hija mía, tu padre está muy orgulloso de ti. Tú has dado a la luz libros para generaciones futuras».

No menciono nada de que estoy enterado de sus sentimientos. Y trato de alabarla para que entienda que sus libros son sus hijos, y para mí, son mis nietos.

A media tarde, ella me llama a la oficina donde todavía trabajo un par de horas diarias. «Ay,

Papi, acabo de recibir tu carta.» Suena un poco llorosa, por eso me levanto y cierro la puerta. Por un momento me preocupo de que ese marido suyo quizá no sea tan buena gente después de todo. Con mis hijas, a través de los años he aprendido a prepararme para las malas noticias.

—No sabes cuánto significa para mí lo que me escribiste —me dice—. Siento mucho que no te he escrito últimamente. He estado un poco deprimida —y empieza a llorar y me cuenta lo de la *Biblia* y el crítico famoso, todo entremezclado que si no fuera porque ya mi esposa me lo había contado con anterioridad, hubiera pensado que el crítico era alguien famoso de la *Biblia*. Trato de calmarla ofreciéndole la solución típica del país: romperle las crismas al tipo. Pero eso la altera más aún—. Ay, Papi, no es culpa de él. Ya yo me lo había preguntado, tú sabes, que si he tomado el camino equivocado, que si he cometido un gran error.

—Todos tenemos nuestro destino —le digo. Y se queda en silencio porque sé que lo escucha en mi voz: la manera como sabemos cuándo alguien nos habla de algo que conoce muy de adentro—. Mira a tu papá, que en 1939 se tuvo que ir a Nueva York sin un centavo en el bolsillo.

—Pensé que te habías escapado a Canadá, y que llevabas doscientos cincuenta dólares que habías ahorrado...

Lo importante es que yo pensaba que no iba a poder ejercer de médico de nuevo. Que había desperdiciado mi educación. Pero ése era mi destino. Y a pesar de que todo se me vino abajo durante ese tiempo, finalmente mi destino se impuso.

—Y tú, hija mía —añado aprovechando que me escucha con atención—, tu destino es contar historias. Es una bendición poder vivir tu destino.

—Pero hay muchas otras que son escritoras y madres a la vez.

Y le digo lo que siempre le decimos a nuestras hijas:

—Tú no eres cualquier otra.

—Pero, ¿cómo puedo estar segura de que éste es mi destino?

—Para ti es fácil, porque ahora puedes ver que estabas en lo correcto en cuanto a tu destino. Pero muchas veces la gente se engaña a sí misma, sabes. Los peros de la depresión, rompiéndose los cuernos contra las paredes que levantamos para aliviarnos.

No hay nada que hacer cuando se levanta esa cortina de peros —como bien sabía mi antiguo profesor— excepto ofrecer soluciones mágicas que no se puedan derribar. Así que le digo a Yo que le voy a dar mi bendición cuando nos veamos el día de Acción de Gracias. «Eso también está en la *Biblia*» —le recuerdo—. El padre que da la bendición. Eso es lo que espanta la maldición de las dudas».

—¿Me vas a dar tu bendición? —parece entusiasmarse. Ésta es la hija que prefiere heredar mi bendición en vez de la casa en Santiago. O las acciones en Coca-Cola.

Así que le recuerdo: «Todas mis hijas van a recibir mi bendición. Pero a ti te voy a dar una especial».

—¿Quieres decir que me vas a poner las manos sobre la cabeza? —La alegría le vuelve a la voz—. ¿Y los cielos se abrirán y una voz dirá: ésta es mi querida Yo en quien me regocijo?

—Algo así —le digo.

Después que cuelgo, ensayo mentalmente cómo será esa bendición. Tiene que ser como un cuento para que Yo se la crea. Así es que le voy a contar la historia de cómo me di cuenta de que su destino era hacer cuentos. Ella tenía cinco años. Ésta es una historia que he mantenido en secreto porque es también la historia de mi vergüenza, de la que no me puedo deshacer. Porque vivíamos bajo el terror, yo reaccioné con terror. Le pegué. Le dije que nunca jamás debía contar historias. Y tal vez es por eso que ella nunca ha creído en su propio destino, y por lo que yo tengo que regresar a ese pasado y soltar el cinturón y ponerle mis manos sobre la cabeza. Tengo que decirle que me equivoqué. Tengo que levantar esa antigua prohibición.

Ya yo llevaba diez años de exilio en Estados Unidos cuando conocí a la madre de mis hijas. Eso también fue mi destino. Una prima mía me invitó a una fiesta que un amigo de ella iba a dar en el Waldorf Astoria. Al principio, no tenía ganas de ir. Yo era un exiliado político y seguramente que una reunión en un hotel tan lujoso como el Waldorf iba a estar llena de dominicanos ricos de paso por Nueva York para ir de compras. Pero de todos modos fui. Después de diez años tan lejos de la patria, sentía gran deseo de escuchar la cadencia de nuestro español criollo, de beberme un vaso de Morir Soñando, de admirar la belleza de nuestras mujeres. Quizá la dura piedra de la soledad había ablandado mis principios. De todos modos, fui a la fiesta, y allí sentada, perdiéndose todos los bailes, estaba una bellísima joven estornudando en un pañuelo prestado —¡un oasis! ya que yo tenía no uno, sino dos diplomas en medicina—. No que necesitara ninguno de ellos para diagnosticar un simple catarro. Nos pasamos la noche conversando sobre sus síntomas, y yo me tomé la libertad, con la excusa de recolectar sus datos médicos, de averiguar todo lo que pude de ella.

Aquí tengo que detenerme. Mi esposa no quiere que cuente nada sobre ella. Dice que todo lo que diga, Yo lo va a poner en uno de sus cuentos. Así es que no voy a decir nada de las cartitas que nos enviábamos; de cómo creció el romance; de cómo yo le decía *mon petit chou* porque así es como los franceses les dicen a sus novias; de cómo su Mamá no me daba el visto bueno porque yo no provenía de una familia de alcurnia; de cómo su padre sí me lo dio porque yo era un hombre cabal y esos antecedentes eran suficientes para él; de cómo mi futura esposa regresó a la República Dominicana después de aquel extenso viaje de compras; de la congoja que ambos sentimos por la separación; de cómo su madre por fin accedió a nuestro matrimonio; de cómo nos casamos y cómo yo regresé a Santo Domingo bajo la protección de su influyente familia; de cómo tuvimos cuatro hijas.

Y ahora que la historia llegó a la parte en que ella tuvo las cuatro niñas, mi esposa puede salirse del cuento y volver al anonimato. De vez en cuando la tendré que traer de nuevo para que pronuncie sus líneas, pero lo haré lo menos posible por respeto a sus sentimientos. He tratado de convencer a mi esposa de que cambie de idea y le repito lo que Yo me dice en carta tras carta: «¿Para qué amortajarse en silencio si la tumba lo hará toda la eternidad?».

Cada vez que se lo digo hay un pleito. Mi mujer me acusa de ponerme del lado de Yo. Mi mujer dice que sólo quiere tres cosas en su lápida: su nombre, la fecha de nacimiento y de fallecimiento, y este resumen de su vida: «Tuvo cuatro hijas. No hay más que decir». Ella insiste en que quiere ese «no hay más que decir» en su tumba, lo cual me parece que está fuera de tono para un muerto. Da muy mala impresión. Pero mi mujer insiste en esa eulogía en particular cuando discutimos sobre Yo y sus cuentos. Así que yo pienso que cuando llegue la hora, la podré convencer para poner algo más halagador, tanto para ella como para los demás:

«Adorada Esposa, Madre Amantísima, Abuela Sin Par, Amiga de Todos».

Poco después de establecernos en la República yo me reintegré a mis actividades políticas de la resistencia. A pesar de que supuestamente el régimen se había liberalizado, y por eso había recibido un indulto, en realidad nada había cambiado. En cierta manera, las cosas habían empeorado. Se estableció un cuerpo policiaco secreto llamado el SIM, y por la menor infracción desaparecían personas a diestra y siniestra. A uno de nuestros vecinos se le oyó decir que el condenado aumento de precio de las habichuelas tenía que parar. Poco tiempo después lo encontraron con la boca llena de trapos, y los pies amarrados a un bloque de concreto en el fondo del río Ozama.

A veces se me confunde exactamente lo que pasó. Y no es sólo porque sea un viejo. Sino también porque he leído muchas veces la historia de esos años según y como Yo la escribió, y estoy seguro que he sustituido, aquí y allá, la ficción de ella entre los hechos. Muchas veces ni siquiera me acuerdo de lo que he hecho hasta que me encuentro con uno de mis viejos camaradas de la resistencia. Y le digo a uno de ellos: «Hombre, Máximo, ¿te acuerdas de aquel armario secreto que me ayudaste a construir en la casa nueva?». Y Máximo me mira de un modo extraño y me dice: «Carlos, debes revisarte el colesterol».

La pura verdad es que me uní a la resistencia. Que involucré a familiares de mi esposa. Que cometí pequeños actos de subversión. Pero era sumamente cuidadoso. Como un exiliado indultado, sabía que me vigilaban. Así que no me ofrecía de voluntario para operaciones mayores. Pero si alguien que iba rumbo a la frontera necesitaba escondite por una noche, yo ofrecía mi casa. Cuando había que distribuir panfletos de grupos exiliados, yo lo hacía desde las varias clínicas donde trabajaba. Regularmente me encontraba con mis compadres en una barra en el Malecón, y planeábamos nuestra estrategia para el golpe. Y tenía un arma ilegal. Pero a decir verdad: no tenía aquella arma escondida para volarle la cabeza al dictador. No. Es que me gustaba ir a cazar guineas en los montes cerca de Jarabacoa. Los campesinos que yo atendía gratis en las zonas rurales me pagaban mostrándome los mejores cotos. Pero yo no disfrutaba la cacería con las escopetas de perdigones que el régimen permitía. Así que yo mantenía mi calibre 22 bien engrasada y lista y escondida bajo unas tablas sueltas en el piso de mi lado del clóset.

Digo *mi lado,* ya que aquel armario se abría por un lado desde nuestro dormitorio, y desde mi estudio por el otro. Era un lugar seguro para guardar cualquier cosa, ya que a nadie le era permitido entrar a mi estudio, ni siquiera a las sirvientas. Mi esposa era quien limpiaba la habitación, con la excusa de que don Carlos era muy quisquilloso con sus cosas. Allí era donde nos íbamos a hablar si había algún problema familiar. Yo no podía estar al tanto de toda la casa, pero yo había registrado aquella habitación minuciosamente y estaba seguro de que no había micrófonos ocultos.

Y en esta habitación se me metía la pequeña Yo. A menudo la encontraba debajo del escritorio con uno de mis libros de medicina. Le encantaba pasar las páginas transparentes, despojando al hombre desnudo de su piel, luego de sus venas, luego de sus músculos, y finalmente, cuando sólo quedaba el esqueleto, pasaba las páginas al revés devolviéndole, capa a capa, la vida al hombre. Le intrigaban las fotografías de enfermedades poco usuales, y ver cuántas cosas podían salir mal en este mundo, y saber que su Papi las podía remediar todas. «¡Mi Papi puede hacer de todo!», se vanagloriaba ante sus primas. «Te puede poner ojos. Puede sacar bebés del estómago.» Era una adoración dulce y simple, una cualidad muy acogedora que tienen los hijos antes de llegar a la adolescencia y desean destruir a los padres para convertirse en hombres y mujeres.

Una vez le pregunté por qué le interesaban tanto los enfermos. «Una niña tan linda como tú debe andar por ahí, divirtiéndose con sus primas.»

Me miró, y aun en aquella época yo sentía que ella podía ver hasta el fondo de mi alma. «Es divertido», afirmó con un serio movimiento de cabeza.

—¿Qué estás diciendo? —había notado que movía los labios y repetía un interminable murmullo mientras pasaba las páginas.

—Les estoy haciendo cuentos a los enfermos para que se sientan mejor.

Se me iluminó el rostro de placer al ver que una de mis hijas había heredado el mismo sentido de la magia que había aprendido de mi antiguo profesor. «¿Y qué cuentos son esos que les haces a los pacientes de Papi?»

—Los que están en los libros.

La hermana de mi esposa les había traído a las niñas un libro de Nueva York que ella les leía de vez en cuando. Era sobre una joven que vestía un sombrerito y un corpiño de lentejuelas y unos pantalones de bombache que estaba atrapada en el aposento de un sultán a quien le hacía cuentos para salvar su propia vida. Yo sabía lo que sucedería antes de que le cortaran la cabeza, y por lo tanto no pensaba que aquel libro fuera para mis hijas. Pero cuando me quejé con mi esposa, ella me dijo que aquel libro era literatura famosa y que un poco de cultura no le hacía daño a nadie. Yo podía haberle nombrado a quince o veinte de nuestros conocidos que habían desaparecido porque sabían más de la cuenta, pero mi esposa ya estaba bastante atarantada en aquellos tiempos. Hasta que emigramos a este país cinco años más tarde, ella sólo lograba dormir si se tomaba dos o tres somníferos.

Cada vez que nos encontrábamos a Yoyo en mi estudio, mi esposa quería castigarla por desobediencia, pero yo intervenía, cosa que no hacía en otras ocasiones. Mi defensa era que quizás el destino de nuestra hija era ser médico, y que debíamos alentar esa vocación. Por eso le permitíamos entrar al estudio y hojear los libros uno por uno, siempre y cuando me los enseñara a mí primero. El volumen de enfermedades venéreas lo puse en el anaquel más alto, el cual no podía alcanzar aunque se parara en la punta de los pies sobre mi escritorio.

Pero como sucede a menudo cuando lo prohibido es permitido, Yo perdió interés en explorar mi biblioteca. Una de las razones es que había llegado una nueva atracción a nuestra calle, un pequeño televisor en blanco y negro en casa del general. Yo había visto uno hacía años en la Feria Mundial de Nueva York, antes de establecerme de nuevo en la isla. Ahora los vendían al público en general. O más bien, habían dejado entrar al país alrededor de cien televisores, y los allegados a los que estaban en el poder tenían permiso para comprarlos.

Nosotros no teníamos uno, ni tampoco la familia de mi esposa, que tenían los medios económicos para comprarlo. Hubiera sido un lujo superfluo ya que la programación era muy limitada: la única estación televisora estaba en manos del Estado. Todos los días había una hora de noticias desde el Palacio Nacional, principalmente discursos de El Jefe, o así me dijeron. Yo vi el aparato una vez cuando fui a recoger a las niñas a la casa del general. Éste y su esposa eran gentes muy cordiales, ya algo mayores, que no habían tenido hijos y estaban muy encariñados con nuestras hijas. Pero sabía a través de mis compañeros de la resistencia de lo que era capaz el general Molino, así que cuando me dio un abrazo, sentí que se me paraba el pelo en la nuca como las orejas de un perro guardián.

Lo que más les gustaba a las niñas eran las películas de vaqueros norteamericanas, las cuales parecían dobladas al español por un sordo. Años después, cuando vi un episodio de *Rin-Tin-Tin* en español, me reí durante más de media hora. El movimiento de los labios y las palabras no concordaban. Los ladridos se oían segundos después de que ladraba Rin-Tin-Tin. Lo mismo con los disparos. Se veía al villano agarrarse el costado ensangrentado y caer al piso envuelto en una nube de polvo antes de que se escuchara el pum-pum-pum del revólver. Pero a mis niñas les encantaban los vaqueros, y todos los sábados se iban a casa del general a ver aquellas películas tontas.

Los detalles de lo que pasó allí un sábado por la tarde se han confundido en mi cabeza. Como dije, este recuerdo ha sido mi más vergonzoso secreto, y cuando uno no cuenta la historia, todo se mezcla. Y a veces, cuando trato de rescatar un detalle lo que saco es el vestido de organdí rojo que mi esposa vestía aquel sábado cuando Milagros, la niñera, regresó con las niñas de la casa del general. Pero otras veces lo que saco son los arrestos y las denuncias que se intensificaron aquel año en que el régimen le soltó las riendas al SIM. Y a veces lo que recuerdo es cómo las tablas del piso del clóset no estaban en su sitio un sábado por la mañana cuando fui al estudio a limpiar mi arma ilegal en preparación para un domingo de cacería de guineas.

Alguien había movido hacia un lado la caja llena de libros de medicina que cubría la tabla del piso del clóset. Aquéllos eran unos libros grandes que no cabían en los anaqueles, y ya que tenían muchos grabados, yo asumí que fue Yo quien había estado husmeando por allí. Habían movido las tablas del piso, pero no las habían colocado de nuevo igual que yo lo hubiera hecho, aunque el envoltorio estaba en el mismo sitio, y aspirando el aire a grandes bocanadas para calmar los latidos de mi corazon, me convencí a mí mismo de que estaba seguro. No habían descubierto mi tesoro escondido. Pero no cabía duda de que tenía que deshacerme de aquel rifle como precaución, en caso de que el SIM viniera a hacer un registro.

No sé cómo mi esposa se enteró de lo del rifle —¿o sería yo quien se lo dije?—. Bueno, de un modo u otro, ella se dio cuenta de que yo me había metido de nuevo en la resistencia. Se puso trágica. Todas las tardes se quedaba en cama con unas jaquecas terribles, llena de presentimientos. ¡Estábamos en vísperas de la exterminación! ¡El SIM estaba en la puerta! ¡Al amanecer estaríamos en el fondo del río Ozama! Estaba al borde de la histeria, y fueron las niñas quienes sufrieron las consecuencias. Especialmente Yo, quien a menudo encontraba en piyama, exiliada en su dormitorio por infracciones que, luego cuando mi esposa me las contaba, me parecían insignificantes.

Lo que más líos le causaba a Yo eran sus cuentos. Una vez —y ahora me puedo reír— sus abuelos fueron de viaje a Nueva York, lo cual hacían a menudo con el pretexto de alguna enfermedad que solamente los médicos norteamericanos podían curar. Mi Yo regó la historia entre las sirvientas que les iban a cortar la cabeza a sus abuelos. En lo que aclaramos el cuento, ya la cocinera se había ido despavorida pensando que a ella también la iban a decapitar por prepararle la comida a los traidores.

«¡No debes decir tales cosas!» Mi esposa la sacudió por un brazo. En ese momento fue cuando ella se dio cuenta del daño que aquel libro de cuentos le había hecho a la niña. Y no eran los cuentos únicamente, sino el hábito de cuentista que nuestra pequeña Yo parecía haber copiado de la heroína de corpiño y bombaches.

Poco después de ese cuento ocurrió lo otro. Ese sábado por la noche íbamos a una gran fiesta en la casa de Mundo, que vivía al lado nuestro. Una gran fiesta quería decir que habría un conjunto de perico ripiao, montones de comida y baile, y por lo menos un borracho se caería en la piscina tratando de probar que podía caminar sobre agua. Las niñas estaban todavía en la casa del general viendo una película de vaqueros cuando empezamos a vestirnos. Mi esposa se puso el vestido de organdí rojo que no había usado desde aquella fiesta del Waldorf Astoria, y ante mis ojos volvió a ser la señorita de los estornudos. Por primera vez en mucho tiempo la vi relajada y juguetona. Es más, habíamos aprovechado la quietud y la paz que reinaba en la casa para tener un reencuentro entre las sábanas. Estábamos listos a cruzar hacia la casa de Mundo cuando escuchamos a las niñas y a Milagros subir por el paseo.

Entraron como relámpago a nuestra habitación, luego de un leve golpecito en la puerta, un gesto de buenos modales que les habíamos enseñado. Por supuesto, siempre se olvidaban de la segunda parte de la lección: esperar por el permiso para entrar. Me di cuenta que sólo Yo se quedó atrás, cerca de la puerta. «¿Cómo está mi doctorcita?», le pregunté en broma, ya que estaba de buen humor y muy complacido con mis cinco lindas muchachas.

Fue entonces cuando Carla espetó: «Ay, Papi, no sabes el cuento que hizo Yoyo».

—Sí —dijo Sandi—. ¡El general Molino le dijo que nunca debía decir esas cosas!

Mi mujer palideció de tal modo que hizo resaltar de modo sobrenatural el colorete que se había puesto en las mejillas. Con la voz lo más calmada posible, dijo: «Ven y cuéntale a mami qué fue lo que le dijiste al general Molino».

Milagros la miraba desde la puerta con los ojos desorbitados y negando con la cabeza hacia Yo. «Doña Laura, esa niña... yo le digo a usté. Yo no sé qué diablos se le mete en la boca. Que Dios nos ampare, pero esa niña nos va a matar a todos.»

La cara de Yoyo era un panorama de terror. Parecía que por fin se había dado cuenta de que un cuento podía matar, tanto como curar a alguien.

Tomó un tiempo tranquilizar a la niñera para sonsacarle a la vieja lo que había pasado. Parece que el general y su esposa y Milagros y las niñas estaban viendo una película de vaqueros. Yo estaba sentada en las piernas del general —lo cual me sorprendió, porque Yo no se daba tan bien con el general como sus hermanas—. Siempre llegaba diciendo que el general tenía demasiados anillos en los dedos que la arañaban, y que le hacía demasiadas cosquillas y la hacía cabalgar muy fuerte sobre su pierna. Pero ese sábado, cuando uno de los vaqueros se puso el rifle al hombro para dispararles a los matones, el general le dijo: «¡Ay, mira qué escopeta más grande Yoyo!». Y con el dedo le apuntaba aquí y allá. Y Yo le salió con una de las suyas: «¡Mi Papi tiene una escopeta más grande que ésa!».

Y el general dice: «¿O?».

Y Milagros reportó que le había hecho señas con los ojos a la niña para que retirara lo dicho. Pero no. Una vez que Yo se metía en un cuento, no había Dios que la detuviera. «Sí, mi Papi tiene, muchas muchas escopetas grandes escondidas en un lugar que nadie las puede encontrar.»

Y el general dice: «¿O?».

—Don Carlos, a ese hombre se le puso la cara más blanca que esa sábana que está allí en la cama.

—Sí, Milagros, continúa.

—Y entonces ésta dice: «Mi Papi va a matar a todos los malos con esas escopetas, y el general dice: qué malos, y ésta dice: el sultán malo que gobierna en estas tierras y todos los guardias que lo protegen en su palacio grande. Y entonces el general dice: Yoyo, tú no quieres decir eso. Y ésta se pone como usté sabe, y le da al general uno de esos meneos de cabeza que dan los mentirosos y dice, sí, y El Jefe también, y a usté mismo si no deja de hacerme cosquillas».

De la boca de mi mujer se escapó un aullido como nunca antes había escuchado. El terror se retrató en los ojos de mis hijas. Las tres inocentes comenzaron a llorar. La culpable trató de escaparse por la puerta.

Pero Milagros la agarró por el brazo y la trajo hacia mí. «Milagros —le dije—, por favor lleva las niñas a bañar. Las niñas estaban colgadas de la madre, quien sentada al borde de la cama, sollozaba con la cara entre las manos. Gritaron y suplicaron que no querían ir con Milagros. Finalmente me puse de pie, me saqué el cinturón y las amenacé con una pela si no paraban de llorar y se iban a bañar. Aquella amenaza fue lo más cerca que jamás he estado de llevar a cabo un castigo.»

Cuando se cerró la puerta, atacamos a Yo como un equipo de interrogación. Qué fue lo que le dijo al general exactamente. Nada, berreó. No había dicho nada. «A ver, cuéntamelo otra vez», dijo mi esposa con una mezcla de furia y miedo en la voz. «¿Tú quieres que tu Papi te dé una pela que nunca se te olvide?» Pero, imagínese, la niña era sólo una niña, y una vez al tanto de que había hecho algo terrible, estaba demasiado asustada para hablar, y sólo repetía las frases que le sugeríamos.

Nosotros también estábamos asustados. Ya escuchábamos la tosecita de los Volkswagen, el golpetazo en la puerta con la culata del revólver, los gritos cuando los esbirros inundaban la casa tirándolo todo al piso. Pensamos en todas las posibilidades: que no debíamos ir a la fiesta al lado de casa e implicar a la familia de mi esposa. Ya nos veíamos metidos a empellones dentro del Volkswagen negro, mi esposa con su vestido de organdí rojo que quién sabe qué salvajada despertaría en esas bestias, mis hijas dando gritos, capturadas como rehenes para hacerme confesar.

¡Y todo aquello por los condenados cuentos de hadas de una chiquilla!

—Y creo que fue en ese momento en que me di cuenta que a esa niña había que darle una lección.

La metimos en el baño y abrimos el agua de la ducha para que no se escucharan sus gritos: «Ay, Papi, Mami, no, por favor», gritaba. Mi esposa la aguantó, y yo dejé caer el cinturón sobre su cuerpo una y otra vez, no con toda mi fuerza o la hubiera podido matar, pero con la fuerza suficiente para dejarle marcas en el fondillo y las piernas. Parecía que se me había olvidado que era una niña, mi niña, y todo lo que acertaba a pensar era que tenía que silenciar a nuestra traidora. «Esto es para que aprendas tu lección —le repetía—. ¡No debes hacer cuentos nunca más!».

Ella hundió la cara en el regazo de su madre, preparándose para el próximo correazo. Sollozaba, sus pequeños hombros le temblaban. A mí también me dieron ganas de llorar.

Pero mi miedo fue más grande que mi vergüenza. Salí del baño como un rayo, fui a mi oficina donde estaba escondido el rifle incriminatorio. Bajo el pretexto de que tenía que atender una emergencia en el hospital, llevé el rifle a casa de cierto compañero. Hasta el día de hoy persisto en mantener el secreto y no menciono su nombre. Supongo que es uno de esos hábitos rezagados de la dictadura cuando censurábamos todas nuestras historias. Ésa es la explicación que le doy a mi Yo. Ella tiene que entendernos a su madre y a mí. Cuando ella escribe un libro, su peor pesadilla es que reciba mala crítica. Nosotros escuchamos golpizas y gritos, vemos a la SIM llegar en un Volkswagen negro a hacer una redada de toda la familia.

Esa noche fue probablemente la más larga de mi vida. Cuando regresé, encontré a mi esposa sentada al borde de la cama, meciéndose como si estuviera en un sillón. Hora tras horas esperamos en el cuarto en penumbras, entreabriendo las celosías cada vez que abajo pasaba un carro. En la casa de al lado, el conjunto empezó a tocar, se escucharon gritos de alegría, un chapuzón en la piscina. Alrededor de las once, una sirvienta llegó con un mensaje de don Mundo con el recado de que fuéramos a la fiesta. Inventamos una excusa: mi esposa tenía dolor de garganta, y a mí me llamaron de emergencia. No pegamos los ojos en toda la noche. Cuando amaneció y parecía que la SIM no iba a presentarse, mi esposa finalmente se quedó dormida. Parecía que el viejo general había decidido dejar pasar el incidente como el relato fantasioso de una niña.

Pero ahora que el miedo había disminuido, el remordimiento crecía en mi corazón. Fui por el pasillo hasta la habitación de las niñas donde Yo dormía, con el dedo gordo en la boca, el pelo enredado en un moño en el tope de la cabeza. Se había quitado las sábanas de encima durante la calurosa noche, y le pude ver los moretones en las piernas. Me senté al borde de la cama, y traté de hablar, pero no pude. Fue como si la orden de silencio que yo le había impuesto hubiera caído también sobre mí.

Ella debe haber sentido mi presencia porque se despertó. Levantó la cabeza levemente, me miró, y lo que su rostro reflejó fue terror, no delicia. Cuando extendí mi mano hacia ella, se alejó de mí, y cuando la obligué a sentarse en mi regazo, comenzó a llorar.

Tal vez le dije en aquel entonces que su papá sentía mucho lo que había hecho. No lo sé. En mi recuerdo de aquel momento, no hay palabras. Sé que la abracé y que ella lloró, y luego, como un relámpago furioso, pasan cuarenta años, y ella está al otro lado de la línea telefónica, llorosa, preguntándose cómo puede estar segura de que su destino sea contar cuentos.

Le he prometido una bendición para quitarle las dudas. Una historia cuyos verdaderos detalles no se pueden cambiar. Pero puedo añadir mi propia invención —por lo menos eso he aprendido de Yo—: se puede hacer un nuevo desenlace con lo que ahora sé.

Regresemos a aquel momento. Entremos en aquel baño de azulejos verdes que, en historias venideras, tendrá un ficticio armario oculto detrás del inodoro. Yo abro el agua de la ducha. Su madre se sienta en el inodoro para someter a Yo. Recuerda lo de Isaac atrapado en la roca y su padre Abraham alzando el cuchillo de carnicero. Yo levanto el cinturón, pero entonces, como he dicho, pasan cuarenta años, y mi mano baja suavemente y descansa sobre la cabeza medio canosa de mi hija.

Y yo le digo: «Hija mía, el futuro ya ha llegado y tanto apuro que teníamos porque llegara! Dejémoslo todo atrás y olvidemos tantas cosas.

Ahora somos una familia huérfana. Mis nietos y bisnietos no sabrán el camino de regreso a menos de que tengan una historia. Cuéntales de nuestro viaje. Cuéntales del corazón secreto de tu padre y deshaz los viejos entuertos. Mi Yo, abraza tu destino. Te doy mi bendición. Compártela».